Garoé

Novela Histórica

CCM Caja Castilla La Mancha

mr

Esta obra resultó ganadora del Premio de Novela Histórica Alfonso X el Sabio 2010, convocado por Caja Castilla La Mancha y Ediciones Martínez Roca, un sello editorial de Ediciones Planeta Madrid, S. A. (Grupo Planeta), y fallado por un jurado compuesto por Soledad Puértolas como presidenta, Jorge Molist, Martín Molina, Felipe Pedraza Jiménez, Juan Sisinio Pérez Garzón y Carmen Fernández de Blas como secretaria.

Alberto Vázquez-Figueroa

Garoé

mr · ediciones

Ediciones Martínez Roca es un sello editorial de Ediciones Planeta Madrid, S. A.
Paseo de Recoletos, 4. 28001 Madrid (España)
www.mrediciones.com
www.planetadelibros.com

Diseño de la cubierta: Silvia Vázquez-Figueroa
Ilustración de la cubierta: Shutterstock
Fotografía del autor: © Silvia Vázquez-Figueroa
Primera edición en Colección Booket: febrero de 2011

Depósito legal: B. 729-2011
ISBN: 978-84-270-3714-4
Impresión y encuadernación: Novoprint, S. A.
Printed in Spain - Impreso en España

Biografía

Alberto Vázquez-Figueroa nació en 1936, el año en que empezó la guerra civil española. El principio de su vida está marcado por esa circunstancia histórica, pues su padre, sus tíos y su abuelo fueron encarcelados o deportados. A esta tragedia se une otra personal: en 1949 fallece su madre, y él, con trece años, es enviado con sus tíos al Sáhara, donde pasará el resto de su infancia y adolescencia. La vida en el desierto, sus habitantes y su dureza le marcan en todos los sentidos. En 1954 vuelve a Santa Cruz de Tenerife, donde completa el bachillerato y decide estudiar periodismo en Madrid. Paralelamente a sus estudios, logra una plaza como profesor de submarinismo en el buque escuela *Cruz del Sur*, lo que le ocupará durante dos temporadas: 1957-1958. En enero de 1958 dirige el equipo de buceadores que rescata los cadáveres del fondo del lago de Sanabria, adonde han sido arrastrados por la rotura de una presa. Al acabar la carrera viaja a África central, de donde vuelve con grandes reportajes que publica en el prestigioso semanario *Destino*. Tras varios años como corresponsal viajero de la citada revista, empieza a trabajar como enviado especial para *La Vanguardia* y para Televisión Española, cubriendo los conflictos bélicos más importantes de la época. Poco a poco consigue compaginar sus grandes pasiones y hacer de ellas su modo de vida: la literatura, la aventura, los viajes… Al principio publica libros sobre los lugares lejanos y en cierto modo exóticos que conoce como periodista (*África encadenada*, *La ruta de Orellana*, *Galápagos*…), pero después empezará a publicar también novelas (*Manaos*, *Tierra virgen*, *¿Quién mató al embajador?*...). El éxito le llega con *Ébano* y, sobre todo, con *Tuareg*. Muchas de sus novelas son adaptadas al cine, industria con la que empieza una larga relación, ya que ha sido director, guionista y productor. Entre sus obras más destacadas también pueden citarse *Sicario*, *El perro*, *El señor de las tinieblas*, *Coltán* y las sagas *Océano* y *Cienfuegos*.

Entre sus obras más destacadas también pueden citarse *Sicario*, *El perro*, *El señor de las tinieblas*, *Coltán* y las sagas *Océano* y *Cienfuegos*.

1

El general Gonzalo Baeza, nacido casi por casualidad en Antequera, aún conservaba gran parte de la prestancia de su no lejana juventud, y pese a que sus ojos acusaban una lógica fatiga, los esforzaba a diario leyendo durante largas horas a la sombra de un delicado cenador blanco y verde, en un punto de su bien cuidado jardín desde el que distinguía a su derecha el océano y al fondo la inmensa mole del Teide.

Ptolomeo fue el último rey de «Mauritania», que durante los primeros años de la era cristiana era el nombre con que se denominaba a Marruecos y el oeste de Argelia. Su población estaba constituida por pastores seminómadas de etnia bereber, conocidos por los romanos como mauris, palabra de la que proviene el término «moro».

Ptolomeo tenía ascendencia bereber, griega y romana, puesto que era hijo del rey Juba II y de la reina Cleopatra Selene. A su vez, Juba II era hijo de Juba I, el rey bereber que luchó del lado de Pompeyo contra Julio César en la Guerra Civil.

Cleopatra Selene era la única hija de Cleopatra –la última reina de la dinastía grecomacedonia que había ocupado el trono de Egipto tras la muerte de Alejandro Magno– y del general romano Marco Antonio.

A través de Marco Antonio, Ptolomeo era, por lo tanto, pariente lejano de Julio César.

También era primo del emperador Claudio y primo segundo de los emperadores Nerón y Calígula.

Recibió educación romana, y en el año 19 su padre le asoció al trono, quedando como único soberano cuando este murió. Ayudó al gobernador de la provincia romana poniendo fin a una larga guerra con las tribus locales dirigidas por los númidas que asolaba África en contra de Roma.

Reconociendo su leal conducta, el senado le otorgó un cetro de marfil y una túnica triunfal mientras en una imponente ceremonia le saludaban como rey, aliado y amigo. Ya por aquel entonces había tomado por esposa a Julia Urania, perteneciente a la familia real de Siria.

En el año 40 Calígula invitó a Ptolomeo a Roma y, según Suetonio, cuando este acudió al anfiteatro a presenciar un espectáculo de gladiadores, vestía una capa de seda natural de color púrpura tan deslumbrante que atrajo la admiración del público y provocó la envidia del emperador.

Era cosa sabida que una prenda de tal magnificencia tan solo podía conseguirse a base de sumergir durante largo tiempo la mejor seda del lejano oriente en un costosísimo tinte que únicamente se encontraba en las «islas Purpúreas», un remoto archipiélago del océano Atlántico al que muy pocos navegantes habían conseguido arribar a lo largo de la historia.

Suetonio asegura que el hecho de que Ptolomeo luciese algo tan excepcionalmente valioso venía a significar que su poder llegaba más allá que el de Roma, es decir, a los dos extremos del universo conocido, por lo que el tiránico y egocéntrico Calígula ordenó su asesinato, se apoderó de la valiosísima capa y se anexionó Mauritania.

Con ello se puso fin a la estirpe de los Ptolomeos, pues fue el último monarca en gobernar con dicho nombre y el último rey de su linaje.

El general Baeza continuó inmerso en las páginas del grueso volumen encuadernado en piel negra que descansaba sobre sus rodillas hasta el momento en que advirtió que alguien se aproximaba desde la puerta posterior de la casa, y al alzar el rostro su expresión no pudo por menos que demostrar sorpresa al advertir que quien interrumpía sus estudios sobre la antigua Roma no era otro que monseñor Alejandro Cazorla, quien avanzaba a grandes zancadas sonriendo al tiempo que alargaba los brazos con innegable afecto.

–¡Mi querido Alejandro! –no pudo por menos que exclamar poniéndose en pie de un salto–. ¡Qué grata sorpresa!

–¡Mi querido Gonzalo! –le contestó el otro en idéntico tono–. ¡Qué alegría encontrarte donde siempre y con tan magnífico aspecto! –fue la inmediata respuesta–. ¿Cuánto hace que no nos veíamos?

–Casi cuatro años, si mal no recuerdo –reconoció el dueño de tan acogedor jardín–. ¿Qué le trae a esta lejana isla al aragonés más testarudo e influyente del reino?

El otro alzó el dedo índice en lo que pretendía ser una necesaria aclaración:

–En todo caso sería el segundo aragonés más testarudo e influyente del reino: el primer lugar está ocupado y espero que sea por mucho tiempo.

–En ello confiamos, pero insisto, ¿qué te trae por la isla?

–Negocios de estado; y buenas noticias, que personalmente me alegra transmitir de cuando en cuando en tan difíciles tiempos. ¿Puedo?

Lo había dicho señalando la butaca que se encontraba al

otro lado de la mesita en la que Gonzalo depositara el libro, por lo que este asintió de inmediato.

–¡Naturalmente! ¿Te apetece tomar algo?

–Con tu permiso le he pedido a Fayna que nos traiga una limonada fresca... –le hizo notar el recién llegado al tiempo que le alargaba el documento lacrado que traía en la mano–. Estas son mis buenas noticias.

Aquel a quien, según constaba escrito con delicada caligrafía, iba destinado rompió el sello real, leyó el pomposo y rimbombante texto de nombramiento oficial con un notorio arqueamiento de cejas, y de inmediato su rostro reflejó sorpresa y un visible ademán de instintivo rechazo.

Su acompañante le observó en cierto modo desconcertado ante tan evidente reacción, y más aún se desconcertó en el momento en que el otro le devolvió el documento suplicando:

–Te ruego que transmitas a Su Majestad mi más profundo agradecimiento por el honor que me otorga, pero no puedo aceptarlo.

–¿Y eso?

–Significaría retornar a un lugar y a un pasado que llevo toda una vida intentando olvidar con muy escaso éxito. –Gonzalo Baeza agitó de un lado a otro la cabeza con indiscutible firmeza al insistir–: ¡No! ¡Por nada del mundo volvería allí...!

Vencida la primera sorpresa, monseñor Alejandro Cazorla se tomó un corto espacio de tiempo tratando de asimilar lo que acababa de escuchar, y por último, alargando la mano con el fin de colocarla con innegable afecto sobre la rodilla de su interlocutor, musitó como si temiera que alguien más pudiera oírle:

–Te suplico que recapacites, querido amigo; si rechazas ese nombramiento, caerás en desgracia ante Su Majestad, lo que aprovecharían quienes te aborrecen, que te consta que abundan en exceso.

–Nunca me han asustado mis enemigos, y no creo que haya llegado el momento de empezar a acobardarme –fue la firme y seca respuesta.

–Una cosa es que no te asusten, y otra muy diferente, que los refuerces... –le hizo notar con muy acertado razonamiento el religioso–. Si la Corona ve con buenos ojos tus esfuerzos a favor de los derechos de los nativos y te premia ofreciéndote un puesto desde el que puedes evitar la esclavitud encubierta, renunciar a él significa tanto como renunciar a todo aquello en lo que crees y por lo que luchas.

Se interrumpió al advertir que había hecho su aparición la servicial y dicharachera Fayna, que portaba una bandeja con frutos secos, dos vasos y una gran jarra de limonada que dejó sobre la mesa.

–Almendras, nueces, higos y limones de nuestro propio huerto, monseñor. Y el hielo me lo han traído directamente del Teide. ¿Os apetece un caldito de pescado con gofio y cabrito asado para almorzar?

–¡Naturalmente! –fue la espontánea y entusiasta aceptación del demandado–. Si todas las tentaciones fueran como las tuyas, el infierno rebosaría. –Observó a Gonzalo como si le costara aceptar lo que veía–. No se cómo te las arreglas para no haberte puesto hecho un cerdo con semejante cocinera.

–Recibiendo pocas visitas que le den la oportunidad de cebarme. –El dueño de la casa dedicó una afectuosa sonrisa a su ama de llaves al pedirle–: Airea la habitación de invitados; monseñor se quedará a dormir.

–Ya estoy en ello...Y para cenar estoy preparando un conejo en salmorejo de los que se mea la burra.

Se alejó sin esperar respuesta y haciendo un despectivo gesto con la mano en el momento en que su patrón le reñía con inusual severidad:

–¡Ese lenguaje!

–¡Quién fue a hablar!

–Lenguaje aparte, se ve que te quiere y te cuida como a un hijo –comentó monseñor–. ¿Es cierto lo que cuentan de que la rescataste cuando iba a ser vendida?

–No me gusta hablar de esas cosas.

–Son muchas las cosas de las que no te gusta hablar, pero te advierto que no he hecho un viaje tan largo ni me he mareado como una cabra con el fin de obtener únicamente silencios por respuesta –remarcó ahora en un tono mucho más severo el religioso–. La Corona tiene intención de acabar con los abusos restableciendo la justicia en el archipiélago, y si aquellos que pueden conseguirlo se niegan a hacerlo, continuará habiendo siervos, esclavos y niños a los que arrancan de los brazos de sus madres en cuanto dejan de amamantarlos.

El general pareció aceptar los sensatos razonamientos de un hombre al que siempre había admirado y en el que confiaba ciegamente; permaneció un largo rato observando la nevada cima del gigantesco volcán que refulgía ahora como un espejo, y tras lanzar un sonoro suspiro puntualizó:

–Lucharé y con todas mis fuerzas en defensa de los nativos desde cualquier puesto que se me ordene, pero, por favor, no desde El Hierro.

–Tendrás que darme razones muy convincentes si pretendes que medie en tu favor –fue la seca respuesta que recibió en esta ocasión–. Me esforcé mucho a la hora de conseguirte ese nombramiento, por lo que quedaría en ridículo y perdería una autoridad y una credibilidad que me ha costado años asentar si me veo obligado a reconocer que me lancé a semejante empresa sin tu previo consentimiento.

El antequerano Gonzalo Baeza no pudo por menos que aceptar el hecho evidente de que había colocado a su mentor y amigo en una difícil situación, estuvo a punto de negar una vez más, pero tras beber de su vaso de limonada y dejarlo a un lado señaló:

–Te contaré lo ocurrido a condición de que lo consideres secreto de confesión y no hagas uso más que de aquello que yo considere oportuno.

–Suena a chantaje, pero como te conozco y me consta que eres más cabezota que si también fueras aragonés, no me queda otro remedio que aceptar –masculló su malhumorado visitante–. ¿Qué ocurrió en El Hierro?

–Hechos terribles.

–Vivimos en una agitada época en la que «los hechos terribles» constituyen el pan nuestro de cada día, o sea, que «muy terribles» tienen que ser para que consigan impresionarme.

–Sin duda lo son. Doy fe de ello.

–Mal pinta entonces la cosa, ya que soy consciente de que has participado en crueles guerras y sangrientas batallas –susurró casi para sus adentros el religioso–. ¿De qué se trata?

–¿Tengo tu promesa de no divulgarlos?

–La tienes. ¡Y suéltalo ya, sea lo que sea, que me tienes en ascuas!

Resultaba evidente que lo que iba a decir le costaba un enorme esfuerzo, pero, tras un breve silencio, el tan urgentemente apremiado señaló:

–Ocurrió que, siendo un joven teniente lleno de entusiasmo, me nombraron segundo en el mando de un destacamento cuyo objetivo era instalar un enclave que garantizase la soberanía española sobre la isla, evitando de ese modo las reclamaciones de la Corona portuguesa y las continuas incursiones de los cazadores de esclavos. Nuestras órdenes eran convencer a los nativos de que no teníamos intención de esclavizarlos, así como contribuir a la tarea de evangelizarlos. Como sabes, El Hierro es una pequeña isla volcánica y agreste, sin refugios para las naves y de difícil acceso cuando el océano se agita, lo cual ocurre demasiado a menudo...

* * *

Las olas batían con violencia contra una playa de cayados y arenas negras en lo que constituía un grandioso espectáculo visual, puesto que muy a lo lejos se distinguían la isla de La Gomera y mas allá la de Tenerife, coronada por la mole del Teide visto desde el suroeste.

Una pequeña carabela bailoteaba a media legua de la costa mientras dos inestables faluchos cargados con una docena de hombres cada uno avanzaban a golpe de remo y con manifiesta dificultad en su lucha contra el mar, el viento y las corrientes.

En la proa de la primera y dirigiendo la peligrosa maniobra de desembarco se distinguía a un joven Gonzalo Baeza, y en la de la segunda al capitán Diego Castaños, un hombretón de gesto adusto, pobladas cejas y barba cerrada ya entrecana.

Destacaban entre el resto de quienes se aproximaban el ascético y casi esquelético dominico fray Bernardino de Ansuaga, así como un joven de aspecto alocado que respondía al curioso nombre de Hacomar.

Desde la cima del cerro más cercano un grupo de naturales de la isla observaba con gesto de preocupación cómo las embarcaciones luchaban contra el oleaje y cómo en determinados momentos parecían a punto de zozobrar hasta que al fin conseguían varar en la playa con la seguridad suficiente como para que sus ocupantes saltaran a tierra con el fin de desembarcar a toda prisa armas y abastecimientos a la vista de que el mar se agitaba cada vez más a ojos vistas.

Apenas lo habían hecho las falúas, partieron de regreso a la nave, cuyos tripulantes se aplicaban a la tarea de hacer descender por medio de cabos y poleas un enorme caballo negro con el fin de depositarlo con sumo cuidado sobre el agua.

Sin perder de vista la difícil labor que se estaba desarrollando mar afuera, el aún empapado capitán Castaños se apresuró a ordenar con un vozarrón que parecía salirle de las entrañas y no admitía réplica:

–Molina, protege con cinco hombres el flanco norte, y tú, Navarro, con otros tantos el flanco sur; el resto, que vayan colocando la intendencia tras aquellas rocas, y el curita, que suelte ese fardo, que se puede desriñonar. ¡Y ojo con los salvajes de allá arriba!

–No son salvajes, son nativos... –protestó el sacerdote al tiempo que dejaba el pesado fardo sobre la arena.

–Para mí todo el que haya nacido al sur de Cádiz es un salvaje, padre –fue la agria respuesta–. No es hora de ponerse a discutir bobadas; quitaos de en medio.

El dominico obedeció sin rechistar admitiendo que no era lugar ni momento de distraer a quien parecía tener ojos para cuanto ocurría a su alrededor, y que avanzando hasta la misma orilla del agua gritaba a voz en cuello:

–¡Atentos a *Atila*! Como se haga daño, más de uno recibirá veinte latigazos...

Lo decía porque nadando sujeto entre las dos barcas se aproximaba el enorme animal que luchaba bravamente contra las olas mientras varios hombres se habían introducido en el océano con el fin de tomarlo por las bridas, tranquilizarlo y conducirlo a tierra, donde de inmediato comenzó a sacudirse y a correr playa arriba y playa abajo con las crines al viento.

–¡Nuestra mejor arma! –no pudo por menos que exclamar su orgulloso propietario dirigiéndose en esta ocasión a su segundo en el mando–. A esos salvajes les impresiona más que un regimiento de infantería porque por donde pasaba el caballo de Atila no volvía a crecer la hierba.

–Pero si es el caballo el que se llama *Atila,* para que no volviera a crecer la hierba, quien tendría que pasar es el caballo de ese caballo... –le hizo notar con incuestionable lógica Gonzalo Baeza.

Diego Castaños le observó desconcertado y podría asegurarse casi perplejo; movió en el aire los dedos como si intentara ordenar sus ideas y por último estalló furibundo:

–No me vengas con bobadas, Baezita, y ocúpate de montar el campamento. No estoy para juegos de palabras. Y ese jodido intérprete, que deje de hacerse el loco y suba a decirles a esos salvajes que quiero hablar con su jefe.

–¿Sin escolta? –inquirió inquieto el llamado Hacomar, que era a quien evidentemente se refería.

–¡Lógico! Si son pacíficos, no tienes por qué preocuparte –fue la brutal respuesta–. Y si resultan hostiles, igual se cargarían a uno que a cuatro, o sea, que cuantas menos bajas, mejor.

–¡Lindo consuelo! –se lamentó el otro con un marcado acento andaluz.

–Aquí no has venido a recibir consuelo, hijo, sino a servir a la Corona. Y supongo que deberías sentirte feliz por reunirte con tus amigos después de tantos años.

–¿Mis amigos? –se escandalizó el otro–. Me sacaron de la isla a los nueve años para venderme en Sevilla, o sea, que mis amigos se encuentran ahora jugando a las cartas en Triana. Pero qué se le va a hacer. ¡Vamos allá y que la Macarena me acompañe!

–Voy contigo... –se ofreció de inmediato fray Bernardino de Ansuaga.

–No, gracias, padre –le espetó el isleño sin el menor reparo–. Prefiero a la Macarena.

Depositó sobre una roca sus armas e inició la dificultosa ascensión agitando los brazos en un intento de demostrar a los isleños que se aproximaba en son de paz, siempre bajo la inquieta mirada del religioso, que no pudo por menos que comentar:

–Espero que aún hable su idioma.

–Me han asegurado que algunos indígenas recuerdan algo de francés desde la época en que estuvieron por estas islas los normandos de Gadifer de La Salle –intervino Gonzalo Baeza.

–A mí, como si recuerdan el chino –intervino en el abrupto tono de siempre su superior en el mando–. ¿Acaso hablas gabacho?

–Un poco; mi abuela materna era francesa.

–En ese caso, ocúpate de ensillarme el caballo.

–¿Qué tiene que ver hablar francés con el caballo? –quiso saber un casi ofendido Gonzalo Baeza.

–Que su abuela materna era francesa; una yegua preciosa, por cierto. –El barbudo militar dejó escapar una sonora risotada y le guiñó un ojo al añadir–: ¡Es broma, Baezita! Y ahora voy a ponerme de gala para recibir a esos salvajes porque las armaduras les impresionan, ya que en las islas no existen metales... –Se volvió al soldado más cercano de cuantos continuaban atareados en las labores de desembarco con el fin de ordenar secamente–: ¡Pamparahoy, ocúpate de que ensillen a *Atila* y me traigan la coraza!

–¿Queréis decir que estas pobres gentes continúan en la Edad de Piedra? –inquirió un asombrado fray Bernardino.

–¡Y tan de piedra...! –replicó el hombretón–. ¡Las lanzan

como puños y te descalabran a más de cincuenta pasos! ¡Menuda puntería tienen! –Se inclinó para que pudiera observar con detalle una ancha cicatriz que lucía en la frente–. ¿Veis esto? Recuerdo de un lanzaroteño.

–¡Dios bendito! –no pudo por menos que exclamar el horrorizado dominico–. Y si no tienen espadas, ¿con qué luchan?

–Con lanzas de madera, agilidad, valor y mucha astucia, padre. ¡Mucha astucia! Como podéis ver, esta isla es puñeteramente agreste y la conocen palmo a palmo, o sea, que por más espadas, ballestas y armas de fuego que tengamos, siempre estaremos en desventaja...

–Confío en que nunca tengamos que combatirlos –intervino su teniente en un tono de indiscutible sinceridad.

–De ellos depende; únicamente de ellos. Si el papa ha determinado que el archipiélago pertenece a España, su obligación es someterse a nuestras leyes porque si permitiéramos que cada cual fuese por ahí haciendo lo que le viene en gana, el mundo sería un caos. ¡Veamos en qué actitud vienen!

Mientras hablaba se había ido ajustando una refulgente armadura, calándose el empenachado casco y ciñéndose la espada.

Concluida la compleja tarea, trepó al caballo y, acompañado por su segundo en el mando, el fraile y media docena de soldados que portaban lanzas, ballestas y coloridos estandartes, avanzaron con paso mayestático hacia el punto por el que descendía Hacomar seguido por tres hombres y una mujer.

Se detuvieron en mitad de la playa, con el bravío mar a sus espaldas y el sol reflejándose en las corazas en lo que constituía un imponente espectáculo que sin duda impresionó a los nativos.

Tanto fue así que cuando se encontraban a menos de doscientos metros de distancia y tan solo les faltaba recorrer un último repecho, los isleños se detuvieron, intercambiaron unas palabras con el intérprete y a continuación los hombres dieron media vuelta con el fin de trepar a toda prisa por el estrecho y empinado sendero por el que habían descendido.

El desolado Hacomar abrió las manos en señal de impotencia, se encogió de hombros con gesto fatalista y continuó su camino seguido únicamente por una joven semidesnuda, desgreñada, desdentada y en verdad muy poco favorecida por la madre naturaleza.

–¿Qué ha pasado? –quiso saber su capitán en el momento en que se pusieron al alcance de su poderoso vozarrón–. ¿Por qué se largan esos cretinos?

–Porque con tanto caballo y tanta parafernalia los habéis aterrorizado, capitán; alegan que no son más que simples pastores y que con quien tenéis que hablar es con los señores de la isla. Se han ido a buscarlos.

–¿Y cuándo los traerán?

–Mañana.

–De acuerdo. ¡Les esperaremos! –Indicó con un despectivo gesto a la muchacha al inquirir–: Y esa, ¿quién es?

–¡Una loca! Jura que me ha reconocido y que sus padres nos prometieron en matrimonio cuando niños porque somos primos. Está convencida de que he vuelto para casarme.

–O sea, que apenas llevas una hora en la isla y ya tienes novia –comentó burlón su comandante en jefe–. ¡Enhorabuena!

–¡Qué novia ni perros muertos! –se indignó el otro–. Mi novia es bailaora en un tablado de Sevilla.

–El barco se va... –señaló en esos momentos el llamado «Pamparahoy».

Todos se volvieron en la dirección indicada y los soldados se detuvieron aún con los fardos en la mano observando cómo la nave izaba parte del velamen y comenzaba a alejarse.

Los rostros denotaban preocupación e incluso temor, puesto que eran conscientes de que se habían quedado solos en una isla poblada por seres de los que desconocían las intenciones, sin otro contacto con el mundo exterior que las dos frágiles falúas varadas en la arena y con las que les constaba que no llegarían muy lejos cercados por un océano que se mostraba cada vez más hostil.

Dos horas más tarde el sol comenzaba a descender en el horizonte mientras fray Bernardino lo contemplaba sentado sobre una roca sobre la que batían las olas. Al cabo de un rato Gonzalo Baeza acudió a acomodarse a su lado, admirando de igual modo la belleza del espectáculo para acabar por inquirir:

–¿Preocupado?

–¿Y quién no, hijo? ¿Quién no? –replicó en tono abiertamente pesimista el religioso–. Esta es la última playa de la última isla del mundo conocido; más allá no hay nada.

–En ese caso, ¿dónde acaba este océano? –quiso saber

el otro–. Me cuesta aceptar eso que aseguran de que se precipita por un abismo sin fondo. Si así fuera, pronto o tarde el nivel del agua tendría que descender y no parece que lo haga.

–Tal vez se trate de un océano infinito.

–Y si es infinito, ¿cómo se explica que el sol vuelva a salir cada día por el lado opuesto? –fue la pregunta no carente de lógica–. Nosotros somos gente de tierra adentro, por lo que desde niños estábamos acostumbrados a la idea de que más allá de lo que veíamos existía otro paisaje y luego otro y otro y otro más, y con eso nos conformábamos. Pero ahora nos enfrentamos al hecho de que no existe ningún otro paisaje y por muchas vueltas que le doy a eso de la tierra infinita, es una explicación que no me cuadra.

–No te cuadra porque careces de fe –le hizo notar el dominico–. Debemos creer lo que la Santa Iglesia establece, y si ella asegura que en estos momentos nos encontramos sentados en la última playa del fin del mundo, es que es así... Y mi obligación es hacérselo comprender a unos pobres infieles que aún desconocen la verdad de Cristo.

–¿Pretendéis decirme que únicamente la fe explica lo inexplicable?

–Así es –pontificó sin la menor sombra de duda el religioso–. Y te aconsejo que no continúes avanzando por terrenos resbaladizos porque corres un grave peligro.

–¿Me acusaríais ante la Santa Inquisición? –aventuró con un asomo de burlona sonrisa su interlocutor.

–¡Oh, vamos, Gonzalo, no digas tonterías! Yo no soy de esos pese a que muchos en mi orden lo sean; lo único que pretendo es hacerte comprender que eres un militar y tu obligación, al igual que la mía, no es opinar, sino obedecer.

–Pero en este caso concreto resulta casi imposible no opinar –le hizo notar su interlocutor–. Es cierto que hemos llegado a los auténticos límites del mundo conocido y nos rodean unos seres que tal vez sean los únicos que apenas han evolucionado desde los tiempos en que el Creador puso a Adán y Eva sobre la tierra, pero, a mi modo de ver, ante una situación tan excepcional, deberíamos intentar comportarnos de una forma excepcional.

–¿Y qué es lo que tú consideras «excepcional»?

–Actuar tal como nos dicta el sentido común, y no siguiendo las férreas directrices de quienes habitan en palacios de Roma y no en simples cuevas.

Fray Bernardino de Ansuaga se lo tomó con calma, tanta que podría creerse que había decidido no responder, pero en el momento justo en que el último gajo de sol desapareció en el horizonte replicó seguro de lo que decía:

–Si habitan en palacios de Roma, se debe a que son más cultos y sabios que quienes nos veremos obligados a habitar en cuevas; por tanto, si mi capacidad mental no ha sabido llevarme más lejos, continuaré rigiéndome por los que sí saben, y no por lo que se supone que yo pudiera llegar a saber.

2

Con ayuda de largas lanzas clavadas en la arena los soldados habían levantado un entoldado bajo el que se distinguían varios taburetes de tijera, así como una mesa de baja altura que aparecía cubierta de pequeños espejos, telas multicolores, vasos, botellas, cucharas, cacerolas y un variado número de collares de cuentas amarillas, verdes y rojas.

Con banderas y gallardetes colgando en las esquinas, el inquieto *Atila* atado a un poste a tres metros de distancia y multitud de espadas, ballestas y armaduras hábilmente dispuestas con el fin de que devolvieran los rayos del sol de la mañana, el improvisado y en cierto modo teatral escenario no perseguía otro fin que impresionar o tal vez humillar al trío de mandatarios isleños que se aproximaban evidentemente deslumbrados por el derroche de poderío y riqueza de que hacían gala unos altivos guerreros llegados de muy remotos lugares.

Fue Hacomar el encargado de adelantarse a recibirlos, inclinándose respetuosamente ante ellos y precederlos hasta el punto, bajo la improvisada carpa, en que les aguardaban el capitán Diego Castaños, el joven teniente Gonzalo Baeza y fray Bernardino de Ansuaga.

Tras los ceremoniosos saludos de rigor los siete participantes en la que cabría denominar «Primera Conferencia de Paz» tomaron asiento en los taburetes en torno a la mesa, de tal forma que los recién llegados tenían justo frente a sus ojos una gran cantidad de objetos, desconocidos, apetecibles, y a su modo de ver fastuosos.

Fue el militar de las espesas cejas y la canosa barba el primero en hablar dirigiéndose al intérprete, aunque con la mirada fija en el que a todas luces parecía ser el de superior rango entre los tres nativos, y que según Hacomar respondía al sonoro nombre de Beneygan.

–Transmítele que no hemos venido con la intención de hacerles daño y mucho menos intentar someterlos –puntualizó–. Y que nuestra única misión es protegerles de las incursiones de los cazadores de esclavos que desembarcan de noche con el fin de arrebatarles a sus hijos más fuertes y sus hijas más hermosas. La mejor prueba de nuestras intenciones la tiene en que hemos desembarcado a plena luz del día y nuestra nave ha zarpado; no tienen nada que temer de nosotros porque no buscamos sumisos esclavos, sino fieles aliados.

Resultó evidente que el joven Hacomar hablaba el complejo idioma de la isla, pero que su memoria no era en exceso privilegiada, por lo que necesitó un largo rato, muchas dudas y algún que otro aspaviento antes de conseguir traducir la esencia de tan largo mensaje con un marcado acento andaluz hasta cierto punto hilarante.

A continuación escuchó con atención cuanto el llamado Beneygan replicaba, se hizo repetir algunas palabras, y por último se volvió a su capitán con el fin de transmitirle lo que a su modo de entender había pretendido decir el indígena.

–Se muestra muy agradecido por nuestras buenas intenciones, no duda de ellas, pero se pregunta por qué razón hombres tan ricos y poderosos llegados desde tan lejos se preocupan por quienes nada tienen que ofrecer más que cabras, ovejas y cerdos.

–Cristo Nuestro Señor no hace distinciones entre quienes tan solo tienen cabras, ovejas o cerdos y quienes poseen caballos, palacios o arcas repletas de joyas... –intervino en un intento de aclaración fray Bernardino.

El capitán Castaños le interrumpió en el acto adelantando la mano al tiempo que señalaba:

–Dejemos los temas divinos para más adelante, padre, y no mezclemos churras con merinas o política con religión. El primer paso es tranquilizarles y hacerles comprender que a partir de ahora son súbditos de unos magnánimos y comprensivos soberanos que respetan sus vidas y sus costumbres.

–Pero...

–¡No hay «peros» que valgan! –En esta ocasión el perentorio tono de voz no admitía réplica–. Si estos salvajes sospechan que pretendemos sustituir a unos ídolos que llevan cientos de años adorando por un nuevo Dios, por muy verdadero que sea, corremos el riesgo de que se alboroten antes de habernos hecho una idea de a qué fuerzas nos enfrentamos. –El barbudo hombretón enseñó apenas los dientes en lo que pretendía ser una sonrisa conciliadora antes de añadir–: Si como todos sabemos Nuestro Señor es todopoderoso e infinito, no creo que se impaciente por unos meses de retraso; tiempo al tiempo, que la Santa Iglesia conseguirá las almas de estos pobres infieles en el momento justo.

El religioso se volvió a Gonzalo Baeza como intentando buscar su apoyo aunque tan solo fuera moral, pero este se limitó a aventurar un casi imperceptible gesto de asentimiento con el que pretendía hacerle comprender que estaba de acuerdo con las tesis de su superior; las excesivas prisas conducían con demasiada frecuencia a rápidos desastres.

Cuando les enviaron a tomar posesión de la isla, tan solo les habían proporcionado un rudimentario mapa de sus costas que probablemente contenía más errores que aciertos, así como la rotunda aseveración de que se ignoraba cuántos hombres, mujeres, ancianos, niños o cabezas de ganado pululaban por entre las altas montañas, los profundos barrancos o los espesos bosques de un gigantesco «peñasco» que visto desde lejos más bien parecía una inaccesible fortaleza medieval asediada por un mar embravecido que un lugar habitable.

Nadie en Sevilla tenía ni la menor idea de cuántos guerreros enfrentarían los isleños a un puñado de soldados españoles, y ante una razón tan indiscutible la actitud del rudo capitán Castaños era sin duda la más sensata desde el punto de vista de la estrategia militar.

Consciente de su indiscutible autoridad, clavó de nuevo la vista en sus «invitados» al tiempo que puntualizaba:

–Aclárales que no tenemos intención de robarles sus alimentos y estamos dispuestos a pagar por ellos un precio justo. –Sonrió ahora como un enorme conejo de dientes amarillos al puntualizar–: Quienes deseen abastecernos por su propia voluntad podrán elegir a cambio de lo que traigan cualquiera de los objetos que se encuentran sobre esa mesa.

Cuando Hacomar hubo concluido a duras penas la enrevesada traducción, los nativos cruzaron entre sí miradas de incredulidad, y al poco el más joven inquirió en su idioma:

–¿Habla en serio? ¿Podré llevarme uno de esos collares a cambio de uno de mis cerdos?

–Siempre que esté sano y rollizo... –replicó el capitán una vez que Hacomar le hubo trasladado el significado de la pregunta–. Somos generosos, pero no estúpidos.

Aclarada la demanda, los isleños intercambiaron una serie de largas frases con tal excitación que cabía asegurar, sin necesidad de conocer su lengua, que aquella era la proposición más fascinante, apetecible y generosa que hubieran recibido nunca.

Pulidos espejos que devolvían su imagen, delicadas telas con que sustituir sus túnicas de piel de oveja, collares con los que adornar el cuello de sus esposas o brillantes cacerolas metálicas en las que cocinar alimentos constituían un sueño inalcanzable para quienes hasta aquel momento tan solo habían conocido el barro, la piedra y la madera.

Pasado el primer momento de regocijo, el conocido como Beneygan, cuya autoridad parecía indiscutible, indicó una de las espadas que se encontraban clavadas en la arena pretendiendo saber si también formaban parte del acuerdo, pero en esta ocasión la respuesta de Castaños no dejó lugar a la más mínima duda.

–Ni espadas, ni hachas, ni lanzas, ni cuchillos, ni nada que se pueda volver en contra nuestra –sentenció en un tono que denotaba que se trataba de un tema innegociable–. De joven me enseñaron que si deseaba la paz debía estar preparado para la guerra, y la mejor forma de estar preparado para la guerra es disponer de mejor armamento que el enemigo... –Hizo un gesto con la mano como si apartara algo imaginario al tiempo que le comentaba a Hacomar–: Esto último no es necesario que lo traduzcas; tú únicamente dile que ni hablar de armas.

Los nativos admitieron sin necesidad de más explicaciones el hecho de que los recién llegados no se mostraran dispuestos a compartir ciertas cosas, y al poco su líder se ofreció a conducirles a un punto del interior de la isla en el que podrían establecerse teniendo a su disposición un pequeño manantial de agua limpia, frondosos bosques y tierras fértiles.

–¿A qué distancia se encuentra de la costa más cercana? –quiso saber de inmediato el concienzudo militar.

La respuesta venía a especificar, sin demasiada exactitud, que se podía alcanzar la orilla del mar y regresar en el transcurso de una mañana, lo cual no pareció agradar en absoluto al comandante en jefe de la expedición, que insistió en que prefería un emplazamiento más próximo al océano.

No obstante, los componentes de la improvisada «Primera Conferencia de Paz» les dieron a entender que no existía un solo punto a orillas del mar capaz de garantizar el abastecimiento de agua para tantos hombres durante demasiado tiempo.

–Aquí el gran problema siempre ha sido el agua, sobre todo en verano... –corroboró por su parte el intérprete–. Recuerdo que siendo un niño padecimos una sequía tan espantosa que mi madre se veía obligada a caminar todo un día con el fin de regresar con dos míseros odres de piel de cabra que apenas nos permitían sobrevivir... –Hizo una corta pausa y añadió con innegable timidez–: No soy quien para aconsejaros lo que tenéis que hacer, capitán, pero si de algo sirve mi experiencia como isleño, os recomiendo que en primer lugar os aseguréis el abastecimiento de agua, que ya posteriormente tendréis tiempo de conocer el terreno y elegir un mejor emplazamiento.

Diego Castaños no dudó a la hora de solicitar la opinión de su lugarteniente.

–¿Tú qué opinas, Baezita?

–Opino que el hombre ha aprendido a luchar contra todo, excepto contra una sed que aterroriza y mata tanto como las espadas. La historia nos enseña que han desaparecido más civilizaciones por culpa del agua que por culpa de la acción de otros hombres.

–¡Déjate de rebuscada palabrería y vayamos a lo que importa! –mascullló el malencarado militar con su rudeza acostumbrada–. Admito que este mendrugo tiene razón y ya habrá tiempo de buscar un emplazamiento mejor, o sea, que de momento aceptaré que los salvajes me conduzcan hasta el punto del interior que proponen mientras tú te dedicas a circunnavegar la isla.

–¿Circunnavegar la isla con unas barcas tan frágiles y un mar tan bravo? –se alarmó su joven oficial indicando con un gesto las amenazantes olas que continuaban rompiendo cada vez con más estruendo contra los cayados de la playa–. ¡Sería una locura!

–Que yo sepa, ni tenemos otras barcas, ni mucho menos otro mar, o sea, que te permito elegir a los seis hombres que mejor te parezcan y tomarte todo el tiempo que quieras, pero mi primera orden es que me dibujes un detallado mapa de cada cabo, ensenada, playa y acantilado de la isla, incluido un cuidadoso sondeo de los fondos con vistas a elegir un punto en el que un navío de mediano calado pueda aproximarse a tierra sin riesgo de encallar a las primeras de cambio.

–¡Y yo, que soy de tierra adentro y me mareo...! –se lamentó el antequerano.

–Pues te aseguro que de esta, o te curas o adelgazas...

Le interrumpió un modulado silbido que llegaba desde la cima del acantilado y observó desconcertado cómo el más joven de los nativos se ponía en pie, salía al exterior y, encarándose con quien al parecer llamaba desde lo alto, se llevaba los dedos a la boca y le respondía con lo que parecía constituir una especie de indescifrable vocabulario.

El intercambio de sonidos que cruzaban el aire transmitiéndose a distancias inalcanzables para cualquier voz humana duró casi cinco minutos, por lo que, cuando al fin el insistente silbador regresó a su taburete, el capitán Castaños no pudo por menos que vociferar furibundo:

–¿A qué ha venido eso y qué diablos significa? ¿Acaso ha estado ordenando que nos ataquen?

–¡En absoluto...! –se apresuró a tranquilizarle el intérprete–. El que estaba en lo alto del acantilado se limitaba a preguntar cómo van las cosas, y el muchacho le ha contestado que vaya a buscar tres cabras porque quiere ser de los primeros en cambiarlas por collares.

–¿Y todo lo han dicho silbando? –se asombró el militar–. ¡Anda ya!

–Es la forma en que nos comunicamos de una montaña a otra.

–¡Pues sí que es francamente buena...!

–Tenía entendido que ese sistema tan solo se utilizaba en isla de La Gomera... –intervino fray Bernardino de Ansuaga–. Un novicio que había nacido allí pero al que habían vendido como esclavo me aseguró que era capaz de entender algo, pero por lo que a mí respecta nunca había oído que también se practicara aquí en El Hierro.

–El origen del lenguaje del «silbo» es gomero, por lo que lo han desarrollado más, pero de igual modo aquí también lo practicamos... –puntualizó Hacomer orgulloso de poder demostrar sus habilidades y conocimientos–. Al fin y al cabo, La Gomera se encuentra a tiro de piedra.

–Tendría que ser una piedra muy pequeña lanzada con una honda muy grande, pero no es tema que venga a cuento –masculló el cejudo capitán mientras extraía de una bolsa que llevaba colgada a la cintura un montón de hierbajos que desparramó sobre los espejos al tiempo que añadía dirigiéndose directamente a los nativos–: Explícales que también recibirán hermosos regalos quienes me traigan grandes cantidades de estas algas...

* * *

–¿Algas? –repitió un desconcertado monseñor Cazorla interrumpiéndose en la tarea de llevarse un apetitoso pedazo de cabrito asado a la boca–. ¿Qué pretendes decir con eso de algas?

–Lo que he dicho –le replicó el dueño de la casa–. Al capitán Castaños le interesaba mucho algo que denominaba «algas», pese a que años después averigüé que en realidad eran líquenes.

–¡Qué estupidez!

–Eso mismo pensé yo... –admitió el general Baeza desde el otro lado de la mesa del amplio comedor en que se encontraban disfrutando de la excelente cocina de Fayna, que parecía la mujer más feliz del mundo yendo y viniendo cargada con platos y bandejas–. Y ni por lo más remoto se me pasó por la mente que algo de apariencia inofensivo pudiera convertirse a la larga en desencadenante de incontables problemas y causante de crueles sufrimientos.

–¿Acaso de esas algas, líquenes, o lo que quiera que sea, se extrae alguna especie de droga o un veneno...? –quiso saber el desconcertado religioso.

–En absoluto, pero el capitán se encontraba tan obsesionado con ellas que en cuanto los nativos le confirmaron que estaban dispuestos a proporcionarle cuantas quisiera, ordenó levantar el campamento y disponerlo todo para la marcha. A continuación me apartó a un lado y me ordenó que pese al mal tiempo me hiciera a la mar y mientras realizaba mi trabajo de circunnavegación y cartografía tomara buena nota de los puntos de la costa en los que abundaran aquellas misteriosas hojitas verdes. «Te aconsejo que te lleves a los hermanos Ares, que, como buenos gallegos, algo entenderán de navegación», me dijo. «Al resto escógelos a tu gusto, pero hazlo ahora mismo porque en el momento que corone la cima de aquel acantilado te quiero ver ya rumbo al sur.»

El retirado general hizo una pausa al revivir cuanto había acontecido aquel ajetreado y aciago día, y tras agitar de un lado a otro la cabeza como si a él mismo le costara trabajo aceptar la verdad, añadió:

–Carlos y Amancio Ares eran, en efecto, «buenos gallegos» y por lo tanto «se suponía que algo entenderían de navegación», aunque más tarde me enteré de que habían nacido en Lugo, por lo que no habían visto más agua que la del Miño hasta el día que los llevaron a Sevilla, donde se enfrentaron con el Guadalquivir y luego con un océano que los dejó estupefactos. De los cuatro restantes dos eran leoneses y el más fuerte y decidido, Bruno «Pamparahoy», un zamorano que aseguraba haberse pasado toda su vida remando en el lago de Sanabria.

–¡Pamparahoy! –no pudo por menos que repetir el sorprendido religioso–. ¡Curioso apellido!

–No era apellido, sino apodo, puesto que siempre solía decir: «Esto es pan para hoy y hambre para mañana» –le aclaró su interlocutor–. Pero sabía remar, era fuerte como un mulo y un hombre realmente admirable.

–¿Y de dónde era el sexto?

–Supongo que de algún pueblo de Sierra Morena, pero no estoy muy seguro –admitió su interlocutor con un resignado encogimiento de hombros–. Le llamaban «el Lagartija» y ese día ni siquiera tuve tiempo de preguntárselo porque apenas llevábamos diez minutos zarandeados por un mar y un viento que aumentaba de fuerza por momentos cuando el muy cerdo comenzó a vomitar como si fuera a echar el alma por la boca, de improviso se lanzó al mar, nadó como un perro de regreso a la costa y desapareció entre las rocas.

–¡Vaya por Dios!

–¡Vaya por el diablo! ¡Jamás lo hubiera imaginado!

–Tu primer desertor y la primera mancha en tu expediente...

–Y la que más dolió... –no pudo por menos que reconocer sin el menor reparo su compañero de mesa–. En cuestión de minutos había puesto en entredicho mi capacidad a la hora de elegir subordinados; entre tantos disciplinados y atemorizados reclutas como se alineaban ante mí aquel día, fui a señalar al único que prefería vivir como un salvaje en una isla desconocida a obedecer mis órdenes.

–Quizá te sirva de consuelo la idea de que supiste fijarte en un hombre de carácter.

–¡Oh, vamos, Alejandro! –le espetó el otro amenazando con tirarle a la cabeza un hueso de cabrito–. No intentes embaucarme; lo que pasa es que aquel cabronazo no soportaba marearse, lo cual entiendo porque te sientes morir, por lo que eligió malvivir en tierra antes que «mal morir» en el mar, de lo cual tampoco le culpo porque lo cierto es que entre las olas, el viento, las corrientes y un jodido sol que nos achicharraba las ideas las estábamos pasando muy putas.

–¡Esa lengua, mi general...! –le reconvino con una divertida sonrisa la vieja Fayna en el momento en que le retiraba el plato vacío–. ¿Cómo pretende que hable bien con semejante patrón?

3

Semejaban barquichuelos de papel arrastrados por la tumultuosa corriente de una acequia, dando bandazos y trepando y bajando olas sin orden ni concierto pese a los denodados esfuerzos de quienes remaban con más ansiedad que maña, únicamente tres inexpertos hombres por falúa, cuando hubieran sido necesarios al menos diez curtidos marineros a la hora de obligarlas a avanzar en la dirección correcta.

Con el fin de que el viento y las corrientes no las separasen, las habían unido entre sí por medio de una gruesa maroma de unas veinte brazas de largo sujeta desde la popa de la embarcación que comandaba el teniente Baeza a la proa de la que gobernaba el cabo Carlos Ares, y cabría pensar que en realidad la primera remolcaba a la segunda, puesto que el fibroso Bruno «Pamparahoy» era el único que parecía capaz de encarar con éxito una difícil situación en la que a cada palada se hacía más evidente que se alejaban en exceso de la agreste costa.

Los seis hombres pugnaban, sudando y resoplando, en

un desesperado esfuerzo por aproximarse de nuevo al abrigo de los acantilados que les protegieran del viento, siempre a la búsqueda de una diminuta playa o una perdida cala en la que refugiarse, pero el implacable océano parecía ejercer una atracción magnética arrastrando a las naves hacia su inmensidad, de tal modo que no tardaron demasiado tiempo en tomar conciencia de que se encontraban ya a más de media legua de distancia de la última isla conocida.

Y sabían muy bien que si continuaban alejándose los engulliría para siempre lo que los tratados de geografía y las cartas marinas solían denominar con toda justicia «El Océano Tenebroso».

Según las leyendas e incluso algunos reputados geógrafos, el infinito mar que comenzaba más allá de la isla de El Hierro se encontraba plagado de calamares gigantes, ballenas asesinas o monstruosas serpientes acuáticas de treinta brazas de largo y se prolongaba hasta el punto en que una rugiente catarata sin fondo lo precipitaba hasta el confín del universo.

–¡Vamos, vamos, vamos! –aullaba una y otra vez a causa de ello su oficial al mando–. ¡Fuerza! ¡Fuerza! ¡Remad o nos perdemos...!

El viento ahogaba los gritos de quienes intentaban animarse mutuamente sintiendo que a cada minuto esas fuerzas les iban abandonando mientras las palmas de las manos les sangraban, por lo que al poco la única respuesta que obtenían era el agónico jadear de cuantos se encontraban al límite de su resistencia y algún que otro sollozo de aquellos que estaban convencidos de que la muerte se había instalado a bordo de sus frágiles embarcaciones.

La resistente soga que las unía se tensaba una y otra vez, pero con la llegada de una nueva ola restallaba amenazando con romperse, dejando de ese modo a los más débiles a merced de un mar que aparecía de un amenazante e intenso color azul añil, al tiempo que se mostraba cada vez más inmisericorde.

Un grupo de delfines les adelantó jugueteando y saltando alegremente, por lo que no pudieron por menos que sentir envidia de quienes demostraban disfrutar como niños en el corazón de lo que a ellos se les antojaba el peor de los infiernos.

Docenas de gaviotas observaban desde el cielo sus inútiles esfuerzos.

La costa se alejaba.

¡Dios bendito! La inaccesible isla volcánica parecía haber cobrado vida y se alejaba como si fuera a ella a la que empujara el viento.

–¡Remad, remad, remad! –se desgañitaba una vez más el teniente Baeza–. ¡Por los clavos de Cristo, remad o moriremos!

Ya no se trataba de una orden; era más bien una angustiada súplica.

Incluso el voluntarioso Bruno «Pamparahoy» comenzaba a dar muestras de fatiga.

A los pocos minutos dos de los hombres de la lancha que iba prácticamente a remolque de la primera se derrumbaron, incapaces de continuar luchando contra las olas...

O el destino.

Únicamente el mayor de los gallegos aún se esforzaba.

Continuó bogando solo, furioso y desesperado, rogando a sus compañeros que no se dejaran derrotar hasta haber exhalado el último aliento, pero al poco pareció comprender que su embarcación se había convertido en una pesada carga, y el solo hecho de intentar aproximarse a la que le precedía en un mar tan agitado las pondría a ambas en grave riesgo de zozobrar.

Durante unos instantes permaneció muy quieto con la cabeza entre las manos y los codos apoyados en las rodillas como si le costara aceptar la derrota, hasta que al fin se puso en pie en la proa extrayendo de la cintura un afilado cuchillo al tiempo que gritaba:

–¡Adiós, Amancio! ¡Adiós, hermano!

Cortó la soga y permaneció muy quieto observando cómo, liberada de tan insoportable peso muerto, la primera embarcación avivaba la marcha en procura de la lejana costa.

Con el rostro bañado en lágrimas pero incapaz de enjugárselas por miedo a perder el ritmo de las paladas, Amancio Ares continuaba remando más con el corazón que con los brazos, sin apartar la vista de aquel con quien había compartido la mayor parte de su vida y cuya figura se iba empequeñeciendo en la distancia.

–¡Vamos, vamos, vamos...! –le gritaba el incansable Pamparahoy–. ¡Un último esfuerzo!

Tal vez el hecho de verse en la necesidad de remar de espaldas a la isla y cara al mar, lo que les obligaba a observar cómo la embarcación de sus tres compañeros parecía estar siendo absorbida por una implacable bestia de un azul cada vez más oscuro, fue lo que insufló a los tres hombres el miedo suficiente como para negarse a compartir idéntico destino y apretar los dientes sacando fuerzas de donde no existían.

¿Cuántos millones de infelices se habían enfrentado de igual modo al océano a lo largo de la historia, y cuántos habían perecido cuando parecían tener la salvación al alcance de la mano?

Marinero, no le temas al mar, teme a la roca.
Marinero, no le temas al mar, teme a la roca.
El mar mece tu cuerpo, la roca lo destroza.
El mar mece tu cuerpo, la roca lo destroza.
Mujer, recuérdame en tu corazón y no en la boca.
Mujer, recuérdame en tu corazón y no en la boca.
Que quiero descansar en el fondo y no en la costa.
Que quiero descansar en el fondo y no en la costa.

Los esforzados tripulantes de la vetusta y cochambrosa carabela que les había llevado hasta El Hierro entonaban una y otra vez aquella vieja balada marinera, intentando darse ánimos en la dura tarea de izar las velas, pero ni el castellano ni el andaluz ni el gallego que en aquellos momentos luchaban con tanto denuedo por salvar sus vidas pudieron sospechar durante la larga, monótona y penosa travesía que comenzó en Sevilla que apenas transcurrirían tres días desde que les desembarcaran antes de tener que enfrentarse al terrible dilema de elegir entre descansar para siempre en el oscuro fondo del océano o acabar destrozados contra los acantilados por la furia de rugientes olas de seis metros de altura.

¿Premonición o burla del destino?

¿Qué más daba?

–¡Arrecifes a proa, mi teniente! –gritó de improviso el zamorano–. ¿Qué hacemos?

Gonzalo Baeza comprendió que apenas disponía de un par de minutos para elegir entre dos opciones a cuál más indeseable y arriesgada: o dejar de bogar y permitir que el viento y las corrientes les arrastraran de nuevo mar afuera, uniendo su destino al de quienes ya comenzaban a perderse de vista en el inestable y ondulado horizonte, o intentar cruzar entre lo que se presentaba como un laberinto de puntiagudas rocas cubiertas de blanca espuma que inevitablemente convertirían la falúa en astillas.

–¿Tú qué opinas?

–¡Que esto se presenta muy feo, mi teniente! Hagamos lo que hagamos, será pan para hoy y hambre para mañana.

–¿Y tú qué dices, Amancio?

–Que tierra es tierra, por dura que sea.

–¡Eso es muy cierto! –reconoció su superior en un tono de absoluta convicción–. ¡Tierra es tierra, y el jodido mar para los peces! Vamos allá y que sea lo que Dios quiera. ¡Todo a babor!

–Y eso, ¿qué carallo significa?

–Que hay que virar a la izquierda, mastuerzo; intentaremos cruzar por el canal que conduce a aquella ensenada y aunque será como pretender introducir esa maroma por el ojo de una aguja, no nos queda más remedio que intentarlo.

En buena lógica aquella gruesa maroma nunca habría pasado por el ojo de una aguja tan estrecha, pero en el último momento una ola inusualmente caritativa decidió apiadarse de las múltiples desgracias de aquellos infelices, elevó con suavidad su embarcación obligándola a pasar a unos centímetros por encima de las afiladas aristas de roca y la depositó en el interior de una pequeña ensenada natural de apenas veinte metros de diámetro, donde no obstante al poco comenzaron a penetrar nuevas olas bastante menos amistosas.

La costa de aquel extremo de la isla era el resultado del brusco enfriamiento del magma ardiente surgido de la boca de un volcán al precipitarse sobre el océano, por lo que las negras y lisas coladas de lava constituían un espectáculo a la par subyugante y dantesco; el lógico resultado del violento choque de los elementos más antagónicos de la naturaleza: el fuego y el agua.

Y en el interior de aquella especie de circo natural la frágil e inestable lancha bailoteaba siguiendo el capricho del oleaje que penetraba por el estrecho canal y que la zarandeaba como a un corcho obligándola a rebotar contra la pared del fondo con el fin de propinarle un nuevo papirotazo en el momento en que regresaba.

De nada servían allí ni los remeros ni los remos.

Bruno «Pamparahoy» fue el primero en comprenderlo, lanzarse al agua, aferrar la soga y comenzar a nadar de espaldas tirando de la embarcación en dirección al único punto, una diminuta playa en la que podía aspirar a vararla.

Conscientes de que les iba en ello la vida, Gonzalo Baeza y el gallego le imitaron y tras diez minutos de ímprobos esfuerzos soportando los golpes de mar y el dolor de unas manos despellejadas consiguieron poner a salvo la falúa, aunque bastante maltratada y casi desfondada.

Cuando al fin se dejaron caer agotados sobre un repecho de unos cinco metros de altura, se habían convertido en la viva estampa de lo que eran: los maltrechos restos de un naufragio.

Y como si el simple hecho de que se hubieran puesto a salvo significara el fin de un macabro juego que ya no divirtiera a los caprichosos elementos, se calmó el viento, el oleaje disminuyó su fuerza y una marea que había alcanzado poco antes su punto álgido comenzó a retirarse vaciando de agua la pequeña ensenada.

Aguzaron la vista, pero tan solo cuando el sol comenzó a inclinarse sobre el horizonte consiguieron distinguir, destacando sobre la infinita superficie azul, la mancha oscura de una embarcación que permanecía inmóvil en mitad de la nada.

–¿Por qué no reman…? –inquirió casi sollozando Amancio Ares–. ¿Por qué no vuelven a intentarlo? Quizá ahora, con el mar más tranquilo, conseguirían llegar a tierra.

–Se dieron por vencidos, y cuando alguien se da por vencido, le resulta imposible recuperar el ánimo –le hizo notar su teniente en tono pesimista–. Por eso no hay que rendirse nunca.

–¿Acaso es esto mejor? –quiso saber el desalentado gallego al que le costaba trabajo pronunciar cada palabra–. Preferiría estar allí viendo cómo Carlos se salva que aquí sabiendo el final que le espera en mitad del océano.

–Pero ni el teniente ni yo tenemos un hermano en esa barca, lo cual cambia mucho las cosas... –le recordó sin acritud el zamorano–. ¿Viven tus padres? –Ante el leve gesto de asentimiento añadió–: Pues les consolará saber que al menos uno de sus hijos consiguió salvarse.

–Pero nunca les cuentes la verdad... –se apresuró a intervenir Gonzalo Baeza–. Es mejor que crean que tu hermano murió sin sufrir que imaginar lo mal que lo va a pasar perdido en el mar.

–¿Y qué les digo si luego resulta que no ha muerto? –quiso saber Amancio Ares–. ¿Cómo puedo contarles que se ahogó si no estoy del todo seguro? Si como algunos marinos afirman, existe tierra más allá de estas islas, tal vez consiga llegar a ella y un buen día regrese a casa sano y salvo.

–Ese puñetero océano es como la vida, chaval... –le espetó Bruno «Pamparahoy» con sorprendente desparpajo–. Si ya resulta agotador llegar hasta el final, imposible resulta regresar.

–No entiendo qué has querido decir con eso.

–¿Y qué más da? Tampoco yo entiendo la mitad de las cosas que ocurren a mi alrededor y no me vuelvo loco por ello. ¿Y ahora qué hacemos, mi teniente?

–Pasar aquí la noche y descansar –fue la resignada respuesta–. Me da la impresión de que a este se le ha dislocado el brazo, a mí se me está hinchando un tobillo, y los tres tenemos las manos en carne viva. ¡Jodidos remos!

–Iré a buscar el agua y las provisiones, no sea que con la subida de la marea se lleve la barca con todo lo que contiene –se ofreció el incansable zamorano al tiempo que le echaba un ligero vistazo a la pierna de su superior y comentaba pesimista–: Ese tobillo empieza a parecer una berenjena madura. ¿Duele mucho?

–Solo cuando bailo... ¿Podrás traer las cosas tú solo?

–Mejor que con su ayuda, desde luego... –Se volvió al tercer superviviente, que permanecía absorto con la vista clavada en el horizonte, con el fin de inquirir–: ¿Cómo va ese brazo?

–¿Qué brazo? –fue la pregunta de quien parecía regresar desde muy lejos.

–El que tienes colgando...

Amancio Ares bajó la vista, observó su brazo como si fuera la primera vez que lo veía, ni tan siquiera hizo la intención de moverlo, pero al poco comentó:

–Me duele todo; puede que sea el brazo y puede que no...

Ante lo incongruente de la respuesta, Bruno «Pamparahoy» se limitó a encogerse de hombros e iniciar el descenso entre las rocas hasta el punto en que se encontraba la malparada embarcación.

Cuando al fin regresó cargando a duras penas con una cantimplora y un empapado saco de provisiones, caía ya la noche.

Bebieron con ansia, comieron sin hambre y en cuanto las tinieblas se apoderaron del paisaje no pudieron evitar que les invadiera una extraña sensación de desaliento al advertir como allá, muy a lo lejos, una diminuta luz se agitaba en el horizonte.

Tres hombres desesperados habían prendido fuego a sus ropas en una última y angustiosa petición de auxilio.

Pero nadie estaba en condiciones de acudir en su ayuda.

Recostado contra la pared de lava y luchando por no gemir a causa del insoportable dolor que se había adueñado de su amoratada pierna, el joven oficial Gonzalo Baeza no consiguió impedir que sus ojos se anegaran en lágrimas al hacer recuento del terrible desastre que había significado su primer día al mando de una tropa.

Había perdido las dos terceras partes de sus hombres.

Cuatro de seis.

Un desertor y tres condenados a morir de la forma más terrible que cabía imaginar, mientras lo único que podía alegar en su defensa se limitaba al hecho de que había carecido del coraje suficiente como para negarse a obedecer una orden que implicaba correr demasiado riesgo.

¿Qué prisa había?

¿Qué necesidad tenían de lanzarse con tanta urgencia a la aventura de circunnavegar una isla desconocida sin los medios necesarios?

El antequerano había sido entrenado para enfrentarse a enemigos armados en un campo de batalla, pero no para adentrarse en el océano sobre una inestable barquichuela tan plana que ni siquiera se le podía acoplar una mísera vela, por lo que el resultado de tan terrible error estaba a la vista.

Lo que soñaba con que fuera una brillante carrera militar no había durado ni tan siquiera un día, pese a lo cual eso era lo que menos le preocupaba en aquellos momentos.

Lo que en verdad le obsesionaba era la luz que continuó brillando y agitándose desesperadamente durante casi una hora antes de desaparecer como la llama de una vela que se extingue y su desesperación se vio acompañada por el ahogado sollozo del infeliz que se encontraba a su lado, que pareció comprender que aquella señal luminosa había sido la postrera despedida de su hermano.

Marinero, no le temas al mar, teme a la roca.
Marinero, no le temas al mar, teme a la roca.
El mar mece tu cuerpo, la roca lo destroza.
El mar mece tu cuerpo, la roca lo destroza.
Mujer, recuérdame en tu corazón y no en la boca.
Mujer, recuérdame en tu corazón y no en la boca.
Que quiero descansar en el fondo y no en la costa.
Que quiero descansar en el fondo y no en la costa.

Aquellos tres condenados no eran marineros y el fondo del Océano Tenebroso era demasiado grande como para descansar en paz.

* * *

En el momento en que le despertó el primer rayo de sol, Amancio Ares dormía a su lado, pero Bruno «Pamparahoy» había desaparecido.

Lo buscó con la vista temiendo que se hubiera convertido en un nuevo desertor, pero al poco advirtió que gritaba desde lo alto y al alzar la vista descubrió que había conseguido trepar por la lisa y peligrosa pared de lava hasta un centenar de metros sobre su cabeza, desde donde le saludaba con un gesto amistoso.

Cuando el gallego abrió al fin los ojos, ambos observaron con aprehensión cómo descendía con infinito cuidado a riesgo de precipitarse al vacío.

En el momento en que al fin puso el pie en el repecho dejó escapar un malsonante reniego antes de mascullar resoplando:

–Es cierto eso de que resulta más sencillo subir que bajar porque al subir vas viendo dónde te agarras, pero al bajar lo haces a tientas y a poco más me escalabro.

–¿Aún se distingue la barca? –inquirió un ansioso Amancio Ares.

–¡No! Lo siento. Ya debe de estar muy lejos.

–Tal vez el viento y la corriente la han traído de regreso a tierra.

–¡Tal vez...! –respondió por decir algo el zamorano pese a que resultaba evidente que no creía en ello.

–¿Has encontrado alguna forma de salir de aquí? –quiso saber su superior, que de igual modo daba ya por perdidos a los tres hombres.

–En el estado en que se encuentran, uno medio manco y el otro medio cojo, la única ruta es el mar... –replicó Pamparahoy seguro de lo que decía–. Por ese acantilado no hay paso, pero a poco más de una legua hacia el oeste se distingue un saliente más allá del cual el mar se ve más tranquilo.

Si consiguiéramos llegar a esa zona, tal vez encontraríamos un lugar accesible para saltar a tierra.

–¿Y pretendes que lleguemos hasta allí en esa falúa? –se escandalizó el gallego como si se estuvieran refiriendo a un crimen o un sacrilegio.

–¡Qué remedio!

–¡Pero esta ya está casi hundida! –argumentó el otro con toda la razón del mundo–. No llegaríamos ni a cincuenta metros de la costa.

–¿Y qué quieres que te diga? ¿Que es pan para hoy y hambre para mañana? Por lo que a mí respecta, no tengo problemas a la hora de volver a escalar el acantilado y salir de aquí.

–¿Serías capaz de...?

–¡Si no me queda otro remedio...!

–¡Eres un jodido hijo...!

–¡Basta! –les interrumpió en tono autoritario Gonzalo Baeza–. Se supone que aún soy quien da las órdenes y ni tú ni yo estamos en condiciones de trepar por esa pared sin rompernos la crisma. Lo que tenemos que hacer es vaciar la barca y taponar como buenamente podamos las vías de agua. Si conseguimos que se mantenga un rato a flote, Pamparahoy y yo remaremos con todas nuestras fuerzas mientras tú vas achicando.

–Es muy arriesgado.

–Pero es lo que hay. Si superamos esa saliente y encontramos aguas tranquilas y un buen refugio, daremos gracias a Dios; de lo contrario, que la Virgen nos proteja.

–El único consuelo estriba en que si las cosas van mal, nos hundiremos sin que la corriente nos arrastre mar afuera.

–Intentaremos que vayan bien... –mascullo su teniente mientras extendía la mano indicando que le ayudaran a levantarse al tiempo que añadía–: Y tenemos que darnos prisa porque solamente podremos salir de ahí abajo con la marea muy alta.

Daba pena verlos, desmoralizados y harapientos, doloridos y convencidos de que la mala suerte se había cebado en ellos, esforzándose entre apagados reniegos y sonoras palabrotas en un fatigoso y desesperado intento por poner de nuevo a flote una desencajada chalupa cuya única aspiración parecía ser la de quedarse en aquel perdido rincón de aquella perdida costa de aquella perdida isla hasta que el sol, el mar y el viento la convirtieran en astillas.

Tras ellos se elevaba un muro de negra lava, ante ellos la inmensidad del océano, y su única tabla de salvación lo constituía un montón de desencajadas tablas.

–¡Vaya por Dios, lo que faltaba! –exclamó de improviso el grandullón.

–¿Qué demonios ocurre ahora? –se alarmó el gallego volviéndose a todas partes en busca de un nuevo peligro.

–Con tanto esfuerzo al remar y trepar por el acantilado me están empezando a joder las almorranas.

–¡La madre que te parió, hijo de puta! –le espetó airadamente el antequerano–. ¡Qué susto me has dado! Te cambio tus almorranas por mi tobillo.

–No, gracias, teniente, que las almorranas se me alivian metiendo el culo en agua, y ese tobillo cada vez tiene peor aspecto. –Bruno «Pamparahoy» se introdujo en el mar hasta la cintura, cerró los ojos al tiempo que soltaba un largo suspiro de satisfacción y por último hizo un gesto con la barbilla hacia el interior de la falúa–. Y ahora es mejor que suban a bordo porque la marea está casi al máximo y saldremos mejor de aquí si yo empujo.

Aceptaron conscientes de que era una solución más lógica que intentar maniobrar con los remos en tan pequeño espacio, por lo que al cabo de diez minutos y tras estar a punto de zozobrar en un par de ocasiones, se encontraron al fin flotando sobre un mar inusualmente tranquilo a unos veinte metros de la costa.

Volvieron a achicar, asentaron los pies haciendo toda la presión posible sobre los trozos de tela que habían introducido entre las tablas más separadas con el fin de que el agua no penetrara a borbotones, y dos de ellos se aplicaron a la tarea de remar con toda su alma mientras el tercero se esforzaba con su único brazo útil en un desesperado esfuerzo por sacar agua y evitar irse a pique.

Los delfines acudieron de nuevo a visitarles saltando ante la proa como si pretendieran animarles.

Las gaviotas revolotearon chillando y peleándose como si apostaran por su éxito o su fracaso.

Sus vidas dependían una vez más de sí mismos y no deseaban perderlas.

Al fin y al cabo, era lo único que les quedaba.

Bogaron y bogaron sin atender a nada que no fuera el ir y venir de los remos hasta que alcanzaron el saliente del acantilado, lo rodearon y el océano se mostró de improviso casi como un lago entre montañas.

Tan solo entonces decidieron tomarse un corto respiro.

Al fondo de la amplia ensenada se distinguía la desembocadura de un barranco en cuyas laderas se abrían las entradas de varias cuevas.

Una veintena de hombres, mujeres y niños les observaban desde la orilla.

4

–Se ha hablado y escrito tanto sobre él que cuanto pudiera añadir se te antojan banalidades o estúpidas excusas a un fracasado cuyo grado de ineptitud superaba los límites de lo que se pudiera considerar mala fortuna. Quien no lo ha conocido niega tercamente su existencia, pero quien ha sentido de cerca la fuerza de su aliento se rinde ante el hecho innegable de que es el único monstruo ciertamente invencible.

–¿A quién te estás refiriendo?

–Al amor.

–¿El amor...? –repitió frunciendo el ceño con gesto de desaprobación monseñor Cazorla–. El amor siempre será una bendición divina, nunca un «monstruo ciertamente invencible».

–Al igual que cuando el río que nos da vida se desborda, o el fuego que nos calienta prende en el bosque, en ocasiones la pasión que nos llena de felicidad crece y crece alimentándose de sí misma hasta que no queda en el mundo otro horizonte que el amor y en ese momento se deja de pertenecer a la especie humana para pasar a convertirse en una criatura diferente, compuesta de dos partes aunque en realidad no son más que una sola.

–Me esfuerzo por seguir el hilo de tus pensamientos, pero empiezo a tener la extraña sensación de que desvarías... –no pudo por menos que comentar el religioso mientras mantenía la cucharilla clavada en un apetitoso pedazo de pastel de higos, sin apartar la mirada del rostro de su viejo amigo–. ¿A qué viene tan intempestiva disquisición sobre las virtudes y defectos del amor si lo que me interesa saber es cómo te recibieron los isleños cuando te encontrabas en una situación tan angustiosa?

–Viene a que el mundo puede ser tan extenso, poblado, maravilloso, horrendo, justo, injusto, amable y cruel cuanto se quiera, pero a veces ocurre el milagro de que todo él se concentra en un punto, en una sola persona, en unos ojos que por primera vez te miran y te transmiten que ya solo existirán para mirarte y para que tú los mires.

–¡Bobadas!

–¿Cómo puede un hombre de Dios considerar «bobadas» a aquello que en el fondo no es más que el punto álgido de la obra cumbre del Creador? –musitó apenas el dueño de la casa como si en verdad la observación le resultara inadmisible–. Cualquiera puede levantar una montaña, grande o pequeña, e incluso crear un mar, pequeño o grande, pero tan solo el Señor es capaz de conseguir que cuando un hombre y una mujer se ven por primera vez tomen conciencia de que han nacido el uno para el otro incluso a miles de leguas de distancia.

–Admito mis carencias al respecto –se vio obligado a reconocer con una sonrisa que pretendía ser de disculpa el aragonés–. Me suelo mover mejor en el campo de la política, donde lo que impera no es el amor, sino el odio, y en el que todos saben que no han nacido el uno para el otro, sino más bien «el uno contra el otro».

–Lo lamento por ti.

–Pues no debieras lamentarlo porque quienes nos dedicamos a la política sabemos desde el primer momento que entramos en un juego de avaricia, ambición, mentira, traición y desamor, gracias a lo cual, al estar prevenidos, nada consigue herirnos con excesiva gravedad –fue la tranquila respuesta que rebosaba la naturalidad de quien acepta los hechos sin cuestionarlos–. Reconozco que a estas alturas de la vida me desconcierta más una buena acción que una puñalada, pero eso es algo que no viene al caso. ¿Qué ocurrió cuando pusiste el pie en aquella lejana playa?

–Ocurrió antes incluso de llegar a tierra, porque apenas penetramos en la ensenada la descubrí, erguida sobre una roca, con una larga lanza en la mano en cuyo extremo aún se agitaba el pez que acababa de capturar, y te aseguro, sin ánimo de mostrarme irreverente, que semejaba la mismísima Virgen María alzada sobre un pedestal con el azul del cielo y una blanca nube a sus espaldas. Fue entonces cuando nuestras miradas se cruzaron y en ese mismo momento ambos supimos que nos amaríamos hasta el fin de nuestros días. Casi cuarenta años después aún continúo amándola.

Monseñor Alejandro Cazorla no se decidió a responder de inmediato, impresionado no solo por las palabras que acababa de escuchar, sino sobre todo por la apasionada sinceridad con la que habían sido pronunciadas y gracias a las cuales empezaba a comprender por qué razón un apuesto militar de brillante carrera, uno de los generales más jóvenes y condecorados de su tiempo, dueño además de una considerable fortuna familiar, se había negado a mantener cualquier tipo de relación sentimental pese a que hubiera tenido la opción de encontrar esposa entre las mujeres más hermosas y deseadas de la corte.

Eran muchos los que se preguntaban la razón por la que no aceptó la intermediación de una reina que tanto le apreciaba, y que hubiera visto con sumo agrado que eligiera pareja entre sus exquisitas damas de compañía.

–¡Ay, general, general! –le había espetado de forma muy directa en cierta ocasión–. ¿A qué tanto empeño en permitir que desaparezca vuestro linaje? La Corona necesita hijos que defiendan a nuestros hijos del mismo modo que nos habéis defendido.

¿Era aquella la respuesta?

–¡Háblame de ella! –rogó al fin.

–¿Qué puedo decirte, si como afirmas nunca has experimentado lo que siente un ser humano en el momento en que se enfrenta a la persona a la que el Creador le destinó antes incluso de haber comenzado a diseñar las estrellas? –respondió aquel que parecía haberse sumergido en un pozo de recuerdos de aguas muy limpias pero al propio tiempo terriblemente amargas–. Era la criatura más excepcional que hubiera nacido en parte alguna, exteriormente tan hermosa como la propia Venus recién salida de las aguas, pero poseedora al propio tiempo de una luz interior tan resplandeciente que incluso el sol que se reflejaba en esos momentos en el mar parecía rendirle tributo. Y cuando me vio no pareció extrañarse, como si se encontrara en aquel lugar desde tiempo inmemorial, sabiendo que pronto o tarde tendría que entrar a formar parte de su vida.

–¡Apasionada descripción, vive Dios!

–Miserable frente a la realidad, te lo aseguro, que hubieran sido necesarios el genio de Dante cantando a Beatriz, o de Petrarca en su exaltación de las virtudes de Laura, para esbozar apenas cuanto era Garza y cuánto significó y continúa significando para mí cuando he dejado ya atrás la última posada del camino.

–¡Garza! Bonito nombre sin duda.

–Fue como la bauticé en el momento de verla al borde del agua con un pez en la mano, e hice bien porque su auténtico nombre es difícil de pronunciar para quien no hable la lengua de los isleños. Como ocurre con el árabe, es un idioma que en ocasiones resulta excesivamente gutural.

–¿Y cómo te entendías con ella? –quiso saber monseñor Cazorla.

–¡Absurda pregunta, mi buen amigo! –fue la burlona respuesta–. Asaz absurda y propia tan solo de quien ignora que para los auténticos amantes no existen los idiomas; una mirada, un gesto, el simple roce de una mano, expresan más que todas las palabras que pueda contener la muy erudita *Historia de Roma* que me encontraste leyendo esta mañana.

–Poeta me has salido.

–Ningún soneto equiparable a la belleza de Garza ni ninguna oda capaz de reflejar la intensidad de su dulzura.

–¡Bueno es cilantro, pero no tanto...! –protestó el aragonés dejando escapar una corta carcajada–. El almíbar te rebosa por los poros. Admitamos, pese a que cuesta trabajo hacerlo, que tu amada era tal como la describes, ¿qué ocurrió a continuación?

–Que en cuanto penetramos en la ensenada los nativos nos contemplaron como si fuéramos fantasmas porque la tarde anterior habían sido testigos de cómo una embarcación con tres extranjeros a bordo surgía de improviso de detrás de una punta de rocas, pero el viento y las corrientes la alejaban irremisiblemente mar adentro. Durante gran parte de la noche habían permanecido atentos a la luz que se iba alejando hacia lo que ellos también consideran el océano infinito, y cuando al fin llegaron a la conclusión de que esa monstruosa masa de agua a la que tienen pavor se los había tragado, se encontraron con la sorpresa de que la misma lancha, porque, a decir verdad, eran idénticas, con tres extranjeros a bordo, penetraban de pronto en su ensenada. Tiempo después averigüé que estaban convencidos de que éramos los mismos, lo que hizo que desde el primer momento nos consideraran superhombres y lo cierto es que nos sirvió de mucho; resulta harto difícil convivir con dioses, ya que siempre se permanece a la espera de un milagro, mientras que no lo es tanto convivir con personas a las que admiras porque estás convencido de que han sabido vencer al mar y el viento en una lección de coraje.

–Y lo cierto es que la disteis... –le recordó el aragonés.

–Ni remotamente hasta el punto de habernos perdido en la distancia pasada la medianoche y estar de vuelta remando como si tal cosa a media mañana. Te aseguro que para unos isleños que a lo largo de la historia jamás han navegado ni construido una embarcación, aquello debió antojárseles una auténtica hazaña.

Monseñor Alejandro Cazorla, que había paladeado con delectación hasta la última migaja del exquisito pastel de higos, movió una y otra vez la cabeza arriba y abajo, se diría que algo le había acudido de pronto a la mente, y apuntando a su interlocutor con la rechupeteada cucharilla, comentó:

–Por cierto, ese es un detalle que siempre me ha llamado poderosamente la atención y por mucho que he preguntado nadie ha sido capaz de darme una explicación satisfactoria. –Hizo una corta pausa antes de inquirir–: ¿Por qué razón los canarios no construían barcos con el fin de comunicarse y comerciar entre las islas si están a la vista unas de otras?

–No existe una sola razón, sino varias, y a mi modo de entender, la mayoría perfectamente lógicas.

–¿A saber...?

El general Gonzalo Baeza hizo una leve indicación a su solícita ama de llaves con el fin de que sirviera una nueva ración de postre y una copa de licor de cerezas a su invitado y a continuación alzó el dedo pulgar con el fin de indicar:

–La primera estriba en que al carecer de metales no disponían de herramientas tan esenciales a la hora de construir una embarcación fiable como puedan ser hachas, sierras, azuelas, cepillos, clavos o martillos; lo único que conseguían eran ingobernables balsas de troncos o de pellejos inflados.

–En el Mediterráneo se usaron.

–Los pueblos del Mediterráneo tienen fama de ser excelentes marinos, pero su pequeño y tranquilo mar es casi una charca de patos frente a la magnitud y la furia de este océano. Los vientos resultan con frecuencia imprevisibles y las corrientes entre las islas son como ríos que arrastran irremisiblemente los barcos hacia la nada, y de ello soy el mejor testigo. Supongo que alguno de los que se arriesgaron a cruzar a una isla vecina conseguiría llegar, pero lo que está claro es que las corrientes imperantes no le permitieron regresar.

–La verdad es que cuando te asomas a ese acantilado y observas las olas batir allá abajo, se te hiela la sangre –reconoció quien se disponía a disfrutar de otra generosa ración de pastel de higos–. ¡Y ese estruendo...!

–La segunda razón, y no menos importante, es que cada isla, sobre todo las cinco occidentales, se bastaban a sí mismas a la hora de abastecer de todo lo necesario a sus pobladores, que además parece ser que se imponían un férreo control en los nacimientos con el fin de no ser tan prolíficos como para poner en peligro la supervivencia del conjunto.

–Algo he oído al respecto. ¿Cómo lo conseguían?

–Nunca lo he sabido, pero lo que importa es que disponían de cuanto necesitaban, mantenían un equilibrio con el entorno y no aspiraban a más. –El dueño de la casa aceptó que Fayna le sirviera también una copa de licor de cerezas, lo probó y a continuación añadió–: Posteriormente he podido constatar que ese conocimiento de qué cantidad de miembros deben vivir en un determinado territorio respetando el entorno y sin sobrepasar su capacidad de alimentarlos es muy común entre tribus primitivas.

–Pero va contra los deseos del Creador, que ordenó: «Creced y multiplicaos».

–Pues opino que tendría que haber especificado hasta qué punto convenía que se multiplicaran porque con harta frecuencia un excesivo aumento del número de habitantes provoca la necesidad de lanzarse a la conquista de nuevos territorios iniciando las guerras. Por suerte, aquí ninguna isla se veía obligada a intentar avasallar a la vecina y como no tenían con qué comerciar, dado que todas producían prácticamente lo mismo, resultaba estúpido arriesgarse a acabar siendo pasto de los peces. Si en su casa eran felices, nada se les había perdido fuera.

La pregunta que hizo a continuación el religioso ocultaba un trasfondo que no pasó desapercibido a su compañero de mesa:

–¿Y a tu buen entender eran felices?

–Supongo que a su manera fueron felices hasta el día en que les ofrecimos collares, telas, espejos y un sinfín de objetos que no necesitaban, pero que poco a poco se convirtieron en imprescindibles, lo cual trajo aparejadas la envidia, la soberbia y la avaricia. Y eso trajo aparejados a su vez discusiones, robos e incluso muertes, con lo que todo se fue al carajo.

–¡Esa lengua, mi general!

–¡Calla, mujer entrometida, que de lo que hablo es algo que tú conoces mejor que nadie porque lo has vivido en propia carne!

–Eso es muy cierto.

–¿Pretendes decir con eso que hemos hecho mal en traerles la civilización y el conocimiento de la verdadera fe? –quiso saber monseñor Cazorla.

–¡Por supuesto! ¿O acaso consideras que es preferible ser vendido en un mercado de esclavos a vivir sin collares o sin espejos?

–¿Y la palabra de Dios?

–¡Oh, vamos, Alejandro! –le echó en cara su amigo–. Tú sabes tan bien como yo que la palabra de Dios se escucha mejor desnudo en una lejana selva que cubierto con un manto bordado en oro ante el altar mayor de la catedral de Burgos. No es cuestión de oído; es cuestión de corazón.

–Es posible... –reconoció muy a su pesar el aludido–. Pero no creo que sea este el momento de enzarzarnos en una discusión de semejante envergadura, sino de saber qué fue lo que ocurrió cuando llegasteis a tierra.

* * *

En sus ojos se leía admiración, respeto, temor y tal vez incluso compasión, puesto que los tres desechos de hombre que descendían de la destartalada embarcación presentaban un aspecto ciertamente deplorable y nada tenían que ver con la deslumbrante tropa de altivos soldados que desembarcaran cuatro días atrás en una playa no demasiado lejana.

Un cojo, un manco y un aquejado de almorranas cubiertos de magulladuras y arañazos y sin más vestimenta que unos sucios y destrozados calzones, puesto que el resto de su ropa continuaba taponando vías de agua en el fondo de la embarcación, no daban en absoluto la imagen de un ejército de conquistadores, y la pandilla de mocosos que pululaban a su alrededor se hubieran bastado y sobrado a la hora de devolverlos al mar a cocotazos.

Mientras los isleños se ocupaban de varar la barca, sus mujeres acudieron a atender a los heridos, pese a que en el momento en que la que ya había sido bautizada mentalmente como Garza se aproximó a quien le había puesto tal nombre todas se apartaron como si de una forma inconsciente hubieran entendido que la pareja formaba un mundo aparte en el que nadie más tenía cabida.

De la misma forma que ciertos amantes se reconocen con una simple mirada, los ajenos lo advierten y en aquel caso resultaba tan evidente que ni uno solo de los presentes osó interponerse entre ellos.

Gonzalo Baeza quedó de ese modo en las solícitas manos de quien había de ser su dueña y su esclava hasta el fin de los días que cualquiera de ellos llegara a vivir.

Las cosas que carecen de explicación no necesitan ser explicadas.

Simplemente ocurren.

A lo largo de la historia grandes imperios se perdieron a causa de la irresistible atracción que experimentó un hombre por una mujer, y de igual modo se ganaron reinos por la irresistible atracción que llegaba a experimentar una mujer por un hombre.

Pero cuando ese sentimiento resultaba mutuo, poco importaba qué clase de imperios o reinos se perdieran o ganaran porque lo que estaba en juego era su propio universo.

Cada minuto que permaneció sobre la faz de la tierra Gonzalo Baeza hubiera dado cuanto tenía por regresar al momento mágico en que la muchacha se inclinó por primera vez sobre él, alargó la mano y le acarició apenas la mejilla.

El violento latigazo de placer que recorrió su cuerpo, desde el tumefacto tobillo hasta el último cabello, tan solo fue una vaga promesa de los miles de maravillosos momentos que aún estaban por venir.

Como él mismo diría muchos años más tarde: «Quien no lo ha conocido niega tercamente su existencia, pero quien ha sentido de cerca la fuerza de su aliento se rinde ante el hecho innegable de que es el único monstruo ciertamente invencible».

Pasión y amor pueden ser considerados sentimientos distintos, pero en contadas y muy elegidas ocasiones se unen de forma tan completa e indisoluble que no existe fuerza humana capaz de separarlos e incluso diferenciarlos.

Aquella mañana ocurrió de ese modo en una playa de arena volcánica de la más lejana de las islas conocidas.

La joven inclinada sobre una roca con una larga lanza en la mano permanecía atenta a los peces que acudían a devorar la carnada que había lanzado al agua, y tras ensartar con habilidad al mayor de ellos, se irguió con el fin de arrojarlo al charco en el que aún coleteaban los que había arponeado anteriormente; en ese momento alzó el rostro, distinguió la figura de Gonzalo Baeza y pasó de ser niña a ser mujer sin necesidad de mover un solo músculo.

El recién llegado había penetrado en ella con tanta dulzura como penetraría después infinidad de veces, y agradeció a la venerada diosa de las mujeres, Moneiba, que se hubiera dignado elegirla como eterna compañera de quien pese a su lamentable estado se le antojó un ser fabuloso con el que ni tan siquiera se hubiera atrevido a soñar de adolescente.

No le importó que cojeara, que tuviera las manos en carne viva ni la piel del rostro, el pecho y la espalda enrojecida por el violento sol que le había golpeado de forma inmisericorde; nada de ello importaba porque sabía que bajo tan aparente desgracia se ocultaba el padre de sus hijos.

Y es que su abuela le había explicado en multitud de ocasiones que los niños que duermen en lo más profundo del vientre de las mujeres se agitan y les mordisquean las entrañas cuando presienten la proximidad de quien les despertará a la vida.

Cuando se inclinó por primera vez sobre Gonzalo Baeza y le acarició la mejilla, los niños que podrían llegar a nacer en su seno saltaron de alegría.

Su madre, que la observaba atentamente, se dio cuenta al instante de que acababa de perder a una hija y ganar a una amiga.

Su primera intención fue tomarla por el brazo, apartarla hasta el borde del agua y obligarla a comprender el riesgo que corría al entregarse de ese modo a un extraño, pero casi al instante pareció comprender que todo cuanto pudiera decir resultaría inútil, puesto que no se encontraba ya frente a una muchacha a la que podía aconsejar, sino frente a una mujer que acababa de elegir un difícil camino.

«Cuando dos que de verdad se aman avanzan juntos por la vida, las amarguras se dividen y las alegrías se multiplican.»

Lo sabía bien porque había recorrido con su pareja un largo camino plagado de días de dolor y noches de placer en el que por tres veces habían pasado del éxtasis de engendrar a un hijo al terrible sufrimiento de ver cómo moría entre sus brazos.

Se limitó, por tanto, a ayudar a su hija a cargar con el herido hasta la cueva en que habitaban y los dejó a solas sin ser capaz de determinar si lo que sentía en esos momentos era felicidad o tristeza.

Los ojos del extranjero, del color del mar en los amaneceres en calma, parecían estarle preguntando por qué razón se mostraba tan fatalista.

Y es que Gonzalo Baeza no había necesitado cruzar con ella ni una sola palabra, que al fin y al cabo tampoco hubiera entendido, para saber qué era lo que pasaba en esos momentos por su mente porque por disparatado y absurdo que pudiera parecer abrigaba la extraña sensación de que cuanto estaba sucediendo a lo largo de tan ajetreada jornada era algo que ya había vivido anteriormente.

Desde el día en que decidió lanzarse a la aventura de buscar un destino diferente en una isla desconocida presintió que algo así ocurriría, aunque nunca imaginó que fuera en verdad tan diferente y en el lugar más lejano de que se tenía conocimiento.

Había llegado a donde tenía que llegar, por lo que, agotado tras tan accidentado viaje, se limitó a cerrar los ojos y descansar.

* * *

–¿Qué vamos a hacer, mi teniente?

–No tengo ni la menor idea.

–Ahora ese tobillo se parece más a un melón putrefacto que a una berenjena madura, pero tengo la sensación de que acabará arreglándose.

–Siempre es un consuelo oírlo, sobre todo viniendo de alguien como tú. ¿Cómo se encuentra Amancio?

Bruno «Pamparahoy» se limitó a golpearse repetidamente la frente con el dedo, lo que evidenciaba una vez más su fatalismo.

–Sigue teniendo el brazo jodido, pero lo peor le sale de la mollera; se pasa las horas mirando el horizonte convencido de que su hermano volverá. Alguien me contó que eso de mirar el horizonte esperando que un familiar regrese del mar es una costumbre muy gallega.

–Será entre los de Vigo o La Coruña, no entre los de Lugo... –le hizo notar su superior–. Y Amancio es de Lugo.

–Y eso ¿qué tiene que ver?

–Que Lugo no tiene mar, pedazo de acémila.

–¡Vaya por Dios! Es cierto lo que decía mi padre de que en el ejército cada día se aprende algo nuevo. De acuerdo, Lugo no tiene mar, pero a esta isla le sobra y esa barca está más agujereada que el corazón de un prestamista. ¿Cómo vamos a salir de aquí?

–Supongo que a pie cuando estemos en condiciones de hacerlo –fue la tranquila respuesta de quien resultaba evidente que no tenía la más mínima prisa a la hora de reanudar su accidentado viaje–. ¿Qué tal las almorranas?

–Aún me molestan, pero el agua de mar les viene bien y

en un par de días estaré como nuevo. Y con todos los respetos, os aseguro que si os apetece quedaros una larga temporada por aquí, por mi parte no hay el más mínimo inconveniente; cuanto más tiempo pase lejos del sargento Molina, mejor.

–Creí que te gustaba el ejército.

–El «ejército» empieza de sargento para arriba, mi teniente; el resto somos «puta tropa de leva». A nadie en su sano juicio le apetece que cuando está tranquilamente en su casa aparezcan unos tipos armados hasta los dientes y se lo lleven alegando que tiene la obligación de servir al rey. Mi abuelo tuvo que servir a cuatro, entre ellos un moro. ¿Qué clase de ejército es el que te obliga a enfrentarte a tu propia gente?

–Uno que esté sometido al capricho de los políticos, porque ya se sabe que cambian de bando como de camisa... –El herido hizo un significativo gesto con la mano como si aquella fuera una conversación que no viniera al caso, y de hecho no venía–. ¿Qué piensas de los isleños? –quiso saber a continuación.

–Parecen buena gente, bastante primitivos, pero incapaces de hacer daño a nadie; al fin y al cabo, tienen cebada, frutas, ganado y peces para parar un carro, por lo que no veo por qué razón tendrían que meterse en líos jodiendo a nadie. Es lo que yo siempre había deseado: vivir con Marypaz.

–¿Quién es Marypaz? ¿Tu novia del pueblo?

El otro no pudo evitar que se le escapara una corta carcajada al advertir que su superior había caído en su tonta trampa.

–No es mi novia... –señaló a continuación–. Mar-y-paz es lo que se encuentra aquí: un mar en el que refrescarte y una paz en la que nadie te despierta a las seis de la mañana ordenándote limpiar las letrinas. Creo que si encontrara una novia como Garza, no me importaría quedarme en este rincón del mundo para siempre.

–Garza no es mi novia... –se apresuró a corregirle su superior–. Tan solo es quien me cuida.

–¡Oh, vamos, teniente, no me tome por más tonto de lo que soy! –le espetó el otro con una evidente falta de respeto–. Hasta las cabras se han dado cuenta de que están locos el uno por el otro y me parece estupendo porque si tal como pregona fray Bernardino nuestra misión es incorporar a los nativos a nuestra fe y nuestra cultura, más vale que se haga con caricias que a estacazos.

–En eso tienes toda la razón, qué quieres que te diga... –se vio obligado a reconocer su interlocutor.

–Se agradece el comentario; yo tan solo soy un pobre analfabeto de pocas luces, pero entiendo que si tenemos que acabar formando un pueblo común con los isleños, tenemos la obligación de acostarnos cuanto antes con sus mujeres.

–¿Y por qué esa prepotencia?

–No es prepotencia; es que nuestras mujeres aún tardarán años en venir, y como además suelen ser jodidamente remilgadas, tardarán aún más en acostarse con lo que consideran «salvajes».

–Bien mirado, en eso también tienes razón.

–Lo malo es que conozco a mis compañeros de armas y algunos son unas auténticas bestias.

–¿Como por ejemplo...?

–No me tire de la lengua, teniente, no me tire de la lengua, que presiento que el camino va a ser largo y tendrá tiempo sobrado de descubrir quién es cada cual en esta historia.

Gonzalo Baeza le observó de medio lado y con el ceño fruncido, apretó los dientes porque en ese justo momento el tobillo le había propinado un latigazo de dolor, esperó a que se le calmase y tan solo entonces inquirió:

–¿Acaso sabes cosas que yo no sepa?

–En un cuartel, quien no sepa algo que los demás no saben lo tiene crudo, y si lo sabe y lo cuenta a destiempo, lo tiene aún peor... –fue la cínica respuesta–. Ahora lo que importa es curarse esa pierna porque según tengo entendido nuestras órdenes son trazar un mapa detallado de la isla sin importar el tiempo que tardemos... ¿O no es así?

–Lo es... –reconoció el herido como si de pronto hubiera caído en la cuenta de cuál era su verdadera misión–. Y ya que me lo has recordado, debería empezar a trabajar en ello antes de que se me olviden los detalles. Tráeme mis cosas de pintar y que Amancio te ayude a improvisarme una mesa a la sombra de aquellos árboles.

5

—Un hecho en apariencia tan intrascendente como sentarte a dibujar las costas de una isla, sus acantilados, sus playas, cuevas, chozas y las personas que las habitan puede cambiar por completo el destino de un ser humano y el sentido de toda una vida.

Acababan de tomar asiento de nuevo en el cenador blanco y verde al que monseñor Cazorla se había preocupado de llevar la botella de licor de cerezas y una copa, y tras mojarse apenas los labios, puesto que resultaba evidente que lo que en realidad le gustaba era el dulce sabor de la bebida más que su graduación, señaló burlón:

–Lo entenderé si me lo explicas, o es que eres un genio de la pintura y yo no me había enterado.

–No era necesario ser un genio para conseguir que seres que desconocían la tinta y el papel se maravillaran ante el hecho de que de pronto les dibujara un cerdo, un delfín, un pulpo o la cara de un niño que a veces, ¡te garantizo que solo a veces!, se parecía ligeramente al original.

–Resulta comprensible –se vio en la obligación de reconocer el aragonés cambiando el tono de su discurso–. No solemos darnos cuenta del valor que puede tener algo tan común como un pedazo de papel o la tinta necesaria para enviar un mensaje hasta que carecemos de ellos. El conseguir comunicarse por medio de la pintura o la escritura está considerado, y a mi modesto entender con razón, uno de los mayores progresos en el transcurso de la evolución humana.

–Para mí fue como abrir la puerta que separaba mi mundo del de Garza, sobre todo por el hecho de que demostró casi desde el primer momento una rara habilidad, infinitamente mayor que la mía, a la hora de expresar con tres simples trazos lo que sentía o pretendía... –Gonzalo Baeza extrajo de un bolsillo del pecho una vieja cartera de cuero y de ella un pequeño pedazo de papel amarillento que se advertía que había sobado y resobado miles de veces al tiempo que añadía como si se tratase de un inconfesable secreto–: Así me veía ella...

Su amigo de tantos años no pudo evitar un leve estremecimiento cuya naturaleza no alcanzaba a comprender al tomar con sumo cuidado lo que cabría considerar una preciada reliquia y advertir con cuánto amor se había realizado el retrato de un altivo muchacho cuyo rostro parecía estar irradiando felicidad.

–Con un buen maestro y un poco de práctica podría haber llegado a ser una gran artista –reconoció con absoluta sinceridad–. Aunque considero que más que tu rostro estaba dibujando tus sentimientos.

–Se nota, ¿no es cierto? –replicó el general al tiempo que devolvía el papel a la cartera–. Me acababa de anunciar que estaba embarazada, por lo que era tanta mi alegría que me salía por los poros. A menudo imaginaba que aquel niño, engendrado en la primera playa que encontraban las olas tras atravesar el océano llegando desde nadie sabía dónde, sería el primogénito de una nueva raza y heredaría las virtudes de ambas mientras sus padres nos preocupábamos de que no heredara los defectos de ninguna... –Hizo una corta pausa, fijó la vista en la nevada cima del volcán que comenzaba a adornarse con las nubes del atardecer, y con una leve sonrisa de amargura añadió–: Un estúpido sueño que jamás hubiera podido llegar a concretarse.

–Ningún sueño que haga referencia a un mundo mejor puede ser estúpido –sentenció con firmeza su interlocutor–. Irrealizable tal vez, pero no estúpido. Gracias a tales sueños hemos conseguido ir avanzando a lo largo de la historia; a trompicones sin duda, pero avanzando.

–Y avanzaríamos más si no fuéramos tan pretenciosos al despreciar todo aquello que no es nuestro; los isleños conocen maravillosos secretos de la naturaleza que nos facilitarían la vida, pero nos negamos a aceptarlo alegando que son «cosas de salvajes». –Gonzalo Baeza pareció sonreír a sus recuerdos en el momento de añadir–: En cierta ocasión le pedí a Garza que me dibujara lo que a su modo de ver era lo más importante de este mundo, y tras meditar un largo rato me dio a entender que era algo imposible de dibujar. Y tenía razón.

–¿A qué se refería?

–Dímelo tú... ¿Qué es lo más importante de este mundo y que no se puede dibujar?

–¿Dios?

–Los mejores artistas lo han pintado de mil formas distintas.

–¿El amor?

–Más de lo mismo.

–¿La fe?

–La fe es importante, pero no «lo más importante», puesto que millones de personas viven o han vivido sin ella.

–En ese caso me doy por vencido. ¿A qué demonios se refería?

–Al aire. Podemos vivir años sin dios o sin amor, semanas sin comida y días sin agua, pero tan solo alcanzamos a vivir un par de minutos sin aire; el aire nos resulta esencial, pero no existe forma humana de dibujarlo.

–Astuta respuesta, sin duda –reconoció a regañadientes y muy a su pesar el religioso–. Francamente inteligente.

–Garza no me dio esa respuesta por demostrar lo inteligente que podía ser, sino por la simple lógica que rige la vida de quienes no suelen experimentar, al igual que nosotros, la necesidad de hacer alardes de superioridad. Como acostumbran a compartirlo todo, los isleños también comparten la mayoría de sus conocimientos.

–Se nota que los admiras.

–Más que a muchos de nuestros «sabios», a los que con demasiada frecuencia una exagerada confianza en sí mismos les condena a cometer increíbles errores –sentenció el dueño de la hermosa mansión–. No hay mayor ignorante que aquel que no es consciente de la magnitud de su ignorancia, y en eso los isleños nos llevan ventaja, puesto que reconocen sus propias limitaciones.

–Por esa actitud, porque los admiras, los respetas y eres quien mejor los conoce, es por lo que debes aceptar el nombramiento de gobernador. Únicamente las personas tan involucradas como tú en su forma de entender el mundo que les rodea puede salvarlos de la esclavitud, la servidumbre e incluso me atrevería a decir que de su posible extinción como raza.

–Pero es que aún ignoras el verdadero peso de mis motivos para oponerme, querido amigo –fue la inmediata respuesta–. Apenas te he contado los prolegómenos de una historia que acabaría por desembocar en la peor de las tragedias, y la vida me ha enseñado que con demasiada frecuencia intentar ayudar a los oprimidos tan solo conduce a que aumente su grado de opresión porque más latigazos recibe el esclavo rebelde que el sumiso por justas que sean las razones que le impulsaron a rebelarse.

Monseñor Alejandro Cazorla decidió tomarse un corto respiro, introducir de nuevo la lengua en el licor, sopesar cuanto acababa de escuchar y medir muy bien sus palabras consciente de que lo que pretendía dar a entender no se prestaba a errores.

–El término «rebeldía» debe quedar fuera de toda discusión, puesto que de alguna forma implica enfrentarse a las leyes y a él se aferran los que en realidad contravienen ladinamente esas leyes. Sabes mejor que nadie que basta con que los terratenientes acusen a un indígena de que se ha alzado en armas para que le permitan esclavizarlo sin que un inepto funcionario se detenga a analizar qué clase de armas está en condiciones de empuñar una niña de ocho años a la que alguien quiere vender. Lo que pretendemos es que las buenas leyes se apliquen con buen rigor.

–A las buenas leyes les suele ocurrir como a los buenos vinos, mi inocente amigo; no soportan un viaje en barco, se marean y se malean. Lo que se legisla en la Península no se obedece en el archipiélago y no es culpa de los isleños, sino de quienes manipulan torticeramente los más justos edictos durante la travesía. Lo que deberías hacer es importar notarios que den fe por escrito de que los poderosos se limpian el trasero con los edictos reales.

–¡Esa lengua, Gonzalo! Esa lengua que siempre te ha perdido y te continuará perdiendo.

–Cuando ascendí a general, otro que estaba a punto de retirarse me aconsejó: «Deja libre la lengua que dice la verdad, aunque te ofenda, y encierra la lengua que miente aunque te alabe; la primera hiere, la segunda mata».

–Sabio consejo que aceptaré encantado porque lo cierto es que en la corte se vive rodeado de lenguas que no por empalagosas son menos ponzoñosas, y el tiempo me ha enseñado que el principal enemigo del gobernante son el exceso de alabanzas que acaban por nublarle el entendimiento.

–Y estoy de acuerdo porque no hay peor coronel que aquel a quien sus capitanes le hacen creer que es general...

El religioso dejó a un lado la copa como si comprendiera que estaba comenzando a abusar del licor y tras un nuevo momento de reflexión quiso saber:

–¿Por qué siempre te refieres a ellos como «isleños» o «nativos» pero nunca como «guanches»?

–Porque pese a que la palabra se haya generalizado, «guanches» tan solo son los naturales de Tenerife y a los nacidos en las otras islas les molesta que les denominen de ese modo; es como si alguien decidiera que todos los españoles tendríamos que llamarnos asturianos o manchegos.

–Supongo que no nos haría ninguna gracia… –admitió el aragonés–. Sobre todo a los vascos, a los catalanes y a mis paisanos. Pero olvidémonos de la semántica y volvamos a lo que importa, que es el hecho de que te encontrabas en el confín del mundo, habías perdido las dos terceras partes de tus efectivos, la lancha estaba inservible y apenas podías dar un paso. –Agitó la cabeza pesimista al concluir–: Por san Judas que no se me antoja ni el mejor lugar ni el mejor momento para enamorarse.

–Por san Judas que un pesebre de Belén en pleno invierno no se me antoja ni el mejor lugar ni el mejor momento para venir al mundo, pero de ese modo acontecen las cosas cuando el Señor decide. Te consta que he tenido infinidad de ocasiones de unirme a mujeres espléndidas en momentos y lugares idóneos, pero ni tan siquiera percibí el olor del humo del voraz incendio que en aquellos días había arrasado mi corazón; lo grande del amor es lo poco que necesita para arder eternamente.

–¡No empecemos…! –le atajó su interlocutor alzando la mano como si intentara protegerse de una grave amenaza–. No vuelvas a ponerte romántico o me tiro al barranco. Admito de una vez por todas y sin la menor sombra de reservas que Cupido te había lanzado sus flechas hasta dejarte como al pobre san Sebastián, clavado en una estaca, pero si lo que pretendes es que te disculpe ante Su Majestad por no aceptar el cargo, tienes que darme razones mucho más sólidas y convincentes que un amor loco.

* * *

Amancio Ares decidió «dejar de hacer el gallego» oteando a todas horas el mar a la espera del regreso de su hermano, puesto que contra su voluntad llegó a la amarga conclusión de que pese al dolor que ello le causaba no cabía abrigar el menor asomo de esperanza de que el océano devolviera su presa.

Recuperado casi por completo de la lesión del brazo, pareció comprender que lo mejor que podía hacer para mitigar su pena era trabajar con ahínco, razón por la que se aplicó a la tarea de desarrollar una frenética actividad que tuvo la virtud de asombrar a unos reposados isleños habituados a tomarse las cosas con estudiada calma.

Se dedicó a recorrer como una ardilla los bosques de los alrededores hasta dar con el tipo de árbol que le proporcionaba la resina que necesitaba y de la que se apresuró a hacer acopio en grandes cantidades con el fin de calentarla luego a fuego lento e ir aplicándola con el cuidado de un cirujano a las junturas de la tablazón de la falúa. Introducía a continuación en ellas finas tiras de madera que cortaba al milímetro, en una labor tan minuciosa y exquisita que mantenía a los curiosos como embobados y atentos a cada uno de sus gestos.

Los lugareños, que jamás habían visto con anterioridad una barca, un martillo, un cuchillo, un cazo de metal, ni mucho menos una habilidad manual tan detallista, lanzaban a menudo exclamaciones de admiración, como si en lugar de a un simple trabajo manual estuviesen asistiendo a un novedoso y fascinante espectáculo.

La atención de un gran número de ellos solía repartirse entre ayudarle alcanzándole herramientas, pedir a Gonzalo Baeza que les hiciera un retrato y admirar a Bruno «Pamparahoy» cuando cortaba leña con ayuda de un hacha.

Sin duda, todo ello se les antojaba prodigios propios de un mundo del que hasta entonces apenas habían tenido otra noticia que las furtivas incursiones que solían realizar los cazadores de esclavos.

Una tarde la encorvada y achacosa abuela de Garza tomó asiento junto al gallego, que continuaba atareado en su minuciosa tarea, le alargó lo que parecía ser una rústica brocha, destapó la cazuela de barro que había traído consigo, y le indicó con gestos que utilizara su contenido en pintar una franja de la borda de la embarcación.

Amancio Ares dudó, pero ante la insistencia de la anciana y los ademanes de aprobación de los presentes acabó por hacerlo, con lo que de inmediato la cochambrosa embarcación comenzó a cubrirse de un hermoso color sorprendentemente llamativo.

Bruno «Pamparahoy» no pudo por menos que lanzar una exclamación de asombro y acudir a toda prisa con el fin de ayudar a Gonzalo Baeza a que bajara a la playa a contemplar de cerca semejante prodigio.

–¡La madre que lo parió! –exclamó fascinado–. ¡Venga a ver esto, mi teniente!

Era en verdad algo digno de admiración, sobre todo al observar el violento contraste entre la madera reseca, cuarteada y porosa y la nueva superficie lisa, brillante y de una tonalidad indescriptible, mezcla de rojo y azul sin llegar a ser violeta.

Era el color del poder: el color púrpura.

Cuando los españoles quisieron saber cómo se obtenía tan hermosa tonalidad, les dieron a entender que aquel constituía un valioso secreto que en toda la isla tan solo era conocido por tres «chamaidas» a las que les había sido transmitido de generación en generación puesto que en él radicaba la suprema belleza, pero también el final de todas las alegrías y el comienzo de todas las amarguras.

El hecho de que la anciana se hubiera dignado permitirles hacer uso de algo tan preciado era una muestra de afecto y respeto hacia los extranjeros, así como una especie de aceptación de uno de ellos como pareja de su muy amada nieta.

Un andaluz, un gallego y un zamorano habían pasado de ese modo a formar parte de la gran familia de la que ella era, desde hacía años, indiscutible matriarca.

Tres días más tarde, y casi al amanecer, dos muchachos que mariscaban con la marea baja comenzaron a dar gritos señalando con el brazo extendido una zona del océano sobre la que sobrevolaban cientos de gaviotas y emergían de continuo infinidad de delfines que corrían tras lo que semejaba una inmensa alfombra plateada.

–¡*Vailas, vailas!* –aullaban, y casi de inmediato hasta el último de los lugareños corrió hacia un extremo de la bahía portando cestos y vasijas de barro al tiempo que los mejores nadadores se lanzaban al mar golpeando con ramas su superficie con el evidente fin de ayudar a los delfines a empujar a la masa de peces hacia una pequeña ensenada en la que las mujeres y los niños habían comenzado a arrojar grandes cantidades de «leche de tabaiba», un líquido blanco espeso y ponzoñoso que habían extraído de una especie de cactus muy abundante en la isla.

En su desesperada huida de los insaciables delfines, las gaviotas y los hombres, lo que en realidad eran relucientes lubinas se agolpaban en un lugar de aguas poco profundas en las que quedaban muy pronto adormecidas por efectos del alucinógeno, lo que aprovechaban los lugareños para recogerlas con las cestas y trasladarlas a toda prisa a una cercana piscina natural que se conectaba con el mar por un estrecho canal cerrado con una red de gruesas ramas.

A los pocos minutos la mayoría de los peces habían conseguido recuperarse del momentáneo aturdimiento, pero era para descubrirse atrapados en un gran vivero del que los isleños se abastecerían según sus necesidades.

Los ejemplares de gran tamaño que no sobrevivían al traslado eran abiertos y limpiados en el acto con el fin de que se «jarearan» al sol y el viento.

Evidentemente, los hermosos días en que entraban las *vailas* eran jornadas de esfuerzo y regocijo para los miembros de la aldea.

Sentado a solas bajo un árbol, incapaz aún de dar un paso sin ayuda pese a que la hinchazón del tobillo había remitido de forma considerable, Gonzalo Baeza observaba con envidia cuanto ocurría a poco más de quinientos metros de distancia, lamentando no poder disfrutar de la evidente excitación que proporcionaba la milagrosa pesca al igual que parecían estar disfrutando tanto los lugareños como Bruno «Pamparahoy» y el gallego.

Tan abstraído se encontraba que no advirtió que alguien había tomado asiento a sus espaldas hasta que el recién llegado comentó:

–¡Buenos días, teniente! Me alegra ver que sigue vivo, aunque jodido.

Se volvió y al descubrir la identidad del intruso su primera intención fue ponerse en pie y empuñar su espada, aunque pronto cayó en la cuenta de que ni podía erguirse ni tenía espada.

–¡Maldito hijo de puta! –no pudo por menos que exclamar fuera de sí–. ¿Qué demonios haces aquí?

–Intentar haceros comprender que si aquel desgraciado día no me hubiera lanzado al mar, a estas horas sería pasto de los peces, dado que formaba parte de la tripulación de la embarcación que se perdió.

–Se perdió porque tú no estabas allí para ayudar a salvarla.

–¿Remando? –pareció escandalizarse el otro al tiempo que dejaba escapar una corta carcajada–. ¿Acaso me ha mirado bien, mi teniente? Desde que empecé a vomitar hasta las tripas, comprendí que era más un estorbo que una ayuda, presentí lo que se nos venía encima y tomé una decisión de la que, visto lo visto, no me arrepiento.

–Te has convertido en un desertor –le recordó su superior, pese a que se veía obligado a reconocer que no había estado en absoluto acertado a la hora de elegir como remero a un individuo tan escuálido–. Alegues lo que alegues, tu destino es la horca.

–Para ahorcarme primero tienen que agarrarme y por mucho que apriete la cuerda, menos sufriré que lo que han debido de sufrir esos tres infelices. –Señaló un punto a sus espaldas y añadió–: Desde lo alto de aquel risco pude ver cómo se perdía su luz en la distancia y os juro que lloré por ellos, pero lo único que recibí al nacer, e incluso durante todos estos años, es la vida, y por ello me esfuerzo en conservarla.

–También te dieron los sentimientos del compañerismo y el honor.

–Compañeros son los que uno elige por sí mismo, no los que te impone un oficial; y en cuanto al honor, siempre lo he considerado patrimonio de los nobles, y por mí puede continuar siéndolo.

–Pues si has venido con la intención de que te perdone por un acto de traición, has perdido el tiempo.

El espabilado hombrecillo al que tan solo se conocía por el apodo del Lagartija le miró como si acabara de decir una terrible herejía.

–¿Perdonarme? –repitió–. ¡Dios me libre! «Perdón» significaría volver a filas y nada más lejos de mi ánimo; me dieron a elegir entre pasarme diez años en presidio o enrolarme en el ejército, no lo dudé y admito que este es un buen lugar para vivir porque mi oficio era salteador de caminos, sé arreglármelas a la hora de sobrevivir sobre el terreno, y por esos montes pululan cabras, cerdos, conejos y toda clase de aves.

También abundan las frutas y ese océano está repleto de peces que se dejan atrapar sin gran esfuerzo; hago lo que me da la gana y nadie me da órdenes, o sea, que no necesito que me perdonen.

–¿Y piensas pasar el resto de tu vida vagando solo por esos riscos?

–Con el tiempo tal vez encuentre una isleña que me acepte, y si no es así, os aseguro que mejor solo que acompañado de sargentos... –Se puso en pie sonriendo de oreja a oreja al concluir–: Y ahora he de irme porque por ahí viene Pamparahoy y le creo capaz de perseguirme aunque tan solo sea por cobrar la recompensa que se suele pagar a quien atrapa a un desertor.

Se perdió de vista entre los árboles, y al poco llegó, en efecto, el zamorano cargando una docena de hermosas lubinas, que no pudo por menos que inquirir con una leve sonrisa:

–¿Es cierto que he visto a quien me parece haber visto? ¿Era el Lagartija?

–¡Lo era! –admitió su superior–. Pero dudo que vuelvas a verle porque tengo la impresión de que esta isla es una especie de laberinto en el que una auténtica lagartija como él se puede ocultar toda una vida.

–¿Y por qué demonios ha largado tan aprisa? –se sorprendió el otro–. ¿Acaso imagina que intentaría atraparle?

–Debió de pensar que más vale prevenir que lamentar.

–Pues mal pensado... –se lamentó Bruno «Pamparahoy» al tiempo que dejaba su carga sobre una roca y comenzaba a recoger leña–: No soy de los que se meten en vidas ajenas y si alguien tiene la rara oportunidad de elegir su camino, me alegro por él.

–Y tú, ¿qué camino piensas elegir? –quiso saber su interlocutor.

–¿Y qué quiere que le diga, mi teniente? Hoy me he divertido como no me divertía en años, y ahora nos vamos a inflar de lubinas a la brasa; o sea, que si así llueve, que no escampe y lo que tenga que venir, que venga.

–Pero nos han encomendado una misión.

–El manual del perfecto soldado especifica que cuanto más tardes en cumplir una misión, más tardarán en encomendarte otra. Nuestras órdenes son confraternizar con los lugareños y no cabe duda de que eso lo cumplimos a conciencia porque o mucho me equivoco, o alguien está «confraternizando» un mínimo de cinco veces diarias.

–¡A ver si demostramos un poco de respeto hacia un superior, carajo!

–¿Os parece poca muestra de respeto? –se sorprendió su subordinado–. Yo nunca he conseguido pasar de tres «confraternizaciones» al día ni aun cambiando de moza. Y ahora en serio, mi teniente... –añadió–. Dudo que nos envíen el relevo antes de un año, o sea, que tomémoslo con calma porque hasta ahora las prisas no nos han conducido más que a un auténtico desastre.

No obtuvo respuesta por la sencilla razón de que el antequerano estaba de acuerdo con lo que acababa de decir y le constaba que si de algo se arrepentiría toda la vida era de no haber cuestionado un absurdo mandato del todo inapropiado en aquel lugar y circunstancias. Debía haber antepuesto la seguridad de sus hombres al deber de la obediencia haciendo comprender al capitán Castaños que si aquella remota isla se había pasado miles de años sin un maldito mapa, de igual modo podía pasarse una semana más a la espera de que el mar y el viento decidieran tomarse un respiro.

Sus ansias de hacer méritos demostrando un valor que debería haber reservado para mejor ocasión habían conducido a la peor de las muertes imaginables a unos pobres muchachos a los que sí que no les quedaba otro remedio que obedecer.

La aceptación de tan craso error hacía que con demasiada frecuencia dudara sobre sí mismo y su capacidad de mando, lo que le llevaba a preguntarse si la razón de retrasar la continuación de su periplo en torno a la costa se debía a que no se encontraban en condiciones de hacerlo, a que estaba disfrutando de los días más felices de su vida, o a que le aterrorizaba la idea de enfrentarse de nuevo al océano.

Cierto que aún no conseguía dar media docena de pasos sin ayuda y cierto que podía exigirle al gallego que no fuera tan meticuloso a la hora de reparar la embarcación, pero cierto era también que en su fuero interno lo que hubiera deseado era prenderle fuego a la falúa, no volver a hacerse nunca a la mar y quedarse a disfrutar de aquella increíble luna de miel hasta el fin de sus días.

Cabría asegurar que en un determinado momento de su conversación con el desertor había sentido una cierta envidia de quien había elegido vivir sin ataduras.

Pocas cosas desconcertaban tanto a un ser humano como descubrir que existía un mundo totalmente diferente a aquel en el que había nacido y había sido educado, un desconocido universo en el que las normas de comportamiento y los principios básicos por los que se había regido hasta el presente carecían en absoluto de valor.

Era como si los muros de lo que siempre fuera un sólido edificio se hubieran resquebrajado de improviso y sus ocupantes tuvieran la extraña sensación de que hasta el último de los conceptos que habían ido acumulando desde el día que nacieron corriera peligro de desaparecer bajo los escombros.

Encontrarse de improviso inmerso en una sociedad en la que nadie reclamaba la propiedad sobre nada, ni nadie indicaba a nadie lo que tenía que hacer, obligaba a replantearse muchas de las «verdades» que hasta ese momento se antojaban incuestionables.

En lo más profundo de la mente del teniente Baeza comenzaba a librarse una batalla que iría ganando fuerza a lo largo de los años y en la que tal vez jamás llegaría a haber ni vencedores ni vencidos.

Tanto era así que ya en el lecho de muerte su corazón se encontraba en un mundo y el resto de su cuerpo en otro.

6

A medida que la luna aumentaba de tamaño, aumentaba en idéntica proporción la inquietud de los isleños.

Protegida por altos acantilados, en la quieta ensenada no soplaba ni una racha de viento y un agua muy limpia solía mostrarse casi como si se tratara de una charca por lo que todo se antojaba perfecto, pero a medida que las noches aparecían cada vez más luminosas, el nerviosismo de los lugareños crecía como si un mal augurio de muerte y destrucción estuviera a punto de abatirse sobre la minúscula aldea.

Una mañana, al advertir que ni una ola acertaba a batir contra la playa, se iniciaron los preparativos con el fin de evacuar a los ancianos y los niños tierra adentro.

Los españoles no tenían ni la menor idea de las razones por las que sus nuevos amigos se comportaban como si le tuvieran terror a la luna llena.

–Tal vez aquí también existan «hombres lobo», como en mi tierra... –aventuró con escaso convencimiento Amancio Ares–. Sabido es que atacan con la luna llena.

–¡No seas bruto, jodido gallego de tierra adentro...! –le espetó de inmediato en tono burlón Bruno «Pamparahoy»–. Si en esta isla no hay lobos, ¿cómo demonios esperas que haya «hombres lobo»? En todo caso, serían «hombres gorrino» u «hombres cabra».

–¡Muy gracioso, zamorano de los huevos...!

–¡Tranquilos! –medió su superior tal como se veía obligado a hacer con demasiada frecuencia–. Esta gente está aterrorizada y no es como para tomárselo a broma, o sea, que lo primero que tenemos que hacer es averiguar qué diablos les pasa y a qué viene tanto miedo.

Las explicaciones fueron prolijas y laboriosas, aunque, a decir verdad, la definitiva aclaración tan solo llegó gracias a los acertados dibujos de la habilidosa Garza.

Por lo que fue capaz de expresar, los cazadores de esclavos solían aprovechar las noches de luna llena y mar en calma a la hora de llevar a cabo sus temidas incursiones debido a que necesitaban una primera oscuridad con objeto de aproximar sus naves hasta casi una milla de la costa, y desde allí desembarcar en unas falúas muy planas a las que resultaba imprescindible la posterior luminosidad de la luna y la crecida de la marea con el fin de sobrepasar los arrecifes y llegar a tierra.

La amenaza de dos docenas de brutales «cazadores de hombres» armados hasta los dientes que no dudaban a la hora de violar, incendiar y asesinar antes de reembarcar llevándose principalmente a las mujeres y los niños constituía una importante razón para que toda una comunidad se mostrara aterrorizada.

La mayor parte de las veces los invasores llegaban desde la costa africana, pero de igual modo solían hacerlo los esclavistas portugueses e incluso algunos renegados españoles que no respetaban unas leyes que «se suponía» que tenían que castigar con dureza a quienes se atrevían a comprar y vender seres humanos.

En los mercados de Agadir, Tánger, Lisboa o incluso Valencia se ofrecían con excesiva frecuencia «Nativos de las islas Afortunadas» que habían ganado justa fama de buenos trabajadores.

Y se solía pagar precios muy altos por sus hermosas mujeres.

Resultaba harto comprensible, por tanto, el nerviosismo de quienes tenían desde muy antiguo amarga experiencia de lo que podía ocurrir durante aquellas cálidas y brillantes noches en las que lo que apetecía era bajar a la playa a cantar, bailar y asar cabritos sobre una crepitante hoguera.

–Una de nuestras misiones es defender a esta gente, pero no se me ocurre cómo hacerlo… –fue lo primero que comentó el teniente Baeza en el momento en que tuvo conocimiento de la innegable magnitud del problema–. Una veintena de hombres armados de espadas, ballestas y arcabuces constituyen una fuerza considerable, por lo que a la hora de plantarles cara nos encontraríamos en graves apuros pese a que estos lugareños sean muy buenos lanzando piedras.

–Tal vez podríamos parlamentar y hacerles comprender que la isla se encuentra bajo la protección de la Corona… –argumentó el gallego pese a que resultaba evidente que en esta ocasión tampoco creía en sus palabras.

–¿Parlamentar? –no pudo por menos que burlarse Pamparahoy–. ¡No digas majaderías! Si intentáramos «parlamentar», ten por seguro que dentro de dos semanas nos estarían vendiendo a uno de esos jeques a los que les encantan los culos españoles. Y yo tengo almorranas.

–En eso estoy de acuerdo aunque no padezca de almorranas... –admitió su teniente–. Pero algo hay que hacer.

–¿Qué tal empaquetar los trastos y ayudar a esa gente a ocultarse en las montañas? –fue la prudente propuesta.

–Para echar a correr, incluso medio cojo como estoy, siempre queda tiempo –fue la áspera respuesta–. ¿Cuánto falta para la luna llena?

–Tres días.

–Tal vez se nos ocurra algo en tres días.

–Lo dudo porque a mí no se me ha ocurrido nada en veinticuatro años –señaló muy seriamente el zamorano–. Pensar no es lo mío, o sea, que conmigo no cuente... –Se volvió al gallego–. ¿A ti se te ocurre algo?

–Soy bueno con las manos, pero no con la cabeza; si me ordenan que haga algo, lo hago, pero si me piden que piense, la cago.

–Muy gráfico... –admitió su superior–. Y además te salió en verso. ¡Bien! Al fin y al cabo, se supone que soy el oficial al mando y por lo tanto el que tiene la obligación de resolver los problemas... –Indicó un punto en la entrada de la ensenada antes de añadir–: Por lo visto es por allí por donde cruzan la zona de arrecifes esos hijos de puta, lo cual quiere decir que si colocáramos una bombarda en lo alto de aquel acantilado los tendríamos a tiro.

–¡Seguro! –se apresuró a responder en un tono abiertamente irónico Bruno «Pamparahoy»–. Me parece una brillante y excelente idea digna de un auténtico genio militar, pero con todos los respetos, mi teniente, a mi modesto modo de ver, el principal problema estriba en que no disponemos ni de bombardas, ni de pólvora, ni de municiones.

–De eso ya me había dado cuenta. ¡Y menos coña!

–¿Entonces...?

* * *

–De ninguna de las batallas que gané, las guerras en las que participé o las escaramuzas en las que me vi implicado a lo largo de tantos años de servicio conservo un recuerdo tan reconfortante como de aquel primer enfrentamiento con un enemigo muy superior en número que no solo ponía en peligro nuestras vidas, sino nuestra libertad y la de seres a los que amábamos.

–Me cuesta trabajo admitir que cometieras la insensatez de plantarles cara a quienes tú mismo reconoces que te superaban tanto en hombres como en armamento –protestó monseñor Alejandro Cazorla haciendo un alto en el largo pero tranquilo paseo que habían iniciado con el fin de compensar los nocivos efectos de tan copioso almuerzo–. Estaba en juego la vida o la libertad de muchos inocentes.

–Lo primero que hicimos fue poner a salvo al «personal civil» en una cercana zona tan abundante en cuevas y barrancos que sus perseguidores hubieran necesitado años en encontrarlos –se defendió su interlocutor–. Pero a mi buen entender la solución no estaba en que un mes sí y otro no aquella pobre gente se viera obligada a huir para descubrir a su regreso que les habían robado los víveres y el ganado amén de prender fuego a sus chozas; y estarás de acuerdo conmigo en que no resulta agradable tener que empezar desde cero una y otra vez.

–Totalmente de acuerdo –admitió el religioso reanudando la marcha por el ancho camino flanqueado de frutales que conducía a un mirador desde el que se captaba con total nitidez la isla de La Palma, uno de cuyos innumerables volcanes se mostraba especialmente activo lanzando al aire chorros de lava y columnas de humo.

–Y también estarás de acuerdo en que mi primera obligación era proteger a los habitantes de una isla que había pasado a ser parte de la Corona.

–Lo estoy.

–Pues como en esos momentos El Hierro era ya territorio español, me propuse defenderla aunque perdiera en el empeño hasta la última gota de sangre. –Gonzalo Baeza golpeó levemente el hombro de su viejo amigo con el fin de que se detuviera una vez más y le mirara a los ojos en el momento de inquirir con intención–: ¿O no hubieras hecho tú lo mismo?

–¡Naturalmente! –concedió de mala gana el aragonés–. Pero eso tiene que ser siempre que se disponga de los medios adecuados.

–Cualquiera puede ganar una batalla «si dispone de los medios adecuados», de la misma forma que hará una tortilla si le proporcionan los huevos apropiados. Pero a mí me habían enseñado que el verdadero estratega es aquel que sabe vencer en circunstancias adversas, y por lo tanto debía encontrar la forma de acabar de una vez por todas con aquella plaga de alimañas.

–Cosa sabida es que a lo largo de los años has demostrado ser uno de los mejores estrategas de tu tiempo... –reconoció sin la menor sombra de duda el religioso sin dejar por ello de avanzar a largas zancadas tal como acostumbraba–. Tienes justa fama de haber ganado batallas imposibles, y por lo tanto ardo en deseos de escuchar de tus propios labios cómo te las arreglaste en tu primer enfrentamiento armado. ¿De dónde sacaste esas bombardas que según tú resultaban imprescindibles a la hora de contener al enemigo?

–De ningún lado... –fue la desconcertante respuesta–. Para fabricar bombardas se necesitan metales, especialmente hierro y bronce, de los que no disponíamos, pero tras meditar mucho sobre ello caí en la cuenta de algo de suma importancia: esa carencia de metales era un aspecto del problema que los cazadores de esclavos ignoraban.

–Una vez más me esfuerzo por seguir el hilo de tus pensamientos y no lo consigo –mascculló un a todas luces malhumorado monseñor Cazorla aflojando el paso–. ¿Te importaría explicarte?

–Es sencillo; no disponíamos de metales, pero la isla es volcánica y por lo tanto no nos costó trabajo encontrar azufre, y como teníamos el salitre al alcance de la mano, en pocas horas fabricamos el carbón vegetal necesario para completar la mezcla y conseguir pólvora.

–No tengo ni idea de cómo se fabrica la dichosa pólvora.

–Ni falta que te hace a la hora de cantar misa, pero eso era algo que me habían enseñado en el ejército –le espetó su interlocutor sin el menor reparo–. Depositamos esa pólvora en el fondo de vasijas de barro prensándola con una gruesa capa de hojarasca muy seca con el fin de que al prenderle fuego provocara una sonora explosión seguida de la vistosa llamarada que se producía al arder la hojarasca, con lo que el resultado era semejante al estruendo y el fogonazo que surge por la boca de una bombarda en el momento de ser disparada.

–Ingenioso sin duda.

–¡Se agradece el cumplido! Mientras tanto había ordenado que subieran a la cima del acantilado tres troncos de un árbol muy flexible que incrustamos entre las hendiduras de las rocas de tal modo que hacían la función de catapultas capaces de lanzar gruesos pedruscos a casi media milla de distancia.

–Empiezo a entender tu estrategia.

–Durante todo un día hicimos pruebas hasta encontrar el peso de las piedras, el ángulo de tiro y la inclinación de las catapultas apropiados con el fin de que los proyectiles fueran a caer aproximadamente en el punto por el que tendrían que penetrar en la ensenada las embarcaciones enemigas. –Ahora fue el general retirado el que se detuvo con el fin de añadir como si se tratara de lo más natural del mundo–: Cuando aquella cuadrilla de hijos de puta, y perdona la expresión, hizo al fin su aparición, un muchacho que se encontraba oculto entre las rocas lanzó uno de sus famosos silbidos, entonces prendimos fuego a la primera mecha y los cazadores de esclavos pudieron advertir como en lo alto del acantilado resonaba una explosión seguida de una llamarada y a los pocos segundos un enorme pedrusco se les venía encima levantando columnas de agua a escasos metros de su embarcación. –Gonzalo Baeza sonrió como un maligno conejo al inquirir–: ¿Qué hubieras pensado en su lugar cuando un ataque semejante se repitió por tercera vez en menos de dos minutos?

–Que el regimiento de soldados españoles que acababa de tomar posesión de la isla había instalado en la cima del acantilado una batería de bombardas dispuesta a aplastarles el cráneo.

–¿Y qué hubieras hecho en su lugar?

–Virar en redondo y no volver ni loco a un lugar a todas luces hostil, peligroso y fuertemente protegido.

–¡Exacto! –Gonzalo Baeza sonrió de nuevo de oreja a oreja y añadió–: La importancia de las armas no estriba solo en tenerlas, sino en conseguir que el enemigo crea que las tienes porque con demasiada frecuencia atemoriza más lo imaginado que lo real. Aparte de eso, los isleños aprendieron a fabricar pólvora y montar catapultas, por lo que no volvieron a verse obligados a huir a las montañas cada vez que el océano estaba en calma y la luna comenzaba a crecer en el horizonte.

* * *

La fiesta duró dos días durantes los cuales se cantó, se bebió, se bailó y se sacrificaron cerdos y cabritos porque por primera vez en el transcurso de cientos de años los isleños se sabían a salvo de sus principales enemigos.

Los cazadores de esclavos constituían la cruel pesadilla con la que sus antepasados habían tenido que convivir desde que tenían memoria, conscientes de que con palos y piedras no podían defender a sus familias de unos indeseables que llegaban armados de hachas, espadas, ballestas, escudos de metal y armas de fuego.

Pasado el peligro, los hombres de la aldea se comportaban como niños probando una y otra vez la efectividad de las catapultas hasta que llegó un momento en que de tanto juguetear erraron el tiro y a punto estuvieron de descalabrar a una pobre anciana que se encontraba haciendo sus necesidades a la orilla del mar.

Ante los alaridos de la aterrorizada mujer que corría por la playa tal como Dios la trajo al mundo, el teniente Gonzalo Baeza se vio en la obligación de imponer su autoridad y prohibir nuevos lanzamientos de rocas en un vano intento de hacer comprender a los nativos el viejo dicho de que «Las armas las carga el diablo y las disparan los idiotas».

La abuela de Garza, matriarca indiscutible de la aldea, hermana de quien había estado a punto de acabar aplastada por un enorme pedrusco y la única persona cuyo criterio todos acataban sin la menor protesta, tomó la sabia decisión de que tan solo los dos hombres más sensatos pudieran tener acceso a la cima del acantilado, y que cuando quisieran realizar peligrosas «pruebas de tiro» avisaran con la debida anticipación con el fin de evitar accidentes.

Un infantil dibujo de Garza en el que se podía ver cómo una roca impactaba en el centro de la embarcación de los traficantes de esclavos y estos volaban por los aires pasó de mano en mano como el más preciado de los tesoros, provocando entusiasmo, risas y exclamaciones de admiración.

Y es que aquel sencillo pedazo de papel pintarrajeado constituía la primera representación a la que los isleños tenían acceso de la eterna necesidad del ser humano de ver cómo las fuerzas del mal acaban siendo destruidas por las fuerzas del bien.

La figura del teniente ordenando el ataque desde la cima del acantilado cobraba un significado mítico y casi podría decirse que «místico» para una minúscula comunidad que había asistido a más cambios y portentos durante las últimas tres semanas que a lo largo de cientos de años.

El arte de la navegación, el estruendoso y terrorífico poder de la pólvora y los misterios de la pintura habían irrumpido de improviso en sus vidas, pese a lo cual su curiosidad parecía no tener límite, como si vivieran ansiosos por adquirir nuevos conocimientos.

Era como si en su limitado universo se hubieran abierto diversas puertas ignoradas hasta entonces por las que pretendían salir a toda prisa deseosos de contemplar qué desconocidas y fabulosas maravillas les reservaban los nuevos horizontes.

Por ello, el día que Gonzalo Baeza decidió que había llegado el momento de partir, hasta el último de los lugareños pareció a punto de sumirse en una profunda depresión.

¿Por qué incomprensible razón debían marcharse unos seres tan portentosos?

¿Dónde les tratarían mejor que allí, donde nunca les faltaría de nada y hasta el último de los niños les adoraba?

¿Qué necesidad tenían de arriesgarse a que la inmensidad del océano les devorase cuando sus amplias chozas y profundas cuevas eran tan firmes y seguras?

Nada tan difícil de explicar a unos seres acostumbrados a vivir «a su aire» como el concepto de la necesaria obediencia a un oficial de rango superior so pena de acabar en presidio.

La jerarquía militar nunca había existido para ellos.

Y a la amarga tristeza se sumaba la incuestionable realidad de que quienes tanto les habían enseñado no se marchaban solos.

Como la joven y muy querida Garza se marcharía con ellos, la hija, la hermana, la nieta, la cuñada o la prima de alguno de los habitantes de la diminuta aldea les estaba abandonando.

Tampoco al gallego o a Bruno «Pamparahoy» les apetecía marcharse y fue este último quien resumió el sentir general en tan solo dos palabras:

–¡Menuda putada!

–¿Y qué pretendes que hagamos? –le espetó su malhumorado teniente, al que se le iba encogiendo más y más el ombligo a medida que se aproximaba la hora de partida–. ¿Quedarnos aquí hasta que nos encuentren y nos cuelguen por desertores? Cuando me alisté juré cumplir con mi obligación costara lo que costara y admito que esto me cuesta un huevo y parte del otro.

–Pero es que ni el gallego ni yo nos «alistamos» –le recordó el otro–. Nos reclutaron por cojones. ¿O no es así, Amancio?

El de Lugo cruzó los dedos índices en cruz con el fin de besarlos sonoramente al tiempo que afirmaba:

–Por mi madre que lo es; de tres hermanos se nos llevaron a dos, y ya sabéis lo que le ocurrió al pobre Carlos.

–Pues si quieres volver a ver a tu familia te garantizo que el único camino pasa por subirte a esa barca y confiar en tus propios remiendos –le hizo notar su superior.

–¿Y qué pasará si me niego a hacerlo? –fue la rápida respuesta.

–Que te quedarás aquí para el resto de tu vida.

–¿Me delatará para que vengan a buscarme?

–Tienes mi promesa de que nunca revelaré dónde te encuentras, aunque tampoco mentiré asegurando que has muerto.

–¿Eso sirve de igual modo para mí? –se interesó de inmediato Bruno «Pamparahoy».

–¡Naturalmente! –El tono de voz del teniente sonaba de una sinceridad incuestionable–. Por lo que a mí respecta, y dado que no sois voluntarios, habéis cumplido sobradamente con vuestra obligación y eso significa que de aquí en adelante podéis hacer lo que os plazca. –Se encogió de hombros como queriendo indicar que el resto ya no dependía de él–. Aunque me temo que el capitán Castaño no compartirá mi forma de pensar y os buscará hasta debajo de las piedras.

–Eso puedo garantizarlo –ratificó el zamorano–. Llevo dos años a sus órdenes y me consta que es un redomado hijo de puta de colmillo retorcido que el día menos pensado asomará la patita porque estoy convencido de que no aceptó este destino en aras del amor a la patria, sino con la intención de hacerse rico.

–Pocas posibilidades existen de hacerse rico en esta isla y te advierto seriamente de que debes tener más cuidado con lo que dices –le reprendió con severidad Gonzalo Baeza–. Se supone que aún continúo siendo tu superior.

–No se supone –replicó el otro con naturalidad–. Por lo que a mí respecta lo sigue siendo, lo cual no impide que aproveche la ocasión para decir lo que pienso y hacerle una seria advertencia: ¡ojo con las artimañas del capitán Castaños, mi teniente!

–¿De qué demonios estás hablando?

–De que la primera orden que dio casi nos cuesta la vida cuando se supone que es un oficial con la suficiente experiencia como para no cometer tan a la ligera un error que llevó a tres hombres a la muerte y estuvo a punto de acabar con todos.

–¿Acaso estás insinuando que lo hizo a propósito? –se escandalizó su interlocutor–. ¿Que nos obligó a zarpar con la intención de que nos ahogáramos?

–¡No! Eso no... –puntualizó con firmeza Bruno «Pampahoy»–. Creo que lo que realmente pretendía era que se negara a hacerse a la mar, con lo que le tendría cogido por los cojones para el resto de su vida.

–No entiendo adónde quieres ir a parar –se vio obligado a reconocer su superior–. ¿Qué sacaría con eso?

–Habría dejado constancia por escrito, y con abundancia de testigos dispuestos a firmar su informe, de que había demostrado carecer del valor necesario como para cumplir una orden directa, y de ese modo su carrera estaría siempre en sus manos. De ahí en adelante habríais tenido que guardar silencio sobre cualquier cosa que él hiciese o dijese que os pareciera mal u os arriesgaríais a que dicho documento saliese a la luz.

–¿Te atreves a acusar de chantaje a un oficial?

–¡No! Tan solo me atrevo a advertir a un oficial al que aprecio del peligro que corre como continúe obedeciendo órdenes y no espabile. Ese cabronazo es muy astuto; mucho en verdad.

–Me niego a creer que actúe como dices.

–Tiempo al tiempo, teniente; tiempo al tiempo. Y ahora más vale que tome una decisión porque dentro de un rato comenzará a bajar la marea y con la falúa sobrecargada resultará muy complicado sortear los arrecifes. Como diría este jodido gallego: *¿Nus vamos u nu nus vamos?*

7

A menos de una milla de la quieta ensenada los acantilados volvían a caer a pico sobre un oscuro océano que aún se mantenía inusualmente tranquilo.

Las islas más occidentales del archipiélago se elevaban como agrestes montañas, a menudo por efecto de violentas erupciones volcánicas, por lo que carecían de plataforma continental y ello propiciaba que a pocos metros de la costa comenzaran unos profundos abismos de los que cabía imaginar que cuando menos se pensara emergerían terroríficos monstruos marinos.

Pero lo que en esta ocasión emergió cuando apenas llevaban media hora de navegación fue una familia de ballenas, la menor de las cuales doblaba la longitud de la falúa y la mayor la triplicaba.

No mostraban ningún tipo de agresividad, nadando sin prisas en torno a una lancha a la que observaban con evidente curiosidad, puesto que no resultaría exagerado suponer que hasta aquellos momentos ninguna embarcación se había aventurado tanto en el interior del Atlántico.

Si la isla de El Hierro constituía el último lugar conocido del planeta rumbo al poniente, quien navegara a doscientos metros de distancia de su costa oeste lo estaba haciendo por una zona «virgen», a la vista de lo cual se comprendía que a los curiosos cetáceos les llamara la atención un extraño artilugio flotante desde el que unos diminutos seres les observaban con expresión de espanto.

Y es que para tres hombres de tierra adentro que el mayor bicho viviente que habían visto nunca era un caballo, aquellas moles de treinta metros de largo y cien toneladas de peso que emergían de improviso resoplando y lanzando chorros de agua se les antojaban demoníacas criaturas que tenían la virtud de ponerles la carne de gallina.

La joven Garza, que desde niña estaba acostumbrada a contemplar las ballenas desde los acantilados, se mostraba tranquila y casi feliz por el hecho de poder observarlas tan de cerca, pero a sus acompañantes, dos de los cuales apenas sabían nadar, no les hacía la más mínima gracia la idea de que en el momento de emerger desde las profundidades cualquiera de ellas «se los llevara puestos» a modo de sombrero.

–¿Seguro que no se comen a la gente? –inquirió casi en un susurro el atemorizado gallego.

–Eso he oído... –le replicó en el mismo tono su teniente.

–Esa respuesta no me sirve; lo que importa es que lo hayan oído ellas.

–Tengo entendido que se alimentan de peces diminutos.

–Pues para llegar a ese tamaño tendrán que habérselos comido a todos. –Amancio Ares, que continuaba sin creer en las buenas intenciones de los cetáceos, insistió–: Y si no pretenden comernos, ¿por qué diablos nos siguen?

–Creo que no nos siguen; se limitan a acompañarnos.

–¿Y por qué no se van a acompañar a un maldito entierro? Me están asustando.

–A lo mejor lo que están haciendo es protegernos de los calamares gigantes... –intervino con manifiesta mala fe Bruno «Pamparahoy»–. Por lo que tengo entendido, a esos les gusta comerse a la gente; en especial a los gallegos.

–¡Pues anda que iban a despreciar a un zamorano pese a que hieda a cerdo! ¿Y si nos arrimáramos un poco más a tierra?

–Correríamos peligro de encallar... –le hizo notar Gonzalo Baeza–. Mientras las ballenas vayan delante sabemos que las aguas son profundas.

Cuando al cabo de un rato no les cupo la menor duda de que pese a su gigantesco tamaño los cetáceos se movían con tanta elegancia y suavidad que nunca les harían zozobrar, comenzaron incluso a sentirse felices por el hecho de ser testigos de un espectáculo que muy pocos seres humanos podrían alardear de haber contemplado tan de cerca.

Y es que en el archipiélago canario el mundo se conservaba casi como en el momento de la creación, e incluso aún continuaba creándose, puesto que en algunas de sus islas los volcanes cambiaban de tanto en tanto la faz del paisaje.

Al caer la tarde distinguieron frente a ellos una diminuta playa plagada de charcos y rocas, por lo que decidieron abandonar la compañía de sus nuevas amigas con el fin de varar la embarcación, encender una pequeña hoguera, pescar algo para la cena y pasar allí la noche.

A sus espaldas se alzaba un inaccesible farallón, por lo que tomaron plena conciencia de que si arreciaba el viento y al océano se le ocurría embravecerse, las olas los estamparían contra las rocas, pero no fueron el mar o el viento quienes truncaron su plácido sueño, sino los gritos de Amancio, quien de improviso dio un salto y comenzó a sacudirse lanzando la totalidad de su amplio repertorio de malsonantes improperios.

–¡Cómo muerden los muy hijos de puta! –aullaba una y otra vez–. ¡Cómo muerden!

Bruno «Pamparahoy» apenas tardó un par de minutos en avivar los rescoldos de la hoguera y a su luz pudieron constatar, desconcertados y casi aterrorizados, que la diminuta playa se encontraba cubierta por una ondulante alfombra de un color entre rojo y cobrizo conformada por los caparazones de miles de cangrejos que habían acudido a devorar los restos de la cena, y al descubrir que no bastaba para todos se mostraban dispuestos a dar buena cuenta de sus dormidos ocupantes.

Intentaron apartarlos a manotazos y patadas, pero regresaban una y otra vez conscientes de su número y clavando sus pinzas con tal fuerza que se quedaban con un trozo de carne cuando se les arrancaba de golpe.

Los españoles optaron por correr hacia la barca en un desesperado intento por encontrar refugio en su interior, y pese a que Gonzalo Baeza aferró por el brazo a la muchacha intentando que le siguiera, esta se negó a hacerlo y armada de una pesada piedra comenzó a aplastar cangrejos machacándolos concienzudamente hasta convertirlos en una masa informe que de inmediato lanzó a uno de los charcos que se formaban entre las rocas.

A los pocos instantes, y como si se tratara de un disciplinado ejército que respondiera a un toque de corneta, los crustáceos corrieron hacia él con el fin de devorar los restos de sus congéneres.

Se inició entonces una cruel masacre difícil de describir, puesto que en sus ansias por hacerse con una parte del festín cada cangrejo aplicaba las pinzas a lo primero que encontraba al tiempo que Garza lanzaba pesadas piedras que aplastaban a otros, con lo que llegó un momento en que en la semioscuridad no se podía saber cuál estaba vivo y cuál muerto.

Cuantos más llegaban, más morían, y cuantos más morían, más llegaban.

El chasquido que producían las pinzas de miles de fuertes crustáceos al mutilarse entre sí acabó por convertirse en una enervante sinfonía.

Las mansas olas que penetraban en el charco arrastraban consigo al retirarse despojos de cangrejo y un intenso olor a carnada fresca, por lo que a los pocos minutos docenas de negras y viscosas figuras de aspecto fantasmagórico comenzaron a surgir del océano deslizándose sigilosamente con la evidente intención de convertirse en partícipes de tan suculento festín.

–¿Qué demonios es eso? –no pudo por menos que inquirir el cada vez más nervioso Amancio Ares.

–Pulpos.

–¡No jodas!

–No jodo, es que, por lo visto, a los pulpos les encantan los cangrejos.

–No me gustan los pulpos.

–Pues debes de ser el único gallego al que no le gustan.

Al amanecer la pequeña playa semejaba un campo de batalla.

Probablemente nadie había pisado con anterioridad un lugar al que tan solo se accedía por mar, pero resultaba evidente que en el transcurso de una única noche cuatro seres humanos habían provocado una auténtica revolución, desequilibrando pautas de comportamiento que se habían mantenido inalterables desde el comienzo de los tiempos.

* * *

–Todo ser humano es un potencial cataclismo tanto para otros seres humanos como para la naturaleza debido a su ilimitada capacidad de provocar daño incluso cuando no tiene intención de causarlo. El resto de los seres vivientes pueden influir de forma más o menos intensa en su entorno, pero como los hombres hemos tenido la habilidad de adaptarnos de igual modo a los desiertos que a los hielos y a las selvas que a los mares, nuestra capacidad destructiva no conoce fronteras.

–El que una noche en concreto y debido a unas circunstancias muy determinadas algunos pulpos y cangrejos se devorasen entre sí más de lo que tienen por costumbre no creo que sea como para que lo consideres «un cataclismo»... –puntualizó monseñor Cazorla sin darle mayor importancia al hecho–. En ese aspecto creo que exageras en tus apreciaciones.

–En efecto, el incidente careció de importancia –se vio en la obligación de reconocer el general retirado–. Tal vez no deberíamos considerarlo más que una simple anécdota, pero lo que sucede es que con el paso de los años he tenido tiempo de reflexionar sobre la evidencia de que aquella disparatada noche no fue más que una muestra de la serie de acontecimientos que ocurrirían más tarde, puesto que habíamos venido a perturbar el orden establecido.

–Lo queramos o no, el hecho de cristianizar a pueblos primitivos significa siempre una «perturbación del orden establecido» –le hizo notar con muy buen juicio el aragonés–. Pero no se trata de «perturbarlo», sino de mejorarlo, y, a mi modo de ver, el hecho de propagar la palabra de Dios es una mejora incuestionable.

–Tú y yo sabemos, querido amigo, que el gran problema estriba en que la palabra de Dios nunca viaja sola.

–¿Qué pretendes decir con eso?

–Que con demasiada frecuencia la acompañan la espada de Dios, el hacha de Dios, la hoguera de Dios, e incluso la ambición de riquezas de Dios, pese a que nunca me he explicado para qué necesita Dios unas riquezas que él mismo creó.

Monseñor Alejandro Cazorla lanzó un profundo y sonoro resoplido agitando a un lado y otro la cabeza como si con ello quisiera evidenciar que aquella era una vieja batalla perdida de antemano.

–¡Ay, Señor, Señor! –se lamentó–. ¡Siempre serás el mismo! Hay hombres a los que les basta una frase para hacer olvidar mil errores, y otros a los que les basta una frase para hacer olvidar mil aciertos; como diplomático tienes menos futuro que un arquero miope.

–Cupido es ciego.

–¡Y por ello comete tantos errores! ¡Menudo acierto tuvo al clavarte una flecha que te ha mantenido muerto en vida!

Emprendieron el regreso hacia la casa cuando las primeras sombras de la noche comenzaron a apoderarse del archipiélago, por lo que tan solo las nieves del Teide devolvían los últimos rayos de un sol que ya resultaba invisible a nivel del mar, lo que aprovechó Gonzalo Baeza para tomar por el brazo a su acompañante y comentar sin el más leve tinte de acritud:

–Esa «flecha» a la que te refieres no me ha mantenido muerto en vida; por el contrario, me dio la vida cuando yo ni siquiera sabía que tan solo existes realmente cuando has encontrado la parte de tu cuerpo que te falta. Cuando Dios creó al hombre sabía mejor que nadie que su obra estaba incompleta si no creaba al mismo tiempo a la mujer, porque el carro que tan solo dispone de una rueda nunca avanza.

–¿Nos consideras a los religiosos carros que nunca avanzamos?

–En cierto modo, y, salvo honrosas excepciones entre las que te incluyo, el celibato obliga a girar en círculo; admito que yo tampoco avancé en línea recta hasta que Garza comenzó a hablar en castellano con sorprendente fluidez.

–O el amor aún te desborda o se trataba de una mujer excepcional.

–Si no se hubiera tratado de una mujer excepcional, el amor no me hubiera desbordado... –le hizo notar el antequerano–. La simple atracción física tiene unos límites que sobrepasé con creces debido a que Garza era como Eva recién salida de la mano de Dios.

–¿Con manzana o sin manzana?

–Las manzanas de la discordia las trajimos nosotros... –fue en esta ocasión la respuesta que rezumaba una palpable amargura–. Y bien pronto a fe mía porque aquella misma tarde nos topamos con un grupo de nativos que velaban el cadáver de un muchacho a la orilla del mar. Por lo que nos contaron, resbaló al bajar por un acantilado y se precipitó al vacío en el acto.

–¿Y qué tiene eso que ver con «nosotros»? –no pudo por menos que inquirir un perplejo monseñor Cazorla–. ¿O es que acaso algún español lo empujó o provocó el accidente?

–En cierto modo, puesto que el pobre infeliz se desnucó cuando intentaba recolectar aquellas curiosas algas que tanto interesaban a Castaños. Por lo que nos contaron, la chica a la que cortejaba le pidió un collar de cuentas de colores como el que le habían regalado a una amiga.

El religioso se detuvo como si lo que acababa de escuchar le resultara inconcebible, agitó un par de veces la cabeza con gesto pesimista y al fin mascculló entre dientes:

–¡Qué estupidez! ¿A quién se le ocurre exponer la vida por un collar de cuentas de colores?

–¿Por qué lo consideras una estupidez? –inquirió quien de igual modo se había detenido y le observaba con sorprendente fijeza–. ¿Qué diferencia existe entre un collar de cuentas de colores y uno de diamantes de los que lucen nuestras damas de la corte y por los que con frecuencia roban sus maridos?

–Supongo que la diferencia estriba en que los diamantes cuestan una fortuna y las cuentas de colores son simples baratijas.

–Cuando algo tan solo sirve para adornar un cuello o resaltar unos hermosos pechos, su único valor es el que queramos darle, y te garantizo que en El Hierro hubieran utilizado los diamantes para descalabrar gente. Lo cierto es que desde que pusimos el pie en la isla lo único que importaba a los nativos era conseguir espejos, telas, collares o cacerolas. Y el ansia de poseer cosas nuevas ya se había cobrado una vida.

–¿Por culpa de esas misteriosas algas?

La confirmación resultó contundente:

–Por culpa de esas malditas algas.

–¿Y qué tenían que las hacía tan especiales?

–Te lo explicaré durante la cena porque ahora necesito darme un baño.

–¿Un baño a estas horas y a mitad de semana? –no pudo por menos de exclamar su asombrado interlocutor en el momento en que atravesaban el umbral de la casa–. ¿Por qué?

–Porque Garza me acostumbró a bañarme todas las noches.

–Eso no puede ser bueno para el cuerpo... –sentenció convencido de lo que decía monseñor Alejandro Cazorla mientras comenzaba a ascender por la escalera rumbo a su habitación–. Ni para el alma, puesto que incita a la fornicación... –Alzó el dedo como si estuviera pronunciando una sentencia inapelable al concluir–: O a masturbarse.

8

Lo velaron toda la noche, sin gritos y sin llantos.

Familiares y amigos –el padre era un gigante que ahora parecía tronchado por la cintura– encendieron hogueras en torno al cadáver, que habían colocado sobre un pequeño túmulo para sentarse luego a observarle como si confiaran en que cambiaría de opinión decidiéndose a volver a hablar y reír pese a que se hubiera partido el cuello en la caída.

Y es que a su modo de entender los viejos y los enfermos carecían de las fuerzas necesarias como para enfrentarse a la muerte, pero un muchacho joven y sano tenía la obligación de rebelarse contra ella teniendo en cuenta que muy pronto sus ancianos padres necesitarían que los cuidara.

¿Quién recogería la cosecha?

¿Quién perseguiría el ganado fugitivo?

¿Quién engendraría nietos que alegraran los últimos años de su existencia?

Aquel muerto no tenía derecho a estar muerto porque su desaparición significaba un quebranto en la normal fluidez de la existencia de una pequeña sociedad que no estaba acostumbrada a las cruentas guerras que en otros lugares solían acabar con los más jóvenes.

Debido a ello los isleños no se encontraban anímicamente preparados a la hora de enfrentarse a un hecho tan insólito.

Tantas veces le habían visto trepar por escalofriantes riscos que no podían dar crédito a que el resbaladizo musgo del acantilado le hubiera obligado a precipitarse al vacío.

Y es que antes nunca se le había perdido nada por esos acantilados.

Nunca hasta que los extranjeros le ofrecieron espejos y collares a cambio de unos diminutos hierbajos que crecían justo donde batían las olas y donde el salitre y la humedad convertían cada roca en una sucia trampa.

Al alba su madre aún confiaba en su fortaleza, pero incluso la muchachita que esperaba que algún día se convirtiera en el padre de sus hijos acabó por alejarse vencida y cabizbaja playa adelante.

Tenía plena conciencia de que como justo castigo a su caprichoso comportamiento la severa diosa de las mujeres, Moneiba, la había marcado para siempre, por lo que ya ningún hombre se atrevería a pretenderla por miedo a sus represalias.

Pasaría a convertirse en la mujer de todos y la esposa de ninguno.

Los españoles, que se habían mantenido respetuosamente alejados del grupo de abatidos isleños, dormitando a ratos en las proximidades de la barca, la observaron marcharse entristecidos.

–Caro le ha costado ese maldito collar... –comentó casi con un susurro Amancio Ares–. Demasiado caro.

–Pues la experiencia nos enseña que las cosas siempre suben de precio... –le replicó su superior en idéntico tono–. Cuando los espejos y los collares se acaben, comenzarán a robárselos los unos a los otros, por lo que me temo que nos veremos obligados a convertirnos en jueces y policías de una situación que nosotros mismos hemos provocado.

–¿Y qué podíamos hacer más que obsequiarles con regalos como prueba de buena voluntad? –quiso saber el gallego–. No es culpa nuestra si acaban convirtiéndose en causa de celos y disputas, puesto que esa es una historia tan vieja como el hombre; como se suele decir en mi pueblo: «Si le das algo a un amigo, otro amigo se siente menospreciado, y si se lo das a todos, todos lo menosprecian».

–¡Listos los de tu pueblo!

La infeliz muchacha estaba a punto de perderse de vista entre las rocas del final de la playa en el momento en que se cruzó con dos hombres que avanzaban a toda prisa en dirección contraria y que al divisar la barca aceleraron aún más el paso al tiempo que agitaban los brazos intentando llamar la atención.

–¡Coño, el cura! –exclamó de inmediato el gallego–. Y si no me equivoco, el otro es Hacomar. ¿Qué carallo hacen esos dos por aquí?

Corrieron a su encuentro, se abrazaron alborozados, y cuando fray Bernardino de Ansuaga se interesó por el paradero de los hombres que faltaban y escuchó de labios del propio Gonzalo Baeza la amarga historia de cómo se habían perdido de vista en el mar, comenzó a llorar como un niño.

–¡No es posible! –exclamó una y otra vez mientras enjugaba las lágrimas con el dorso de la mano–. Esta dichosa expedición está maldita; veníamos a intentar consolar a la familia de ese infeliz y nos encontramos con una tragedia aún más espantosa que afecta a nuestra propia gente... –Agitó repetidas veces la cabeza negativamente al insistir–: ¡No es posible!

–Me temo que en la última isla del mundo conocido cualquier tipo de tragedia es posible, padre... –le replicó en tono de resignación Bruno «Pamparahoy»–. Y sospecho que cuanto ha ocurrido no es más que el comienzo.

–Tú siempre tan optimista.

Hacomar, que se había aproximado a hablar con los isleños, regresó señalando que los padres del difunto suplicaban que ningún extranjero se le aproximara, puesto que su alma aún permanecía junto al cuerpo y no era conveniente que se le molestara antes de emprender su largo y definitivo viaje al más allá.

Muy pronto ellos también le dejarían a solas para que pudiera reflexionar sobre cuanto dejaba atrás, y al cabo de un par de horas los encargados de momificarle vendrían a recogerle con el fin de preparar su cuerpo del mismo modo que él había preparado ya su alma.

Garza, que no se había separado de los familiares del fallecido durante toda la noche, regresó al fin junto a la barca, y cuando Gonzalo Baeza advirtió la admiración y el desconcierto con que tanto el dominico como el intérprete la observaban, se apresuró a presentarla como su prometida, rogándole al primero que los casara cuanto antes.

–¿Casaros? –replicó el aludido como si aquella fuera la

petición más absurda que hubiera recibido en su vida–. ¿A quién se le ocurre?

–A alguien que quiere pasar el resto de su vida con la persona a la que ama... –fue la sencilla respuesta–. Y a alguien que desea ponerse a bien con Dios regulando su situación.

–¡Pero yo no puedo casarte! –protestó de inmediato el fraile.

–¿Por qué?

–Porque eres un militar en campaña, por lo que supongo que necesitas la autorización de tus superiores –fue la desconcertante respuesta–. ¿Qué diría el capitán Castaños si se entera de que te he casado así, sin más ni más?

–¿Acaso la opinión de un capitán es más importante que la del Señor? –quiso saber el otro–. Os recuerdo que estoy en pecado y que mi mayor deseo es ponerme a bien con Dios.

–Puedo confesarte.

–¿Para qué, si me consta que esta misma noche volveré a pecar? –fue la rápida y evidentemente lógica respuesta–. Al no existir propósito de enmienda, y os garantizo que por mi parte no existe, cualquier confesión carecería de sentido.

El pobre fray Bernardino permaneció unos instantes como alelado, perplejo y evidentemente indeciso, momento que aprovechó el pragmático Bruno «Pamparahoy» para aferrarle afectuosamente del brazo y alejarle unos metros mientras comentaba en voz baja:

–¡Escuche, padre! Pese a que le aprecio mucho, me tiene sin cuidado que el teniente Baeza esté o no en pecado, pero hay algo que tengo muy claro: si se presenta en el campamento amancebado con una mujer tan hermosa, el capitán

Castaños, al que conozco bien y me consta que es un «salido», y perdonad vuecencia la expresión, hará cuanto esté en su mano con el fin de acostarse con Garza por las buenas o por las malas. –Lo apartó unos metros más playa adelante con el fin de que nadie pudiera oírles y al poco añadió–: Lógicamente, el teniente no se lo permitirá porque está loco por ella, con lo que nos enfrentaremos a graves problemas... ¿Me sigue?

–Te sigo, hijo, te sigo... ¡Me temo que te sigo!

–Pero si por el contrario el teniente se presenta del brazo de una esposa legal, el capitán no podrá hacer nada por aquello de que lo que Dios ha unido nadie puede separar.

–¿Pero qué dirían mis superiores si celebro un matrimonio en el que la contrayente ni siquiera es cristiana?

–¡Bautícela!

–¿Así sin más?

El zamorano hizo un significativo gesto hacia el océano al comentar con sorna:

–No será por falta de agua, y cuando dentro de ocho meses o un año volvamos a Sevilla, podréis alegar ante vuestros superiores que lo hicisteis por evitar muertes o por salvar a un cristiano en pecado.

–Me pones en una complicada disyuntiva, hijo... –se lamentó amargamente el dominico–. No estoy muy seguro, pero sospecho que eso de bautizar y casar a una idólatra el mismo día excede mis atribuciones.

–Pues bautícela hoy y cásela mañana –fue la descarada respuesta.

–Tú lo ves todo muy fácil.

–No, padre, no os confundáis; lo que lo veo es difícil, porque si el capitán se empeña, y me consta que se empeñará, pueden correr ríos de sangre. Probablemente la tropa se mantendría al margen, pero estoy convencido de que los sargentos se pondrían de su parte y el gallego y yo, de la del teniente. ¿Creéis que la futura regañina de un obispo amerita que nuestra misión en la isla acabe como el rosario de la aurora?

–¡No exageres, hijo! ¡No exageres!

–No exagero, padre. No exagero. ¿Conocéis bien al capitán Castaños?

–Lo suficiente como para admitir que te asiste toda la razón. ¡Que el Señor me ampare! Casaré a esos dos aunque tenga que terminar mis días de cocinero en un convento.

* * *

–Nunca supe qué fue lo que le dijo Bruno «Pamparahoy», pero lo cierto es que ese mismo día el buen fraile bautizó a Garza y a la mañana siguiente nos casó en lo que constituyó una sencilla y pintoresca ceremonia en cierto modo absurda pero que a mí se me antojó la antesala del paraíso, puesto que armonizaba mis deseos con mi conciencia, cosa que no se consigue a menudo.

–¡Y que lo digas, querido amigo! ¡Y que lo digas! –admitió de inmediato monseñor Alejandro Cazorla–. En lo que a mí respecta, no creo que lo haya conseguido ni tan siquiera un par de veces durante los últimos años. Y es que tengo entendido que nunca se ha logrado acuñar una moneda en la que la cara de la política y la cara de la conciencia no miren en direcciones opuestas.

–Sin embargo, he comprobado que no te importa hacer girar esa moneda una y otra vez sin saber de qué lado va a decantarse... –le reconvino el dueño de la casa.

–¿Quién te ha dicho que no lo sé? –fue la descarada respuesta–. Rara es la ocasión en que la cara de la conciencia no acaba aplastada contra el suelo mientras la cara de la política brilla triunfante, pero tampoco es este el momento de sumergirnos en absurdas disquisiciones porque me prometiste que durante la cena hablaríamos de esas misteriosas algas y ya estamos con el segundo plato... –Se chupó ostensiblemente los dedos antes de añadir con una sonrisa–: ¡Y muy sabroso, por cierto!

–El conejo en salmorejo de Fayna es famoso en la isla –le hizo notar el general retirado–. Y tienes razón respecto a la orchilla.

–¿La qué?

–La orchilla: el nombre por el que se conoce a ese liquen, alga o lo que el demonio que la creó quiere que sea.

–El creador es siempre Dios, nunca el demonio.

–En este caso no, te lo aseguro, porque he llegado a la conclusión de que la orchilla es la culpable de la mayor parte de los males que han aquejado a los habitantes de estas islas desde el comienzo de los tiempos.

La mandíbula inferior de monseñor Alejandro Cazorla se desplazó ligeramente hacia abajo dejando su boca casi entreabierta, clara muestra de la intensidad de su desconcierto ante tan disparatada afirmación.

Tardó unos instantes en hablar, dejó caer sin el menor recato el tenedor con un gesto casi despectivo, y por último exclamó visiblemente molesto:

–¡Por los clavos de Cristo, Gonzalo! ¿Es que te has vuelto loco? ¿Cómo pretendes que crea cuanto me estás contando sobre tu estancia en El Hierro si ahora me vienes con la estupidez de que un hierbajo del que nadie había oído hablar se convierte en el malvado protagonista de esta historia?

–Lamento que lo veas de ese modo, pero deberías aceptar que toda historia tiene una raíz y una razón de ser... –fue la tranquila respuesta de su interlocutor–. Y aunque lo que voy a exponerte no es más que una teoría personal, se encuentra avalada por el hecho de que he pasado más de treinta años en las islas, soy uno de los pocos que hablan la lengua de los nativos y he dedicado mucho tiempo a estudiarlos.

–Eso me consta, pero creo que con respecto a esa dichosa orchilla o comoquiera que se llame exageras.

–Tal vez cambies de idea si te aclaro que de un modo u otro también fue la causante de la muerte de mi esposa, y del hijo que esperaba.

–Eso no lo sabía –se disculpó visiblemente afectado su interlocutor–. Lamento haberte molestado.

Gonzalo Baeza alargó la mano con el fin de palmear afectuosamente la de su amigo al responder con un amago de sonrisa:

–No me has molestado en absoluto, puesto que no podías sospechar que existiera alguna relación entre una de las formas de vida más rudimentaria que produce la naturaleza y la criatura más perfecta que creara jamás esa misma naturaleza... –El antequerano permaneció unos instantes muy quieto con la mirada clavada en el rincón más oscuro del amplio comedor y al fin musitó más para sí mismo que para quien compartía con él la mesa–: Aún sigo sin entender cómo pudo ocurrir...

Siguió un silencio incómodo durante el cual uno de los contertulios parecía encontrarse inmerso en un mar de amargura mientras el otro no sabía qué actitud tomar, por lo que permaneció muy quieto hasta que, como si volviera de otro mundo, el dueño de la casa se decidió a decir:

–El secreto de la orchilla se limita al hecho de que es el mejor productor que existe de una sustancia increíblemente apreciada y valiosa.

–¿Un afrodisíaco?

–No.

–¿Un elixir de la eterna juventud?

–Tampoco.

–¿Un veneno indetectable?

–Nada tan dramático... –fue la desganada respuesta–. Simplemente resulta que de la orchilla se obtiene un tinte de color púrpura, y el púrpura es el símbolo del poder, ya que únicamente los emperadores, los reyes y los cardenales tienen derecho a teñir sus vestiduras de un color tan especial y tan costoso.

–¡Qué estupidez!

–Una absoluta estupidez –se vio obligado a admitir el general retirado–. Pero sabido es que los animales tienen una capacidad de raciocinio muy limitada, mientras que los humanos podemos llegar a ser extraordinariamente inteligentes o extraordinariamente estúpidos. –Se encogió de hombros como si con ello bastara para constatar la certeza de su afirmación al tiempo que añadía–: El hecho de que alguien pueda considerarse más importante que el resto de sus congéneres por el simple color de sus ropajes es una prueba irrefutable de la magnitud de la insensatez humana.

–En eso estoy de acuerdo, pero no veo qué tiene que ver con los sufrimientos de los isleños.

–Tiene que ver, y mucho... –le contradijo su viejo amigo–. Por lo que he podido averiguar, hace ya casi dos mil años que los fenicios descubrieron que las islas Canarias eran el lugar del mundo en el que más abundaba la orchilla debido a que tan solo crece en acantilados muy batidos por los vientos atlánticos.

–¿Y cómo lo descubrieron si por lo que tengo entendido sus navegaciones se limitaban al ámbito mediterráneo?

–No tengo ni la menor idea, pero es cosa sabida que tuvieron asentamientos en Andalucía, por lo que pronto o tarde acabarían por adentrarse en el océano. Lo que sí me consta es que los mercaderes fenicios trajeron a las islas centenares de esclavos con los que formaron colonias dedicadas a la extracción de la orchilla y la elaboración del tinte. Es muy probable que en un período de decadencia comercial se olvidaran de ellos dando origen a lo que ahora llamamos «guanches», aunque insisto en que la palabra está mal empleada.

–Siempre había considerado que los isleños eran más bien de origen bereber.

–Es que algunos provenían de esclavos que los fenicios capturaban a su paso por el norte de África, y otros, sobre todo los de Fuerteventura y Lanzarote, llegaron por sus propios medios desde las cercanas costas del desierto. Pero, a mi modo de ver, los de las islas occidentales fueron traídos con el único fin de recoger orchilla.

El religioso guardó silencio unos instantes, volvió a atacar con renovado ímpetu su apetitoso plato de conejo que empezaba a quedarse frío, se limpió la boca con el dorso de la mano y por último señaló:

–Aunque así fuera, no cabe duda de que les hicieron un gran favor porque más vale ser esclavo abandonado en una isla paradisíaca que bereber de los pedregales norteafricanos. Pero como de costumbre ese es un tema que no viene al caso... ¿Qué más puedes contarme de la orchilla?

–Que crece muy lentamente sobre una especie de costra que se forma sobre la roca volcánica y que si se rompe la costra que la une al acantilado, no vuelve a reproducirse, por lo que hay que cortar con mucho cuidado las hojas, que apenas llegan al largo de la falange de un dedo. También averigüé que los franceses Jean de Bethencourt o Gadifer de La Salle no llegaron a las islas por afán aventurero o ansias de gloria; lo hicieron en busca de la orchilla, puesto que provenían de una región de Normandía famosa por sus tintorerías. Cuentan que hace unos doscientos años un viajero florentino descubrió en Siria un viejo papiro que contenía el secreto de los fenicios sobre la forma de fabricar púrpura a base de orchilla, se hizo muy rico y transmitió la fórmula a sus hijos, por lo que su familia paso a llamarse «los Orchilai».

Ignoro la forma en que ese papiro cayó en poder de los normandos, pero lo que sí sé es que durante sus años de estancia en las islas se dedicaron a fabricar el tinte, razón por la que algunas nativas aprendieron a hacerlo.

–¿Y supones que Garza era una de ellas?

El general retirado asintió una y otra vez con la cabeza y se diría que su mente había retrocedido a muchos, muchos años atrás.

–No lo supongo; lo sé a ciencia cierta porque se lo había enseñado su abuela y muy pronto me advirtió del peligro que significaba que la maldita y ya olvidada fiebre de la púrpura volviera a apoderarse de la isla. «Tan inútil es un líquido con que teñir una piel como un collar de cuentas de colores...», me dijo. «Ni se come, ni se bebe, ni cura enfermedades, pero tanto mal puede causar el primero entre tu gente como el segundo entre la mía.»

–Inteligente frase sin duda... –admitió el religioso–. Y, a mi modo de ver, impropia en alguien que no ha tenido acceso a estudios.

–No cometas de nuevo el error, por desgracia tan extendido, de confundir inteligencia con civilización –le reprendió de inmediato su interlocutor–. En la corte he conocido cientos de acémilas aparentemente «civilizadas» mientras docenas de los que consideramos «salvajes» poseen una increíble capacidad de raciocinio. Y aunque me moleste reconocerlo, el mejor ejemplo estriba en el hecho de que Garza aprendió más sobre los españoles en tres meses de lo que yo conseguí aprender sobre su gente en diez años.

9

Largos silbidos atravesaron los barrancos alcanzando las cimas de los riscos, y quienes recibían los mensajes que llegaban del sur los retransmitían de inmediato hacia el norte, gracias a lo cual a primera hora de la tarde del segundo día hicieron acto de presencia en la playa cuatro miembros del Consejo de Ancianos, precedidos por el siempre adusto Beneygan.

Lo primero que hicieron fue tomar asiento en torno al túmulo en que había estado depositado el cadáver del muchacho con el fin de rendirle un postrer y silencioso homenaje, pero al cabo de poco más de una hora ordenaron que la joven Garza acudiera a justificar los motivos por los que había tomado la insólita decisión de unir su destino al de un extranjero cuando era cosa sabida que, por su belleza y virtudes, estaba destinada a ser la esposa de un gran jefe.

–Ya soy la esposa de un gran jefe –fue la firme respuesta de la demandada–. Tan solo mis padres podrían haber puesto reparos a esa unión, pero como ellos no lo han hecho, no entiendo a qué viene semejante demanda por parte de personas a las que ni siquiera conozco.

–Es la costumbre...

–No entre los míos... –les hizo notar la muchacha–. Si en los momentos más difíciles mi familia nunca ha recibido ayuda de las familias del norte, ¿por qué razón debemos estar obligados a dar explicaciones sobre nuestros actos?

–En ocasiones habéis utilizado nuestra agua.

–La ley dice que, dondequiera que se encuentren, los pastos y las aguas pertenecen a todos, y mi gente nunca se ha negado a que el ganado baje a nuestras tierras cuando las del norte se secan.

La suprema autoridad de la isla, Beneygan, que hasta esos momentos se había limitado a escuchar debido a que su rango se encontraba por encima de lo que en principio podía considerarse «un simple problema doméstico», hizo un gesto por el que exigía que se guardara silencio, observó con atención a la jovenzuela que se atrevía a dirigirse al Consejo de Ancianos con tamaño desparpajo, y al poco señaló:

–Tu osadía supera tu innegable belleza, pero me preocupa que se deba al hecho de que consideres que, como esposa de un extranjero, su poder te protege. –La apuntó levemente con el extremo de la larga lanza que siempre llevaba consigo y añadió–: Sin embargo, no debes olvidar que continúas viviendo en la isla, y el hecho de dormir con un extraño no evita que tu sangre continúe siendo nuestra sangre.

–Ni lo he olvidado, ni nunca lo olvidaré –le tranquilizó ella–. No obstante, yo te recuerdo que, según nuestras más antiguas tradiciones, cuando una mujer acepta unirse para siempre a un hombre debe servirle, obedecerle e incluso abandonar a su familia pasando a formar parte de la familia de su esposo... –Hizo una corta y muy marcada pausa al concluir–. Y eso es lo que he hecho.

–No es una ley pensada para extranjeros.

–Difícil resulta asegurarlo, ya que se estableció cuando aún no había llegado ningún extranjero a la isla; sin embargo, ahora están aquí, y eso es algo que nadie puede negar... –La muchacha hizo una corta pausa antes de añadir–: Tan solo hay algo que quiero dejar claro: nunca haré nada que perjudique a mi pueblo a favor de mi esposo, ni nunca haré nada que perjudique a mi esposo a favor de mi pueblo. Más bien por el contrario, y gracias al amor que siento por ambos, considero que puedo hacer mucho por el bien de todos.

El hierático nativo, que evidentemente no estaba acostumbrado a que nadie, y menos una mujer joven, le contradijera dando muestras de una agilidad mental y una elocuencia impropias de su edad, tardó en responder, hizo girar entre las palmas de las manos su inseparable lanza como si el hecho de sentir su contacto le ayudara a reflexionar, y al cabo de un largo rato señaló:

–Difícil resulta creerte si, por lo que tengo entendido, ya has renunciado a nuestros dioses aceptando al de los españoles.

–Mi familia nunca aceptó vuestros dioses, y del mismo modo tampoco yo acepto el de los españoles. Mi abuela, que es una anciana muy inteligente, me enseñó que tan solo existen dos dioses a los que debemos amar, temer y respetar: el sol y el agua; ellos son los que en verdad nos protegen porque en las tinieblas de la noche todo es muerte y sin agua ninguna vida florece.

–¿Cómo te atreves...? –inquirió fuera de sí uno de los ancianos incapaz de contener su indignación pese a que el orden jerárquico establecía que no debía intervenir mientras Beneygan llevara el peso de la conversación–. Eraoranzán y Moneiba, hombre y mujer, nos crearon y tan solo ellos... –Se interrumpió al advertir la severa mirada de su superior, quien de inmediato inquirió dirigiéndose a Garza–: ¿Acaso crees posible que algo pueda nacer si no es de la unión de dos seres de distinto sexo? Si eso es lo que te enseñó tu abuela, no debes considerarla una anciana inteligente, sino una vieja loca.

–El sol es el varón y el agua, la hembra... –fue la segura respuesta–. Cada día el sol lanza sus rayos sobre el mar haciendo que engendre la lluvia que los vientos empujan hacia las islas permitiendo que los árboles y las plantas nos alimenten. Y nunca he visto, ni a Eraoranzán ni a Moneiba, hacer nada semejante.

–Nunca los has visto porque los dioses son invisibles.

–Pues absurdo se me antoja adorar a dioses invisibles que nada hacen por nosotros, y no adorar al sol y al agua, que nos lo ofrecen todo.

–Su ira caerá sobre tu cabeza.

Los atractivos hombros de la indígena se alzaron dejando de manifiesto lo poco que le afectaba la amenaza al replicar:

–Ignoro cómo podrán hacerlo, pero me consta cuán poderosa llega a ser la ira del sol cuando decide castigarnos, o la del agua cuando se niega a acudir en nuestra ayuda porque la hemos ofendido.

–Lo cierto es que ahora la estamos ofendiendo al permitir que los extranjeros la utilicen para algo que no sea beber o proporcionar vida, y eso me inquieta –reconoció de mala gana Beneygan haciendo que su larga lanza se detuviera en seco–. Y tal vez la muerte de ese pobre muchacho sea un aviso de lo que puede ocurrir si no ponemos fin a tanta locura; por lo tanto, no tendré en cuenta tus ofensas ni tu increíble descaro si convences a los españoles de que no deben continuar tentando a nuestra gente.

–¿Y por qué debería hacerlo?

–Porque con sus collares, sus telas y sus espejos están consiguiendo que la paz y la concordia escapen tal como escapa el viento tras agitar los árboles –fue la amarga respuesta–. Los hombres compiten entre ellos con el fin de deslumbrar a las mujeres con simples baratijas hasta el punto de que más de una se ha prostituido con el fin de tener algo que su vecina no tenga.

Un anciano de largos cabellos muy blancos por el que evidentemente todos sentían un inmenso respeto hizo un casi imperceptible gesto alzando apenas la cabeza, lo que bastó para que se le concediera el uso de la palabra.

–El mal está hecho y la ponzoña de poseer lo que nunca antes habían necesitado ya se ha adueñado de la voluntad de nuestra gente... –dijo–. Pero, a mi entender, la solución no estriba en impedir que circulen espejos y collares, sino todo lo contrario: cuantos más existan, menos valor se les concederá y como de poco sirven, llegará un momento en que no se les prestará atención. Sin embargo, si ahora dejaran de circular los que ya existen, serían muy codiciados porque la vida me ha enseñado que se desea más lo prohibido que lo permitido.

–En eso puede que el Tenaro tenga razón y yo esté equivocado... –reconoció sin el menor reparo Beneygan dirigiéndose al resto de los presentes–. En los lejanos tiempos en que el poder estaba en una sola mano los hombres luchaban e incluso asesinaban por hacerse con él, mientras que desde que lo ejercemos de común acuerdo y el poder no acarrea beneficios ha dejado de interesar a la mayoría. No obstante, continúo opinando que esos objetos provocan desorden y por lo tanto constituyen un peligro.

El anciano Tenaro afirmó una y otra vez con la cabeza en mudo reconocimiento de que compartía sus temores, pero casi de inmediato alzó de nuevo la mano al tiempo que señalaba:

–Mi consejo, si es que por mi avanzada edad se tienen en cuenta mis consejos, es que se permita comerciar con los extranjeros sobre la base de cambiar cuanto nos ofrezcan por ganado o alimentos, pero no por orchilla.

–¡Pero si la orchilla crece libre en los acantilados! –protestó al instante otro de los presentes como si tal propuesta se le antojara un disparate–. Nos están dando algo muy valioso a cambio de unos míseros hierbajos que no valen nada.

–Una cosa es lo que valgan, y otra, lo que nos cuesten –le hizo notar el inmutable Tenaro–. Ya nos ha costado una vida y nos está costando agua, y esas son cosas mucho más importantes que el grano o el ganado. Podemos cultivar cebada o criar cabras de un año para otro, pero si carecemos de agua o brazos jóvenes, estaremos perdidos... –Hizo una corta pausa antes de añadir–: Y también debemos pedirles a los extranjeros que dejen de construir con troncos sus cabañas y empalizadas; las piedras sobran, pero he necesitado casi toda una vida para ver cómo se recuperaban los bosques que arrasaron los franceses.

Además de por su reconocida prudencia y sabiduría, el anciano Tenaro era también muy respetado por ser el único pariente vivo del valiente Tineri, el mítico pescador que acabó con la vida del vizcaíno Lázaro, un mercenario que setenta años atrás había arribado a la isla en busca de orchilla al mando de una cuadrilla de facinerosos reclutados entre los peores bandidos de media Europa.

El tal Lázaro, al que los normandos franceses otorgaron sin el menor derecho el título de «gobernador de El Hierro», estableció un auténtico reinado de terror, cazando y vendiendo como esclavos a los hombres más jóvenes y persiguiendo y violando a las mujeres hasta el día en que el indomable Tineri puso fin a sus fechorías arrebatándole su propia espada y clavándosela en el corazón.

Cuando los franceses tuvieron conocimiento del hecho y acudieron con el fin de poner orden, no solo dieron la razón a los isleños, sino que ajusticiaron a cinco de los secuaces de Lázaro, razón por la que poco después el resto de los mercenarios desertó dejando a los nativos en paz y sin más amenaza que los temidos cazadores de esclavos bereberes o portugueses que de tanto en tanto desembarcaban en sus costas.

No obstante, había transcurrido ya mucho tiempo desde aquello hasta el punto de que únicamente una vieja desdentada que vivía en una profunda gruta y se alimentaba casi exclusivamente de frutas y lagartos recordaba «a los demonios de los largos y afilados cuchillos», a los que siendo aún una niña había visto corretear de aquí para allá intentando atrapar a su hermana.

«Hacían apuestas sobre quién sería el primero en violarla porque era una rebelde increíblemente bella», solía decir. «Pero también era muy lista y como trepaba por los riscos como una auténtica cabra y manejaba muy bien la honda, siempre llegaba antes a la cima, obligando a quienes la perseguían a retroceder a pedradas...» En ese momento de la historia le encantaba echarse a reír mostrando sus dos únicos dientes antes de añadir: «Más de uno resultó descalabrado y lo cierto es que nadie consiguió ponerle una mano encima hasta que decidió dejarse atrapar por el hermano de Tineri, al que obligó a que le hiciera cinco hijos, al mayor de los cuales le puso de nombre Tenaro».

Eso venía a significar que por las venas del anciano corría sangre rebelde por parte de padre y madre, pero como desde que nació no se habían producido en la isla incidentes dignos de ser tenidos en cuenta, había dedicado todos sus esfuerzos a la observación de un mundo excepcionalmente agreste e intrincado, pero que no superaba los treinta kilómetros de un extremo a otro de la isla.

Una gran inteligencia natural y una dilatada vida consagradas al estudio de un espacio muy limitado habían dado como fruto un conocimiento profundo de cada árbol, planta, fruto, raíz, especie animal e incluso ser humano que lo ocupaba.

Sin embargo, cuando podría considerarse que lo sabía «casi todo» sobre cuanto le rodeaba, habían regresado unos individuos malolientes, ruidosos, malencarados, zafios, «casi metálicos» y potencialmente agresivos, sobre los que no sabía absolutamente nada.

Fue por ese motivo por lo que al concluir el «cónclave» le rogó a Garza que le proporcionara un encuentro con su flamante marido, de tal modo que esa misma noche, cuando fray Bernardino de Ansuaga, Hacomar y la mayor parte de los isleños habían emprendido ya el regreso al campamento base, se reunieron en el interior de una pequeña gruta del acantilado, en torno a los rescoldos de una hoguera sobre los que se asaban tres rollizos meros clavados en estacas.

Mientras cenaban sin prisas Tenaro se aplicó a la tarea de intentar conseguir que el joven teniente tuviera conciencia de los graves problemas que traería aparejado el hecho de que los españoles continuaran empeñados en la absurda tarea de acumular la mayor cantidad posible de orchilla.

A su modo de entender los problemas de la pequeña isla en que habitaban, el peligro no estribaba en la simple obtención del dichoso liquen, que abundaba en exceso y todos saldrían ganando si algún día desaparecía por completo, sino en el hecho de que para transformarlo en púrpura exigía demasiada agua dulce, dado que la salada no servía a la hora de obtener el tinte, y la experiencia le había enseñado que se avecinaban tiempos en los que las lluvias escasearían.

A lo largo de su extensa vida había podido comprobar que cada ocho o diez años se alternaban los períodos húmedos con los secos, y una detenida observación de las plantas, en especial de ciertos cardones que en aquellos momentos almacenaban en exceso su alucinógena savia, le había hecho llegar a la conclusión de que se encontraban inmersos en uno de aquellos temidos ciclos de excesivo calor y acusada sequía.

Debido a ello se hacía necesario conservar la mayor cantidad posible de agua de cara a los malos tiempos, por lo que consideraba que desperdiciarla en la fabricación de un hediondo mejunje que de poco servía era tanto como poner en grave riesgo el futuro.

–Y eso es algo en lo que estoy de acuerdo contigo... –concluyó mirando directamente a los ojos de la muchacha–. Por mucho que imploremos a Eraoranzán o a Moneiba, ninguna ayuda nos suelen prestar cuando la sed mata a las bestias y martiriza a los hombres.

Permitieron al anciano descansar junto a los rescoldos de la hoguera, se encaminaron a un escondido rincón de la playa, y tras hacer el amor a la luz de la naciente luna con el mismo ímpetu con que lo hicieran la primer vez, la muchacha comentó que, en efecto, la periódica escasez de lluvias había constituido desde siempre el principal problema de su pueblo y aún recordaba con absoluta nitidez los duros años en los que los pastos se secaban, la mayor parte de los animales morían y se veían obligados a vivir casi exclusivamente de la pesca.

–Fray Bernardino me ha asegurado que por el simple hecho de haberme bautizado tengo derecho a disfrutar de todas las ventajas que proporciona el hecho de ser cristiana. ¿Es cierto?

–¡Naturalmente...!

–Me alegra saberlo porque eso significa que, al ser Jesucristo mucho más poderoso que Eraoranzán, habrá conseguido que vuestros mares sean de agua dulce y por lo tanto nadie sufra nunca a causa de la sed.

* * *

–¡Interesante conclusión!

–Lógica teniendo en cuenta que Garza consideraba que, perteneciendo a una cultura a todas luces superior a la suya, veníamos a solucionar problemas, no a aumentarlos.

Habían tomado asiento en el porche, teniendo al alcance de la mano la ya más que mediada botella de licor de cerezas que les proporcionaba un agradable calorcillo con el que combatir la fresca brisa que llegaba de las nieves del Teide, por lo que casi de inmediato monseñor Cazorla señaló:

–Debiste aclararle que el Creador quiso que el mar fuera salado con el fin de que los hombres se vieran obligados a trabajar para ganarse la vida; no hacer nada incita al pecado.

–A los isleños les resulta difícil aceptar que el mismo Dios que te ha dado la vida te obligue a ganártela pagando por algo que no has solicitado... –fue la inesperada respuesta–. Y lo cierto es que no me costó mucho aceptar que regalarte algo y cobrártelo luego con tan altos intereses por usarlo es una forma de estafa.

–¡Cuida tus palabras, maldito deslenguado! –refunfuñó el otro–. ¿Cuántas veces he de decírtelo?

–Podrás decirlo mil veces, pero mil veces te responderé que el hecho de haber convivido con los isleños me obligó a replantearme conceptos que nunca antes me habían inquietado.

–¿Como por ejemplo la fe?

–Como los matices de la fe para ser más exactos.

–La fe no admite matices... –sentenció el religioso sin el menor rastro de duda–. Se tiene, o no se tiene.

–Te equivocas, querido amigo. ¡Y mucho! La fe admite infinidad de matices porque unas veces existe, otras no, y otras cambia en cuestión de minutos... –Gonzalo Baeza indicó con un gesto de la barbilla el camino por el que habían regresado de su larga caminata y prosiguió–: Esta tarde te invité a dar un paseo por el mirador del acantilado y no dudaste ni un minuto porque confías en que conozco bien el camino; sin embargo, si te lo propusiera ahora, te negarías en redondo pese a que yo soy la misma persona, el camino continúa siendo igual de peligroso y el mirador no se ha movido de sitio.

–¡Qué ejemplo tan ilógico! ¡Es que ahora es de noche!

–¡Exacto! Y debemos entender que pese a que en ocasiones nuestra fe brille con tanta fuerza como el sol, de pronto la oscuridad se puede cernir sobre nuestros corazones hasta el punto de que el acantilado deja de ser un hermoso mirador sobre el mar para pasar a convertirse en un terrorífico abismo. –El general retirado chasqueó la lengua como sin con ello quisiera significar que era algo que a su modo de ver no tenía remedio antes de concluir–: A menudo con Dios ocurre algo semejante: pasa de ser la salvación eterna a ser la eterna condenación, y ese es un juego en exceso cruel para la inmensa mayoría de los seres humanos, que son demasiado débiles a la hora de soportar cambios tan bruscos.

–El acero se forja pasando del fuego al agua.

–Pues si el Creador quería que fuésemos tan resistentes, poco trabajo le habría costado hacernos de acero y no de carne y hueso… –El dueño de la casa hizo un gesto con la mano con el que pretendía indicar que el rumbo de la conversación dejaba de interesarle antes de añadir–: Ahora bien, si lo que pretendes es que te aclare por qué razón no quiero aceptar ese dichoso nombramiento de gobernador de El Hierro, pero cada vez que te estoy contando algo importante nos enredamos en disertaciones que no vienen al caso, acabaré el relato en mi lecho de muerte. O dejamos a Dios a un lado, o no acabaremos nunca.

–A Dios nunca se le puede dejar a un lado… –señaló el otro con una leve sonrisa y tras un sorbo de licor de cerezas–. Pero algo de razón tienes y deberíamos ceñirnos a los hechos. ¿Qué ocurrió tras tu conversación con el anciano?

–Que añadido a lo que ya me habían contado fray Bernardino y Hacomar llegué a la conclusión de que Bruno «Pamparahoy» tenía razón y lo que el capitán Castaños había pretendido al enviarme a trazar un absurdo mapa de las costas de la isla era una burda disculpa con el fin de mantenerme al margen de sus actos. Debido a ello, y a que el mar se había enfurecido una vez más, por lo que intentar zarpar constituía una auténtica locura, decidí que lo mejor que podía hacer era dirigirme por tierra a su campamento pese a que el tobillo aún me molestara.

–Pero te constaba que estabas desobedeciendo órdenes directas de un superior y ello podía acarrearte graves consecuencias... –le hizo notar el religioso.

–¿Más graves que la pérdida de mis hombres? –fue la amarga respuesta–. Ya nada me parecía lógico, razón por la que decidí que arrastráramos la lancha hasta una cueva en la que estaría segura y emprendiéramos la caminata monte arriba y monte abajo en lo que para mí constituyó un auténtico viacrucis porque hubo momentos en los que apenas podía dar un paso. Pero lo cierto es que el final del camino fue aún peor, puesto que lo que se suponía que debía ser el campamento de un disciplinado destacamento militar al servicio de los reyes de España era en realidad una hedionda cochiquera, un auténtico muladar que había crecido como un hongo putrefacto en el corazón de lo que había sido un idílico bosque.

–Cuesta creerlo...

–Pues que no te cueste, querido amigo, que no te cueste –insistió el otro–. Deberías creerme si te digo que su hedor invitaba a vomitar incluso antes de distinguir las primeras chozas entre los árboles.

–Sin duda exageras y eso me preocupa con respecto al resto de tu relato porque he visitado infinidad de campamentos, algunos incluso en plena batalla, en los que se encontraban heridos y muertos, y ninguno apestaba tal como aseguras que lo hacía ese.

–Apestaba porque en realidad no era asentamiento militar, sino una enorme tintorería.

–¿Y eso qué tiene que ver con el olor?

–Mucho, puesto que para obtener la púrpura es necesario reducir la orchilla seca a polvo muy fino, mezclarla con agua y añadirle una gran cantidad de orines putrefactos, por lo que el capitán Castaños obligaba a todos a mear en enormes recipientes de barro que quedaban al aire. Cuando ya aquello hedía a demonios, se derramaba sobre la mezcla en otros recipientes que tapaban con una tabla, pero se veían obligados a airear cada cuatro o cinco horas... –Gonzalo Baeza lanzó un resoplido al tiempo que arrugaba la nariz como si aún estuviera percibiendo aquella agria y penetrante pestilencia al concluir–: Te juro, y sabes bien que no soy hombre aficionado a los juramentos, que fue como llegar a una fosa común repleta de cadáveres en descomposición.

10

El capitán Castaños no dedicó ni tan siquiera un minuto a justificar sus actos, puesto que sostenía la peculiar teoría de que aquellos que aseguran que nunca mienten son los que más mienten, ya que tan rotunda y ridícula afirmación encierra siempre una innegable falsedad.

A su modo de ver, el ser humano es mentiroso por naturaleza hasta el punto de que demasiado a menudo falta a la verdad de manera inconsciente.

Admitió, por tanto, con absoluto descaro que la única razón por la que había aceptado que le destinasen «al culo del mundo» era porque sus inmediatos superiores, el coronel Soria y el comandante Bermejo, le habían asegurado que antes de un año los tres serían inmensamente ricos.

–Lo único que se puede obtener de este perdido peñasco es la jodida púrpura, que en estos momentos es más valiosa que el oro e incluso los diamantes, y te garantizo que a nadie le importa un pito que sus habitantes se cristianicen o no ni a nadie le importa un pito que nuestra bandera ondee o deje de ondear en lo alto de un mástil.

–A fray Bernardino le importa que se cristianicen y a mí me importa que ondee esa bandera –le respondió su desconcertado y casi incrédulo teniente.

–Fray Bernardino es un pánfilo con sotana y tú, un pánfilo con armadura, Baezita –fue la desvergonzada respuesta–. Y los pánfilos siempre han constituido una pésima compañía porque, como dice el viejo dicho, «el que prefiere una medalla de lata a una moneda de plata es un peligro». –El militar se inclinó hacia atrás, colocó sus enormes botas sobre la mesa y sonrió amistosamente antes de insistir–: Un peligro para sí mismo, pero sobre todo para quienes no tenemos el menor interés en cambiar el pellejo por una medalla. Y lo que debes tener muy claro, Baezita, es que en esta isla no hay medallas; solo monedas.

–Pero yo no acepté este destino buscando ni lo uno ni lo otro... –le hizo notar su segundo en el mando, que evidentemente evitaba dar rienda suelta a la indignación que había comenzado a invadirle–. Vine porque ese era mi deber.

–La experiencia me enseña que el sentido del deber tan solo conduce a que acabes debiéndole dinero a todo el mundo, Baezita. Y a mí las deudas me estaban devorando, por lo que decidí aceptar una generosa oferta que me permitía regresar a una casa a la que cada día no llamara a la puerta un acreedor. –Hizo una larga pausa, observó a su subordinado intentando averiguar cuál sería su respuesta incluso antes de haber hecho la pregunta, y por último se decidió a lanzarla como quien lanza un guante a la palestra–: ¿Qué piensas hacer?

–¿Respecto a qué?

–Respecto a olvidarte de las medallas y apuntarte a las monedas, porque, visto lo visto, tan solo tienes dos opciones: o quedarte, ayudar en la faena y aceptar un porcentaje sobre los beneficios, o continuar trazando un meticuloso mapa de la isla. –Le guiñó un ojo en lo que pretendía ser un gesto de complicidad–. Si te decidieras por la «cartografía», si llegase el caso, te mantendrías al margen de cualquier tipo de responsabilidades futuras, ya que tan solo tendrías que alegar que te limitaste a cumplir órdenes.

–Unas órdenes que ya les ha costado la vida a tres personas... –le recordó su interlocutor con marcada intención.

La respuesta vino acompañada de una cínica y desconcertante sonrisa:

–Espero que a cuatro porque en cuanto atrape al Lagartija le colgaré por desertor, y esta isla no es tan grande como para que por muy lagartija que sea se oculte eternamente. –Bajó los pies de la mesa con el fin de volver a sentarse de una forma natural, como si con ello considerase que estaba rindiendo tributo a los difuntos, y añadió–: Te juro, Baezita, que no tenía intención de causar daño a esos muchachos, pero está claro que por estos andurriales el mar se cabrea cuando menos se espera; pasó lo que pasó y punto. ¿Qué decides?

–Me concentraré en la «cartografía»...

–Lo suponía –admitió el otro sin inmutarse–. Si algo he aprendido en tantos años de ejercer el mando, es a distinguir entre un rufián y un caballero, y mal que me pese, debo reconocer que no eres de los míos. Por ello voy a darte un consejo que debes interpretar casi como una orden: mantente lejos del campamento en compañía de tu preciosa mujercita, no metas las narices en mis asuntos y disfruta de una larga luna de miel hasta que todo haya acabado. –Le apuntó con el extremo de su inseparable fusta al inquirir como si con ello diera por concluida la conversación–: ¿Alguna pregunta?

–Tan solo una, ¿puedo llevarme a Bruno «Pamparahoy» y a Amancio Ares?

–Todo tuyos –señaló el otro agitando la mano en un gesto evidentemente despectivo–. Pero procura que no se te ahoguen porque andamos escasos de personal.

El joven teniente Gonzalo Baeza abandonó la inmunda cabaña, de cuyas paredes colgaban una docena de odres de cabra repletos de un tinte hediondo, rechinando los dientes y apretando los puños, aunque felicitándose por haber sido capaz de resistir la tentación de echar mano a su espada y atravesar de una sola estocada el corazón de tan inmundo personaje.

Necesitaba respirar aire puro, por lo que decidió ir a tomar asiento sobre una roca que se alzaba al borde de un precipicio desde cuya cima se divisaba gran parte de la isla, y allí permaneció tratando de calmarse y ordenar sus ideas hasta el momento en que un apesadumbrado Hacomar se aproximó con el fin de acuclillarse frente a él e inquirir sin más preámbulos:

–¿Qué piensas hacer?

–Continuar trazando ese dichoso mapa –fue la seca y agria respuesta.

–¿Dejando a mi gente en manos de semejante hijo de puta?

–¿Desde cuándo son «tu gente»? –inquirió el sorprendido antequerano–. Siempre te he oído decir que te sientes más andaluz que isleño.

–Isleño o andaluz, los sentimientos son los mismos cuando comprendes que entre el capitán y sus dos sargentos, que no son en realidad más que asesinos a sueldo, llevan camino de convertir este lugar en un infierno. Prostituyen a las mujeres, corrompen a los hombres y acabarán esclavizándolos a todos, tal como hace años me esclavizaron a mí, a causa de su insaciable avaricia. –Lanzó un hondo suspiro de amargura antes de concluir–: Un manto de púrpura se convertirá en el sudario de esta isla.

–¿Y qué pretendes que haga? La rebelión está castigada con la horca.

El intérprete se alzó, observó el paisaje, asintió repetidas veces de una forma casi imperceptible, y por fin replicó en tono de absoluta resignación:

–Entiendo que sería exigirle demasiado a alguien que tiene una esposa tan maravillosa y toda una vida por delante... –Se volvió con el fin de mirar a su acompañante a los ojos a la par que inquiría–: Pero ¿qué podemos hacer el curita y yo contra semejante pandilla de facinerosos?

–Nada.

–¿Y te parece justo?

–Uno de los peores males de entrar a formar parte del ejército estriba en que desde que juras obediencia estás dejando en manos de tus superiores el concepto de lo que es o no justo, pero te aseguro que cuando llegue el momento exigiré que se les aplique el castigo que merecen.

–Para entonces será ya demasiado tarde. Estúpido resulta colocar la venda tras la herida cuando se ha podido evitar la herida.

–¿Y cómo lo evito? –quiso saber el otro en un tono que dejaba a las claras su impotencia–. Lo que me estás pidiendo no es tan solo un problema que atañe a la conciencia de un militar que se declara en rebeldía, sino un problema táctico. ¿Con qué fuerzas contaríamos a la hora de enfrentarnos a quienes tan acertadamente has tachado de pandilla de facinerosos?

–Supongo que Beneygan se pondría de nuestra parte.

–Tan solo lo supones, pero aunque así fuera y nos sumergiéramos en un baño de sangre, ¿qué sería de mi honor y el de mi familia si aparezco como cabecilla de una rebelión en contra de la Corona?

* * *

–A fe mía que te habías colocado en una situación harto delicada... –reconoció monseñor Cazorla frunciendo el entrecejo como si con ello quisiera demostrar su desconcierto ante cuanto acababa de escuchar–. Conozco a algunos que han acabado en el patíbulo por mucho menos. ¡Alzarse contra la Corona! ¡Dios nos libre!

–¿Qué hubieras hecho tú?

–¡Oh, vamos, Gonzalo, no pretendas hacerme caer en semejante trampa! –protestó su interlocutor–. Me has descrito una situación en la que nadie querría verse involucrado, por lo que no estoy dispuesto a darte una apresurada respuesta cuando ni siquiera tú, que estabas allí y tenías tiempo de sobra a la hora de meditar sobre ello, conseguiste encontrarla. ¿O me equivoco?

–¡No! –admitió el dueño de la mansión–. No te equivocas.

Hubiera resultado difícil equivocarse dado que en aquellos lejanos tiempos el teniente Baeza era un honrado e impulsivo muchacho al que repugnaba la vergonzosa actitud que habían adoptado sus compañeros de armas.

Su primera reacción fue la de plantar cara a su superior, pero pese a su juventud había sido capaz de conservar la cordura suficiente como para comprender que sus posibilidades de éxito eran escasas al tiempo que se arriesgaba a provocar una masacre.

Cuando esa misma noche intentó explicarle a Garza que debían alejarse del campamento o sus vidas correrían serio peligro, su respuesta le dejó ciertamente sorprendido:

–La muerte es la única que al entrar en un hogar deja un vacío –musitó entre caricia y caricia–. Si te matasen me precipitaría en un abismo sin fondo, aunque continúo sin entender por qué razón te ves obligado a obedecer a alguien que no sabe gobernar... ¡Resulta absurdo!

A una mujer que desde que vino al mundo estaba acostumbrada a que sus mandatarios fueran elegidos entre los miembros más sensatos de la comunidad le desconcertaba sobremanera el hecho de que un adulto acatara órdenes absurdas cerrando los ojos a una realidad que estaba conduciendo a la isla a un desastre de incalculables proporciones.

Pero resultaba aún más difícil comprender que al otro lado del océano existieran leyes que no habían sido dictadas por los miembros más sensatos de la comunidad, sino por los más poderosos, y que en un mundo que se consideraba a sí mismo «civilizado» el ansia de poder solía superar a la avaricia por el simple hecho de que el dinero no siempre conquistaba el poder mientras que quienes ostentaban el poder se encontraban a menudo en condiciones de apoderarse de las riquezas.

A su atribulado marido, el teniente Gonzalo Baeza, le hubiera importado muy poco que el capitán Castaños se enriqueciera fabricando un pestilente mejunje que deslumbraba a reyes y cardenales siempre que no perjudicara a nadie, pero resultaba evidente que no era el caso; en lugar de hacer venir mano de obra a la que pagar un salario a cambio de hacer un trabajo repugnante, había preferido abusar de los nativos deslumbrándolos con baratijas al tiempo que les arrebataba un agua que les resultaba imprescindible para seguir viviendo.

Si como el anciano Tenaro aseguraba se encontraban a punto de iniciar un duro período de sequía, El Hierro no resistiría el uso que se estaba haciendo de su recurso más escaso.

La isla que marcaba la frontera del fin del mundo conocido había conseguido sobrevivir al hombre cazador, al hombre pastor e incluso al hombre agricultor, pero a poco más de un mes de su llegada el hombre industrial amenazaba el futuro de todas sus criaturas.

* * *

–Presentía que si abandonaba el campamento, aquella enloquecida fiebre de púrpura acabaría por provocar una catástrofe... –musitó al fin el general retirado con la cabeza gacha como si no se atreviera a mirar de frente a su viejo amigo–. Y es que, por lo que el bueno de Bruno «Pamparahoy» consiguió averiguar entre sus compañeros de la tropa, Castaños había puesto vigías en los acantilados a la espera de la llegada de un barquichuelo cargado de baratijas que de regreso trasladaría un primer cargamento de tinte a Lanzarote, desde donde uno de sus compinches, el coronel Soria, que al parecer comandaba allí el puesto militar, lo haría llegar a la costa africana y luego a Francia.

–¿Estás insinuando que se trataba de un tráfico ilegal a base de intercambiar chucherías por púrpura perpetrado y puesto en ejecución con toda clase de detalles por un grupo de oficiales utilizando personal del ejército y naves de la armada?

–No lo insinúo; lo afirmo. Y de hecho me consta que por lo menos veinte odres llegaron a las tintorerías normandas sin que la Corona española tuviera conocimiento ni se beneficiara por ello.

–¡Pero eso constituye un delito de traición! –no pudo por menos que exclamar el religioso.

–¿Y crees que no lo entendí así desde el primer momento? –fue la inmediata pregunta–. ¿Pero qué podía hacer y ante quién lo denunciaba si el principal implicado era a su vez la máxima autoridad en la isla?

–Difícil situación sin duda, y debo admitir que obraste

correctamente al no arriesgarte a ser tú quien cometiera un delito al rebelarte contra un superior.

–Habría valido la pena, puesto que de ese modo tan solo yo habría cargado con las consecuencias, mientras que el devenir de los acontecimientos demuestra que fueron muchos los que sufrieron por culpa de mi falta de carácter.

–Con demasiada frecuencia tendemos a exagerar el sentido de nuestra culpabilidad –puntualizó monseñor Cazorla, al que se le advertía en cierto modo incómodo o descentrado por el rumbo de la conversación–. Para un hombre decente no existe juez más exigente que su propia conciencia y me temo que este es tu caso.

–¿Que tendemos a exagerar...? –se escandalizó su interlocutor–. ¿Qué clase de exageración puede existir cuando lo cierto es que costó muchas vidas, entre ellas la de mi propia mujer y la del hijo que esperábamos? ¿Se te ocurre algo peor?

En esta ocasión no recibió respuesta, puesto que resultaba evidente que no existía nada que pudiera compararse al hecho de que un hombre hubiera perdido cuanto amaba.

Las tragedias, al igual que las tempestades, causan más daño cuando se presienten, sobre todo si quien las padece no se siente capaz de evitarlas; sufre al verlas venir, sufre cuando le golpean y continúa sufriendo durante años debido a que no cesa de preguntarse las razones de su impotencia.

El por aquel entonces joven teniente había emprendido al día siguiente el camino de regreso a la costa en compañía de Garza, Amancio Ares y Bruno «Pamparahoy», pese a que experimentara la dolorosa sensación de que estaba traicionando a muchos, sensación aumentada por el hecho de que fray Bernardino de Ansuaga le había suplicado hasta el último momento que «no le dejara solo».

El infeliz dominico parecía convencido de que su labor apostólica estaba condenada al fracaso desde el momento en que los isleños llegaron a la lógica conclusión de que los extranjeros no habían desembarcado en sus costas con intención de ayudarles, sino de enfrentarles los unos con los otros y despojarles de lo que les resultaba más imprescindible: el agua.

El caudal del manantial del campamento se había reducido a la mitad debido a que cada día que pasaba se le exigía más, ya que cada día eran más los sacos de orchilla que llegaban.

Al propio tiempo el capitán Castaños recompensaba con un retazo de tela a cuantos aportaran una vasija de orines putrefactos.

–Si algún día me nombran cardenal, me vestiré de verde porque no quiero pasarme la vida oliéndome la capa... –comentó de improviso monseñor Cazorla en un rasgo de humor impropio de la situación, por lo que al advertirlo se apresuró a añadir–: Lo siento, pero es que todo este asunto de la dichosa orchilla es tan sorprendente que ha tenido la virtud de superar mi capacidad de asombro. ¿Quién podía imaginar que algo tan poco común fuera el principal objetivo del desembarco de un destacamento militar en la isla más alejada que se conoce?

–La avaricia siempre está detrás de todo, querido amigo, y al fin y al cabo, la púrpura no es más que el último escaño de la avaricia... –le hizo notar su interlocutor en un tono que denotaba que disculpaba su desafortunado comentario–. Fue la avaricia la que trajo a Canarias a los fenicios y siglos más tarde a los normandos, por lo que sospecho que será esa misma avaricia y no los sueños de gloria lo que nos lleve a dominar el Nuevo Mundo que ha descubierto el almirante Colón y del que ni siquiera sospechaba su existencia cuando me encontraba en El Hierro, pese a que sus naves pasaran muy cerca de sus costas. A mi modo de ver, nadie moverá un dedo por civilizar y cristianizar a los nativos de esas tierras si los banqueros no financian las expediciones olfateando la posibilidad de conseguir cuantiosos beneficios.

–Así está ocurriendo mal que me pese aceptarlo; armar una flota conlleva enormes gastos y me consta que la Corona no dispone de los medios necesarios a la hora de cubrir los gastos de tan ambiciosa empresa. Pocos son los dispuestos a arriesgar vida y fortuna por el simple placer de que allende el océano un salvaje emplumado aprenda a leer la Biblia y rece todas al Niño Jesús o a la Virgen María.

Razón le sobraba sin lugar a dudas y buena prueba de ello podía dar fray Bernardino de Ansuaga, que no veía forma de persuadir a los nativos de que el dios al que adoraban los cristianos no aprobaba que actuaran de la cruel e insensata forma en que lo estaban haciendo sus más destacados fieles.

Para los isleños la principal obligación de los dioses se

debía centrar en proteger cuanto habían creado, pero estaban comprobando que por un lado los extranjeros se dedicaban a alabar al Señor y por el otro, a destruir su obra.

La lógica más elemental dictaba que nadie puede confiar en quien dice una cosa y hace la opuesta.

11

Fue como si un ciclópeo dragón de piel rugosa se sacudiera las pulgas al tiempo que dejaba escapar una sonora ventosidad por un oscuro y profundo ano oculto tras las colinas del nordeste proyectando al espacio un pestilente chorro de fuego que al instante se adueñó de las estrellas tiñéndolas de rojo.

Gonzalo Baeza se puso en pie de un salto, horrorizado y confundido, cayó casi al instante de rodillas sobre la tibia arena incapaz de mantener el equilibrio, y bajo la amenazante nueva luz descubrió estupefacto que Garza entreabría apenas los ojos, le dedicaba una leve sonrisa y volvía a sumirse en un plácido sueño sin que pareciera importarle que la bóveda del universo amenazara con venírseles encima.

–¡Despierta! –le gritó angustiado–. ¡Despierta! ¡Un terremoto!

–No es un terremoto –fue la desganada respuesta de quien al parecer no tenía otra ambición que seguir descansando tras haber hecho el amor casi hasta la extenuación–. Es que algún volcán ha hecho mal la digestión, pero no te preocupes; mientras continuemos en la playa no corremos peligro; ningún techo nos aplastará. ¡Duérmete!

–¿Dormir? –inquirió su amante, incrédulo y casi estupefacto esposo–. ¡Este es el espectáculo más grandioso que haya contemplado nunca! ¡Algo inaudito! ¿Cómo pretendes que me duerma?

–Si tanto te gusta, disfrútalo, pero déjame dormir, querido. Yo ya lo he visto muchas veces.

«Disfrutar» no era exactamente la palabra apropiada a la hora de describir lo que experimentaba el joven antequerano al advertir cómo la negra arena de la estrecha playa chirriaba y se desplazaba horizontalmente bajo sus pies al tiempo que la inmensidad del océano se convertía en un espejo que devolvía los haces de luz que dejaban a su paso las rocas incandescentes que surcaban la noche formando un amplio arco desde el lejano cráter de partida hasta el punto en que se zambullían en el agua permitiendo que se escuchara un leve chirrido y elevando al cielo una columna de vapor.

A veces enormes rocas incandescentes llegaban de una en una, como pesados proyectiles que intentaran aplastar naves enemigas, pero de improviso surgían cientos o tal vez miles de diminutas bolas de fuego que descendían en cascada haciendo la competencia con notable éxito a la lluvia de estrellas de las veraniegas noches de San Lorenzo.

Amancio Ares y Bruno «Pamparahoy» habían llegado a todo correr desde el otro extremo de la playa, por lo que los tres continuaron observando embobados la prodigiosa forma en que debió de nacer el mundo tras millones de años de violentas luchas entre el fuego, la tierra y el agua.

–¿Y qué pasará si la isla se hunde? –inquirió de improviso el gallego.

–Que dejaría de ser una isla, zopenco –fue la inmediata respuesta del zamorano.

–Tú siempre tan gracioso. ¿Corremos peligro, teniente?

El aludido se limitó a hacer un gesto con la cabeza hacia la figura de Garza, que continuaba respirando tranquila y acompasadamente pese a la intensa luz y el insoportable estruendo.

–Ella no lo cree y se supone que sabe de esto más que nosotros.

–¿De verdad sigue durmiendo?

–Como un niño.

Cierto debía ser, puesto que a la mañana siguiente la muchacha ni tan siquiera recordaba que durante varias horas su isla se había convertido en una sucursal del infierno, por lo que tan solo al advertir la densa nube de polvo y percibir el intenso olor a azufre que impregnaba el ambiente, se limitó a comentar, sin darle mayor importancia, que «se debía de haber producido una pequeña erupción en alguna parte».

–¿Pequeña...? –no pudo por menos que escandalizarse Bruno «Pamparahoy»–. Pues el día que sea grande nos manda de regreso a Sevilla de una patada. ¡Dios bendito!

–Me sentía como si estuviera sentado sobre la boca de una bombarda –se lamentó por su parte el gallego–. Y un pedazo de carbón al rojo me cayó a menos de tres metros.

–¡No sé de qué os quejáis! –replicó ella con la más dulce y arrebatadora de sus sonrisas–. Habéis disfrutado de un prodigio que no habíais visto nunca sin sufrir daño alguno.

–Pero no me negarás que podía ser peligroso –masculló su marido, que aún no las tenía todas consigo.

–El peligro es bueno… –le respondió con desconcertante desparpajo la isleña–. Mientras corras peligro significa que estás vivo, y más vale un vivo en peligro que un muerto a salvo.

–¡Visto de ese modo…!

Quien desde luego no podía verlo de ese modo era el furibundo y casi histérico capitán Castaños, cuyo campamento se encontraba tan cerca del cráter que a causa de la primera y estremecedora explosión su hermoso caballo había echado a correr despavorido y se había precipitado por un barranco tan empinado y peligroso que resultó imposible recuperarlo con vida.

La desaparición de *Atila,* sobre el que solía galopar sintiéndose poderoso y mucho más importante que cuantos le rodeaban, fueran cristianos o «salvajes», constituyó sin duda una dolorosa pérdida, aunque en absoluto comparable a las catastróficas consecuencias de los impredecibles temblores de tierra que se produjeron en el transcurso de aquella larga noche de infausta memoria.

Las grandes tinajas en las que se mezclaba la púrpura o se guardaban los orines a la espera de que fermentaran habían sido fabricadas en improvisados hornos a base de barro de baja calidad, por lo que la mayor parte de ellas se habían resquebrajado, acabando por reventar y dejar escapar su fétido contenido, lo que convirtió el acuartelamiento en un hediondo lodazal en el que costaba trabajo dar un paso y podría decirse que incluso respirar.

Los primeros rayos del sol iluminaron por tanto un paisaje dantesco y tanto más infernal a la vista de quien se desesperaba al comprobar que unas riquezas con las que ya contaba se habían esfumado en el transcurso de un abrir y cerrar de ojos.

–¡No es posible! –aullaba una y otra vez golpeando con su fusta cuanto encontraba a su paso–. ¡No es posible! ¡Maldita isla del averno!

Tal vez, tan solo tal vez, cualquier otro hombre hubiese llegado a la conclusión de que tan inesperado desastre era una clara llamada de atención del destino, pero el empecinado capitán Diego Castaños no pertenecía a esa rara especie; había aceptado lo que siempre consideró un duro destierro convencido de que a su regreso se habría convertido en un rico militar retirado y no se mostraba dispuesto a aceptar tan inesperado contratiempo.

Pasó casi dos horas meditando acomodado sobre la misma roca que ocupara semanas antes su joven teniente, pero al cabo de ese tiempo regresó al punto, lejos ya del apestoso campamento, en que le aguardaba el resto de la tropa.

–Recoged los odres de tinte que ya están listos y todo lo que sea de utilidad –ordenó con su autoritario vozarrón de siempre–. Buscaremos otro manantial y empezaremos de nuevo.

* * *

–Empezar de nuevo significaba más orchilla y sobre todo más agua, y fue en ese momento cuando los isleños dieron la mejor prueba de sensatez y sentido de la obediencia que recuerde –señaló el general Gonzalo Baeza–. Su Consejo de Ancianos se reunió de forma urgente y llegó a la conclusión de que cuanto les habían regalado los españoles no había hecho más que enemistarlos entre sí, por lo que ordenaron que hasta el último espejo, collar, cacerola o retazo de tela fuera devuelto de inmediato y sin disculpa posible.

–¡Inteligente decisión! –no pudo por menos que reconocer monseñor Cazorla–. ¡Muy inteligente, vive Dios!

–Aquel día yo no estaba presente... –admitió su interlocutor–. Pero por lo que me contaron fue digno de ver cómo uno tras otro, hombres, mujeres, ancianos e incluso niños desfilaron en silencio depositando a los pies del incrédulo capitán Castaños aquello que tanto habían deseado. A continuación el propio Beneygan se adelantó con el fin de anunciar que a partir de aquel momento si los españoles querían orchilla tendrían que ir a recolectarla ellos mismos.

–¡Con dos cojones!

–Lenguaje impropio de un religioso, pero apropiado al momento, querido amigo –admitió el dueño de la casa–. Yo no lo hubiera dicho de una forma más concisa y expresiva, que sin duda es la correcta. El anhelo de poseer aquello que no necesitamos nos conduce con frecuencia al abismo, por lo que se precisa mucho sentido común a la hora de hacer un alto en el camino, recapacitar y regresar al punto de partida.

–¡Lástima que yo nunca haya tenido el valor de hacerlo!

–se lamentó el aragonés–. Y debo admitir que me sobraron ocasiones.

–Siempre se está a tiempo de rectificar.

–Rectificar es de sabios, por lo que barrunto que eso es algo que está fuera de mi alcance.

–También del mío, puesto que una serie de silbidos habían llegado desde el norte atravesando valles y barrancos hasta el punto de que al cabo de poco más de una hora de intercomunicarse de aquella forma tan eficaz como incomprensible para quien no estuviera habituado, Garza me resumió la «conversación» en una sola frase:

–Tu capitán ha declarado «traidores a la Corona» a quienes se nieguen a recoger orchilla.

–¡Dios sea loado!

–¿Qué significa «traidor a la Corona»?

–Significa que «legalmente» ese hijo de mala madre puede perseguir, ejecutar, esclavizar o someter a quien se le antoje a cualquier tipo de torturas y vejaciones sin tener que dar cuentas por sus actos.

–¿Cómo puede una ley obligar a alguien a trabajar en contra de su voluntad?

Aquella era una de las muchas preguntas a las que Gonzalo Baeza jamás acertaba a contestar, dado que, como solía suceder demasiado a menudo, no se trataba de «una ley», sino de cómo la interpretaba o imponía quien ejercía el poder en ese instante.

A solas en la cueva en la que había permanecido herido durante tantos días y en la que había hecho por primera vez el amor con la criatura más maravillosa que jamás hubiera existido, se planteó por enésima vez qué actitud debía tomar a la hora de conseguir que la pequeña isla volviera a ser el lugar pacífico y acogedor que descubriera a su llegada.

La alegría había volado muy lejos como gaviotas a las que las espadas y las lanzas hubieran asustado.

Las sonrisas habían dado paso a fruncidos entrecejos y las sonoras risas, a apagados cuchicheos.

Incluso el siempre animoso Bruno «Pamparahoy» se mostraba taciturno y evidentemente le sobraban las razones, visto que era quien mejor conocía las sucias artimañas de aquel a cuyas órdenes había servido durante años.

–Ese hijo de la gran puta conseguirá su maldita orchilla aunque le tenga que arrancar la piel a tiras a la gente –sentenció–. Juraría que manejar la fusta le produce orgasmos.

Fue por aquellos días, ¡amargo entorno para tan dulce noticia!, cuando Garza le comunicó a su esposo que esperaban un hijo.

La primera explosión de alegría dio pronto paso a una lógica inquietud: ¿qué futuro tendría el primer niño nacido de la unión de dos formas tan diferentes de concebir la vida cuando la isla estaba atravesando unos momentos tan difíciles?

En un principio el antequerano se vio a sí mismo enseñando a su hijo a pescar lubinas o conocer el nombre de las principales estrellas, pero casi de inmediato volvió a una cruda realidad que le hacía comprender que una escondida ensenada de aguas cristalinas no podría seguir siendo la antesala del paraíso mientras existieran seres humanos que dondequiera que llegaban, aunque fuera el último peñasco del confín del mundo, se esforzaban por obtener un injusto provecho aun a costa de explotar a sus congéneres.

–El Hierro me dio toda la felicidad que se pueda desear... –dijo como si le estuviera hablando al viento y no a otra persona–, pero al mismo tiempo me robó la fe en Dios y en los hombres; miel y hiel a partes iguales, pero sabido es que la miel se deshace pronto en la boca mientras que la hiel te roe las entrañas indefinidamente.

–La isla no tuvo culpa alguna.

–La tuvo porque llegué a pensar que estaba poseída por un espíritu a imagen y semejanza de su martirizada orografía; negros riscos junto a profundos barrancos, amenazantes volcanes junto a bosques umbríos, y acantilados contra los que gigantescas olas golpean día y noche junto a plácidas bahías en las que se puede ver el fondo a veinte brazas. El cielo y el infierno sin que frontera alguna los divida.

–Curiosa descripción y supongo que acertada –señaló en un tono de franca admiración monseñor Cazorla.

–Espero que lo sea; me ha costado años encontrar las palabras que mejor expresaran mi estado de ánimo cuando se sentía como encerrado en una barrica que hubieran lanzado colina abajo; el terror y la excitación se encontraban tan firmemente unidos que no alcanzaba a saber si estaba rogando para que una gigantesca mano me detuviera o prefería continuar sin freno hasta estrellarme.

–Y si has encontrado esas palabras, ¿por qué razón no has dejado constancia de ellas por escrito? –quiso saber su viejo amigo–. Esta historia merece ser conocida aunque tan solo sea para que contribuya a impedir que tales hechos se repitan. –El aragonés extendió las manos con las palmas hacia arriba como si le estuviera mostrando un libro invisible y añadió–: A la Corona le espera una difícil misión a la hora de cristianizar a nuevos pueblos allende el océano, no tenemos ni la menor idea de cómo hacerlo y supongo que tu experiencia le sería de gran ayuda.

–Pues supones mal y te suplico que perdones mi brusquedad y mi franqueza; acabamos de pasar de dominados a dominadores y que yo sepa ninguna nación aprendió de sus errores, ni aun de los ajenos, a la hora de ampliar sus fronteras. A menudo consiguen ser más poderosas, pero rara vez más sabias.

–Es la experiencia la que nos permite ser más sabios y empiezo a considerar que en ese terreno posees una gran experiencia.

–La experiencia siempre ha sido el más amargo de los aprendizajes, querido amigo... –sentenció seguro de sí mismo el general–. Para aceptar la felicidad no necesitas experiencia; llega, te envuelve, y ninguna conclusión extraes de por qué razón te eligió. Incluso tiendes a considerar que ha sido así porque te lo merecías, pero, por el contrario, las desgracias son dolorosas heridas que acaban llamándose experiencia aunque en realidad no son más que cicatrices.

* * *

Le vieron llegar desde muy lejos, por lo que el capitán Castaños salió a su encuentro flanqueado por sus dos fieles perros de presa, los malencarados sargentos Fernán Molina y Calixto Navarro, quienes mantenían de modo en exceso ostensivo las manos sobre las empuñaduras de sus espadas.

–Te ordené que no volvieras hasta que hubieras terminado el mapa, Baezita –fue lo primero que dijo en tono a todas luces amenazador quien siempre llevaba la voz cantante–. ¿Dónde está?

–Lamento contradeciros, capitán; me ordenasteis que no me aproximara al antiguo campamento, pero nada dijisteis acerca de los manantiales... –Señaló con un gesto de la mano los odres vacíos que le colgaban en bandolera–. Necesitamos agua.

–¿Y cómo es que has venido en persona? –masculló el otro, al que la rápida respuesta había desconcertado–. ¿Dónde están tus hombres?

–Trazando el mapa, visto que dibujan mejor que yo, sobre todo Amancio. –El antequerano ensayó la más inocente de sus sonrisas antes de añadir–: Será una obra de arte porque os aseguro que jamás he conocido a nadie tan meticuloso en su trabajo como ese jodido gallego. ¿Me dais vuestro permiso para abastecerme de agua?

Su interlocutor tardó en responder y por unos instantes se habría dicho que estaba a punto de negarse, pero advirtió que tanto el dominico como Hacomar y la mayor parte de la tropa no perdían detalle de la conversación, por lo que hizo un leve gesto con el que parecía indicar que le dejaba el paso franco.

–Naturalmente... –replicó con desgana–. Pero la próxima vez manda a un subordinado; acarrear agua no es trabajo para un oficial.

–Nada hay más digno de un oficial que velar por sus hombres, y eso es lo que estoy haciendo porque en el sur se han secado los pozos.

–¿Y qué beben los nativos?

–Lo ignoro... –fue la sincera respuesta–. Tal vez agua de mar.

–Ni siquiera los salvajes de esta maldita isla pueden sobrevivir con agua de mar, o sea, que no me vengas con sandeces –refunfuñó quien hacía claros esfuerzos por no perder la paciencia–. Seguro que tienen pozos ocultos, pero te juro que acabaré por encontrarlos. Y ahora llena de una maldita vez esos pellejos y lárgate por donde has venido.

Inició el gesto de volverse con el fin de encaminarse a su cabaña, pero el teniente le detuvo alzando una mano con la palma abierta al tiempo que señalaba elevando de modo considerable el tono de voz:

–Con vuestro permiso voy a decir algo que quiero que oigan todos los presentes con el fin de que quede constancia por si llega un día en que se exijan responsabilidades acerca de lo que está sucediendo en esta isla; según los ancianos, que son quienes mejor la conocen, se aproxima una gran sequía, por lo que respetuosamente os aconsejo que no utilicéis el agua que queda en aquello que no sea estrictamente necesario o pondréis en grave peligro la vida de nuestros hombres.

El capitán hizo ademán de desenvainar su arma al tiempo que casi lanzaba espumarajos por la boca:

–¿Cómo te atreves a cuestionar mis órdenes? ¿Acaso ignoras que puedo acusarte de traición? Yo ya mataba moros cuando tú aún llevabas pañales.

–No lo dudo, pero, según las reales ordenanzas que tenéis la obligación de conocer por vuestro rango, el respetuoso consejo de un oficial a su superior nunca puede considerarse un acto de traición, sino de justa y necesaria obligación en momentos difíciles. –Hizo un gesto con el dedo girando el brazo en semicírculo para señalar a todos los presentes mientras añadía–: Y con ella estoy cumpliendo ante testigos.

La excesiva avaricia no siempre trae aparejada una excesiva estupidez, por lo que el enardecido Diego Castaños pareció llegar a la conclusión de que en esta ocasión su reconocida terquedad a nada bueno conducía; cerró los ojos, apretó los dientes y realizó uno de los mayores esfuerzos de su vida con el fin de calmarse.

No se le ocultaba que desde la nefasta noche en que se resquebrajaron las tinajas la tropa se mostraba descontenta y más que harta de todo aquel hediondo asunto de unos orines y una púrpura que les estaban amargando la vida sin que tuvieran muy claro que en un lejano futuro les rendirían los fabuloso beneficios que les había prometido, por lo que se limitó a lanzar un sonoro bufido, dar media vuelta y alejarse seguido por sus inseparables Molina y Navarro, cuyas expresiones denotaban que de igual modo tampoco se sentían satisfechos con el incómodo rumbo que estaban tomando los acontecimientos.

Tal como solía decir el primero: «El capitán está perdiendo los papeles con toda esta mierda y la gente empieza a limpiarse el culo con ellos», a lo que su compañero replicaba: «¡Mientras no acaben cagándosenos encima...!».

Apenas se hubieron alejado unos metros, varios miembros de la tropa acudieron a hacerse cargo de los odres, ofreciéndose a llenarlos en el manantial al tiempo que propinaban alguna que otra tímida palmadita en la espalda de su joven teniente, gesto con el que disimuladamente le agradecían que estuviera intentando poner algo de orden en tan caótica situación.

La mayoría habían desembarcado cinco meses atrás temiendo tener que enfrentarse a un ejército de feroces salvajes atrincherados en un agreste y terrorífico entorno propicio para toda clase de emboscadas, mientras que, por el contrario, se habían encontrado con un puñado de acogedores y cándidos nativos que se dejaban engañar proporcionándoles leche, quesos, frutas, orondos cerdos y sabrosos corderos a cambio de poco más que nada.

Aquella tranquila isla constituía a su modo de ver el destino soñado por cuantos estaban cansados de luchar en una sangrienta «reconquista» que duraba ya casi ochocientos años, por lo que todo fueron sonrisas, bromas y parabienes hasta el momento en que les comunicaron que tenían que cambiar de oficio, dejar las armas y convertirse en «tintoreros».

Y ni tan siquiera el término se les antojó adecuado, puesto que, según los pocos de entre ellos que sabían leer y escribir, «tintorero» era quien teñía cosas, y no era eso lo que al parecer se pretendía de ellos.

Su capitán quería obligarles a fabricar el tinte con el que

los tintoreros teñirían, pero nadie se sentía capaz de determinar qué nombre recibían quienes ejercían tan curioso oficio.

Mear en tinajas procurando que ni una sola gota se saliese del tiesto se les antojó divertido hasta el momento en que los orines comenzaron a apestar a perros muertos, y recorrer la isla en busca de pozos o manantiales con el fin de poder aumentar la producción de púrpura resultó en cierto modo interesante hasta que uno de ellos se rompió las dos piernas y un brazo al precipitarse por un barranco.

De dejar transcurrir las mañanas pescando y las tardes jugando a las cartas, habían pasado a trabajar diez horas diarias en un oficio agotador en un entorno hediondo, por lo que la frase más común en el campamento solía ser: «Si en esto consiste servir a la Corona, que venga Dios y lo vea».

Fray Bernardino de Ansuaga y el inquieto Hacomar continuaban siendo quienes catalizaban de una forma más visible el descontento, por lo que se apresuraron a tomar por el brazo a Gonzalo Baeza con el fin de alejarle en dirección a un bosquecillo cercano lejos de oídos indiscretos.

–Con lo que has dicho no basta, hijo mío –fue lo primero que le echó en cara el dominico, que parecía haber envejecido diez años–. Ha estado muy bien, pero no basta, ya que si el capitán insiste en mantenerte alejado, es porque sabe que eres el único que puede poner fin a esta locura.

–El agua se agota, pero el muy hijo de puta no cesa en su empeño de convertirla en púrpura, y a veces tengo la impresión de que ya no se trata de avaricia, sino de soberbia... –puntualizó por su parte un intérprete al que se le advertía convencido de lo que decía–. Es de los que no aceptan que ni

Dios le lleve la contraria, y que aquella endemoniada noche se perdiera la mayor parte de lo que tanto esfuerzo le había costado conseguir fue un golpe demasiado duro tanto para su bolsa como para su prepotencia.

–Mal están entonces las cosas –sentenció pesimista el antequerano–. La avaricia a veces se cura con monedas, pero contra la soberbia no existe remedio, ya que acompaña a quien la padece hasta la tumba.

–Pues tendremos que mandarlo a la tumba.

–Recuerda de quién y con quién estás hablando.

–Lo siento, teniente, pero es que cuanto más le conozco, más me convenzo de que Castaños no es hombre con el que se pueda razonar. Por lo que he conseguido averiguar, le encanta el juego; en Lanzarote perdió dinero del regimiento y le obligaron a aceptar este destino. La alternativa es simple: o también hace ricos a sus superiores, o es el único que acabará en presidio.

–¡Vaya por Dios! –no pudo por menos que exclamar el religioso–. Eso sí que es nuevo y explica muchas cosas; si algo he aprendido en esta vida, es que el juego y el vino nublan el entendimiento incluso de los más sensatos, y de sensato Castaños tiene poco.

–Os olvidáis de las mujeres, padre. Esas sí que nublan el entendimiento.

–No, hijo, no me olvido. Lo que ocurre es que una mujer puede mejorar o empeorar a un tarambana, pero el juego y el vino únicamente lo empeoran.

Habían alcanzado un pequeño claro en el que se habían colocado rústicos bancos y varias mesas con el fin de que la tropa pudiera comer a gusto lejos de la fetidez del campamento, y mientras se dejaba caer en uno de ellos con gesto de abatimiento, el antequerano comentó dirigiéndose a Hacomar:

–Al fin y al cabo, poco importan las razones por las que el capitán se comporta de este modo y el daño ya está hecho. ¿Qué actitud han tomado los isleños?

–La de esperar como si estuvieran convencidos de que acabaremos por caer como fruta madura; tienen claro que estamos cavando nuestra fosa y nos dejan continuar.

–¿También crees que ocultan pozos?

–¿Quién mejor que tú puede saberlo? –quiso saber el otro como si aquella fuera una pregunta absurda–. Pregúntale a Garza.

–Por lo que me contó, hizo una promesa; jamás intervendría ni a favor de su pueblo en contra mía, ni a mi favor en contra de su pueblo. Y por mi parte acepto sin el menor reparo tan justa decisión.

–Justa es cierto –aceptó fray Bernardino–. El único problema estriba en que la neutralidad suele ser como las cañas: cuando son jóvenes resisten los embates de muy distintos vientos, pero al envejecer se quiebran y se rinden al más fuerte.

–En ese caso, padre, os prometo que yo jamás intentaré ser el más fuerte.

12

El verde había dejado de ser verde.

El agua tiene la virtud de diluir la intensidad de la mayoría de los colores, pero en cuanto respecta al verde de la naturaleza su carencia le obliga a transformarse en ocre, luego en marrón y por último en una tonalidad pajiza que acaba por desaparecer devorada por un inclemente sol que todo lo achicharra.

Y el sol de agosto convertía la isla de El Hierro en un yunque sobre el que sus rayos golpeaban con furia desde el amanecer hasta el momento en que se ocultaba más allá del cabo de poniente –el que acabaría llamándose «de la Orchilla»– perdiéndose tras el último de los horizontes conocidos.

La inmensa bola de fuego se marchaba sin prisas, rumbo a ninguna parte, daba un respiro a los seres vivientes, pero antes de que la atmósfera consiguiera refrescarse regresaba por levante con renovadas fuerzas con el fin de impedir que la negra lava que aún conservaba parte de su calor tuviera tiempo de expulsarlo.

Tan grande era su poder que incluso el empecinado capitán Castaños se vio obligado a aceptar que por segunda vez la naturaleza le derrotaba y de nada serviría obligar a los isleños a proporcionarle sacos del valioso liquen si no contaba con agua para transformarlo en tinte.

Apenas disponía de la necesaria para malabastecer a una tropa que empezaba a temer que el más invencible de los enemigos había decidido tomar parte en aquella absurda contienda.

Incluso el más cobarde de los soldados era capaz de empuñar un arma, defenderse y contraatacar en un desesperado acto de autodefensa que en ocasiones acababa en victoria, pero ni el más valiente sabía cómo enfrentarse a una sed que a lo largo de la historia había aniquilado con demasiada frecuencia a los más aguerridos y bien pertrechados ejércitos.

En los desiertos de medio mundo se encontraban enterradas las armas de todos aquellos que se deshidrataron sobre sus arenas, y en la retina de cuantos españoles habían desembarcado en la isla perduraban las imágenes de las grandes dunas que habían estado contemplando en la distancia durante la lenta y penosa travesía que les trajo desde Sevilla.

La costa africana, ¡el Sáhara!, con todo el terror que semejante palabra despertaba en el ánimo, se encontraba allí, justo frente al archipiélago, y esa era una innegable realidad que les obligaba a reflexionar, e incluso discutir cada vez con mayor acritud, sobre la posibilidad de que los escasos acuíferos de la isla se agotaran.

Los tripulantes de la chalupa que el coronel Soria había

enviado repleta de baratijas que ya nadie quería se encontraban casi tan sedientos como ellos mismos, y lo único que comentaron a la hora de subir a bordo de su cochambrosa embarcación los malolientes odres de tinte fue que aquella era una estúpida manera de malgastar el agua.

–Si nos bebiéramos esta porquería, seguro que volveríamos a Lanzarote de un color precioso... –mascullό uno de ellos–. Pero muertos.

En cuanto la frágil nave zarpó para perderse de vista rumbo al este, cuantos se quedaron en tierra experimentaron de nuevo aquella angustiosa sensación de que les abandonaban en la frontera del universo conocido, pero la diferencia estribaba en que ahora tenían conciencia de que no se enfrentarían a los supuestamente hostiles habitantes de una agreste isla, sino a un peligro mucho más concreto y aterrador: el último de sus manantiales se estaba agotando.

Se sentaron a contemplar cómo el hilo del que pendía su existencia adelgazaba hora tras hora mientras la tinaja en la que intentaban conservarlo sonaba a hueco hasta que llegó un momento en que se hizo un angustioso silencio, preludio de la mayor de las desgracias.

Había llegado la hora de maldecir al ambicioso capitán que había derrochado sus vidas a base de mezclarlas con orines.

Desde las laderas vecinas los isleños les observaban.

Tal como Hacomar señalara, parecían aguardar a que acabaran de cavar su propia tumba, lo cual reforzaba la teoría de que el problema del agua no les afectaba de un modo tan acuciante como a los españoles.

Cierto que habían perdido sus cosechas, las tierras se encontraban agostadas y estaban sacrificando parte de su ganado conservando la carne en salazón, pero lo hacían de una forma meticulosa y selectiva con el fin de mantener en las mejores condiciones a los ejemplares con una mayor capacidad reproductiva.

A los animales elegidos, que habían conducido a las cumbres con el fin de que encontraran los últimos residuos de pasto y no pasaran calor, no parecía faltarles agua mientras que al resto lo alejaban a pedradas hacia las zonas bajas, donde acababan por degollarlos antes de que exhalaran el último suspiro.

Demostraban de ese modo una larga experiencia en cuanto se refería a la administración racional de un elemento tan esencial para la subsistencia, y es que a lo largo del transcurso de incontables generaciones habían aprendido a adaptarse a los cambios de humor de aquella naturaleza tan excesivamente caprichosa.

Ahora unos deleznables individuos llegados de muy lejos habían contribuido de forma harto notable a que aumentaran sus problemas, y debido a ello parecían haber adoptado la sabia actitud de esperar con infinita paciencia a que tan indeseables huéspedes desaparecieran de una vez para siempre de la faz de la tierra.

Quien no era capaz de respetar su isla no merecía vivir en ella.

* * *

–Empiezo a entender por qué los admiras tanto.

–Mucho has tardado.

Se habían levantado tarde debido a que habían estado charlando hasta altas horas de la madrugada, y ahora disfrutaban del suculento desayuno que les había preparado la incansable Fayna y en el que no faltaba leche ordeñada con la primera luz del día y gofio recién molido.

–He tardado menos de veinticuatro horas, que es más o menos lo que llevo aquí –puntualizó monseñor Cazorla con marcada intención–. Aunque en ese tiempo has hablado más que en todos los años que te conozco, que son muchos. ¿Realmente los nativos disponían de agua suficiente no solo para ellos, sino para que también sobreviviera parte de su ganado?

–Resultaba obvio, y esa evidencia provocó que los problemas aumentaran debido a que el capitán organizó destacamentos dispuestos a remover hasta la última piedra de la isla con el fin de descubrir cómo demonios conseguían abastecerse quienes continuaba considerando «puros salvajes». –El general había introducido leche, gofio y un poco de miel en un zurrón de piel de conejo y se entretenía en amasar sin prisas la pasta como si le produjera una especial satisfacción tomárselo con calma–. Castaños llegó a la conclusión de que sus depósitos debían encontrarse en el fondo de algunas de las cuevas cuyas bocas se abrían en las laderas de los montes, ya que a su modo de ver se habrían formado en época de lluvia… –Afirmó una y otra vez con la cabeza antes de añadir–: Y si quieres que sea sincero, yo también estaba convencido de que así era, y de que los isleños utilizaban lo que aquí denominan «galerías de agua», a las que se llega perforando las laderas del Teide. Son el resultado de la filtración de las nieves de invierno a través de terrenos permeables hasta que se detienen en una zona de rocas que no consiguen atravesar.

–He oído hablar de ellas y admito que también es lo primero que me hubiera venido a la mente.

–Siguiendo ese razonamiento los soldados se introdujeron en infinidad de grutas sin encontrar nada hasta que al fin, y casi por casualidad, descubrieron una cuya entrada se encontraba protegida con grandes rocas, en una de las cuales se había tallado el símbolo de la diosa Tanit, un círculo con una línea horizontal que parece sostenido en equilibrio sobre un triángulo, aunque en ocasiones ese triángulo puede ser sustituido por un trapecio.

–Permíteme que al menos por una vez sea yo quien demuestre un poco de cultura... –suplicó el religioso–. Si no recuerdo mal, Tanit era la diosa protectora de Cartago y el equivalente a la fenicia Astarté, adorada por los bereberes e incluso por los ibicencos. –Hizo una corta pausa para añadir en un tono que denotaba un cierto orgullo–: Y si la memoria continúa sin fallarme, su culto se remonta a cinco siglos antes de Cristo.

–Me alegra que sepas de lo que te estoy hablando; por lo que he podido averiguar, Tanit era la divinidad que regía los ciclos de la naturaleza y la fertilidad de la tierra, pero también lo era de los animales y las personas, y su poder abarcaba el subsuelo, es decir, el infierno, la salud y la muerte... –El dueño de la casa continuó con su tarea de amasar gofio al tiempo que señalaba–: Eso indujo al capitán a llegar a la conclusión de que en aquella profunda gruta los isleños ocultaban sus depósitos de agua.

–¿No hubieras pensado tú lo mismo?

–Sin duda; sobre todo cuando en el momento en que tres hombres se disponían a introducirse en ella, el viejo Tenaro les advirtió que no se les ocurriera hacerlo porque aquella era «la cueva maldita de la que jamás volvía nadie».

–Pero no le creyeron...

–Tú lo has dicho. Le echaron de allí a patadas mientras un cabo y dos soldados provistos de hachones se adentraban en lo que en realidad no era una gruta propiamente dicha, sino más bien un tubo de lava.

–¡Ahí sí que me has cogido! –reconoció de mala gana un aragonés que hasta ese momento se sentía muy satisfecho de sí mismo por el hecho de saber tanto sobre la diosa Tanit–. ¿Qué diablos es eso de «un tubo de lava»?

–El que se forma durante una erupción volcánica en la que el magma hirviendo se desliza con rapidez cuesta abajo pero la parte superior se enfría al contacto con el aire, mientras el resto de la lava continúa fluyendo por su interior, acaba en el mar y deja a su paso una especie de enorme cañería que a veces cuenta con varios kilómetros de largo. Con el paso del tiempo se acumula tierra encima y alguna se hunde, pero en otras, como en aquel caso, soportan la presión y permanecen intactas.

–Contigo siempre aprendo algo nuevo y este tema me interesa especialmente, pero deja de manosear ese maldito zurrón, que me estás poniendo nervioso.

El otro sonrió mientras obedecía y comenzaba a mordisquear con evidente placer lo que se había convertido en una especie de masilla marrón de aspecto muy poco apetecible.

–¿Quieres un poco...? –ofreció.

–Antes muerto.

–Pues está delicioso; Garza fue quien me enseñó cómo conseguir la textura y el sabor exactos.

–Por lo que me has contado, siento una gran admiración por ella como mujer hermosa, inteligente y decidida, pero si no te importa, para los temas culinarios prefiero a Fayna. ¿Qué pasó con los soldados?

–Que nunca volvieron; ni ellos, ni los dos que al día siguiente enviaron en su busca, y a los que el capitán eligió entre ex presidiarios a los que habían concedido la libertad a cambio de ingresar en el ejército; al parecer, decidió que si alguien más tenía que morir, que fueran malhechores.

–¿Y por qué razón tampoco volvieron?

–En aquel momento no fui capaz de encontrar explicación alguna, puesto que ni siquiera los isleños la conocían, pero años más tarde se descubrió que en aquel tubo de lava existían gases casi a ras del suelo que ni se inflamaban ni emitían ningún olor, por lo que quien avanzaba erguido no lo advertía hasta que era ya demasiado tarde y perdía el conocimiento. El viejo Tenaro tenía razón y aquella era una cueva de la que nadie regresaba.

–¿Era por eso, como indicación de peligro, por lo que en la roca de entrada habían tallado el símbolo de la diosa Tanit?

–¡Tal vez! Garza me contó que existían varios de tales símbolos en la isla, pero según su abuela «estaban allí antes de que los primeros hombres llegaran», lo cual, a mi modo de ver, significa que los dejaron los fenicios cuando venían en busca de orchilla; es decir, tal vez incluso antes de haber traído esclavos.

Monseñor Cazorla apartó a un lado su plato, permaneció largo rato meditabundo, afirmó repetidamente como si con ello quisiera expresar la fascinación que tal hecho le producía, e inquirió como si se hiciera la pregunta a sí mismo y no confiara en obtener respuesta:

–O sea, ¿que hace dos mil años los puñeteros fenicios ya sabían que en la última isla del mundo existía una cueva maldita? ¡Qué jodidos!

–¡Ese lenguaje, Alejandro...! Y delante de una dama.

La vieja Fayna no pudo evitar lanzar una desconcertada mirada a su alrededor y acabó por encogerse de hombros como si quisiera dar a entender que su patrón se había vuelto loco.

–¿Lo de dama va por mí? –quiso saber.

–¿Acaso hay alguna otra presente?

–¡Anda y que le zurzan!

Abandonó la estancia dando un sonoro portazo, por lo que el religioso no pudo por menos que echarse a reír.

–Deberías tener más cuidado y no ofenderla, o te arriesgas a que te escupa en la sopa. Mi cocinera suele hacerlo.

–Fayna sería incapaz... –El general continuó mordisqueando su «pella de gofio» para añadir al poco–: Supongo... ¿crees que estás en condiciones de aguantar un par de horas sobre un caballo? Me gustaría llevarte a conocer un lugar muy especial.

–Visto lo que he engordado, quien tiene que aguantar es el caballo.

* * *

Era cosa sabida que los isleños almacenaban agua en lo que llamaban «eres», que no eran otra cosa que hondonadas de tierra impermeable situadas al pie de laderas que previamente habían limpiado de piedras y maleza con el fin de que la lluvia escurriera sin obstáculos, pero a mediados de agosto unos españoles a los que se les estaban agotando rápidamente sus escasas reservas no consiguieron encontrar ni una sola de tales «eres» por más que buscaron.

No obstante, cada mañana Garza se presentaba con un pequeño odre con el que calmar la sed de su marido, Bruno «Pamparahoy» y Amancio Ares, hasta que se llegó a un punto en que el primero se negó a beber sintiéndose culpable por el hecho de que en el campamento los compatriotas empezaban a tener serios problemas por la falta de un elemento tan esencial para la vida.

–Me consta que han hecho cosas horribles... –dijo–. Pero eso no justifica que tu gente se muestre tan insensible como para dejar morir a esos muchachos mientras mantiene vivo al ganado.

–Si el ganado muriese, el día de mañana todos, hombres, mujeres y niños, moriríamos –fue la respuesta, carente de acritud, de la muchacha–. Y si les proporcionáramos agua a los españoles, que cada uno de ellos consume por cuatro de nosotros, pronto no habría para nadie.

–¿Y los dejaréis morir?

–Eso tan solo depende de Dios.

–No creo que Dios os proporcione un agua milagrosa –le hizo notar él convencido de lo que decía–. ¿De dónde la obtenéis?

–Sabes que te quiero más que a mí misma y si algo te ocurriera, preferiría no seguir respirando, pero eso es algo que no puedo decirte –fue la respuesta, firme aunque carente de aspereza–. Moriría por ti sin dudarlo un instante y lo único que te pido es que no me obligues a tener que elegir entre el resto de los españoles o el resto de mi pueblo.

–Nunca lo haría.

–Entonces convence a tu insensato capitán y que abandone la isla.

–¿Cómo? –quiso saber quien no conseguía encontrar una solución a un problema en verdad irresoluble–. El barco que debe traer la guarnición de relevo aún tardará meses en llegar.

–No lo sé –admitió la muchacha–. Pero tal vez, y es algo de lo que no estoy en absoluto segura, si Castaños y sus sargentos abandonaran la isla, conseguiría convencer a Beneygan para que mantuviera al resto de tus hombres con vida durante algún tiempo.

–¿Cuánto tiempo?

–Tampoco lo sé, pero si quienes nos han precipitado a esta insostenible situación consiguieran llegar en la lancha a La Gomera, podrían volver con ayuda. Unos pescadores del norte han divisado tres grandes naves que se dirigían hacia allí.

–¿Qué clase de naves?

–Unas muy grandes y con enormes velas blancas.

–En La Gomera hay españoles –se vio obligado a admitir de mala gana Gonzalo Baeza–. Y por lo que tengo entendido, es una isla en la que casi nunca falta agua, pero dudo que, conociendo los peligros con los que tendría que enfrentarse, Castaños aceptara ese tipo de acuerdos.

–Mayor peligro corre, y peor muerte, quedándose aquí.

–Aun así preferiría ordenar a otros que fueran.

–Eso no serviría. ¡Oblígale!

–¿Es que te has vuelto loca?

–¿Acaso es una locura intentar salvar al padre de mi hijo y conceder una oportunidad a unos muchachos condenados a la más espantosa de las muertes? –quiso saber una infeliz criatura a la que se advertía ciertamente angustiada–. Ni Beneyan, ni Tenaro, ni la más compasiva anciana les proporcionará una sola gota de agua mientras el capitán continúe en la isla.

Tenía razón, y su esposo lo sabía; a los ojos de los nativos Castaños se había convertido en una especie de reencarnación de aquel brutal mercenario al servicio de los normandos, el sanguinario Lázaro, que tanto daño causara a sus antepasados, y su avaricia, insensatez y prepotencia les habían acarreado desgracias, muerte y destrucción. Resultaba lógico, por tanto, que no estuvieran dispuestos a mostrar la menor compasión ni por él ni por sus hombres mientras consideraran que algún día podía volver a las andadas.

El antequerano entendía que el capitán continuaba siendo su superior, pero que se veía en la obligación de tener que elegir entre la posible muerte en el mar de unos indeseables, o la segura muerte en tierra firme de muchos inocentes, incluido un pobre fraile.

Existen determinadas situaciones en las que ningún ser humano desearía verse involucrado y aquella era una de ellas visto que, tomara la decisión que tomase, acabaría siendo considerado un traidor; o traicionaba su juramento de obediencia, o traicionaba a cuantos perecerían a causa de que en su momento no había reunido el coraje suficiente como para enfrentarse a un superior indigno de su rango.

Garza pareció comprender que su atribulado esposo necesitaba reflexionar, por lo que le dejó a solas con sus pensamientos y la escasa sombra que le proporcionaba un arbusto que había perdido ya todas sus hojas hasta que, como surgido del mismísimo suelo, hizo su aparición quien ahora hacía justo honor a su apodo puesto que había adelgazado tanto y se encontraba tan requemado por el sol que semejaba un cadáver viviente.

–¡Maldita sea tu alma, Lagartija! –exclamó su superior furibundo–. ¡Qué susto me has dado!

–Lo siento, mi teniente, pero os suplico por vuestra madre, si es que aún vive, que me proporcionéis un poco de agua.

–¿Acaso no presumías de salteador de caminos capaz de sobrevivir en cualquier parte? –le espetó sin el menor reparo–. No me da la impresión de que vayas a sobrevivir mucho tiempo.

–Aquello era Sierra Morena, no este infierno bajo un sol que funde las ideas.

–La verdad es que con este calor y tantas rocas de lava negra se diría que nos han metido la cabeza en un horno. –Gonzalo Baeza le dirigió una larga mirada que evidenciaba la compasión que sentía por su innegable desgracia, pero se vio obligado a negar con un gesto–. Lo siento –dijo–, pero tampoco tengo agua.

–Su mujer tiene.

–La justa para su familia y entiende que no puedo pedirle que se la quite a los suyos para dársela a un desertor.

El ex salteador de caminos pareció aceptar que le asistía la razón, intentó humedecerse los cuarteados labios y al poco señaló:

–Os propongo un trato: si me conseguís una jarra de agua, os aclaro de dónde sacan la suya los isleños.

–Soy todo orejas.

–Primero el agua.

–Primero tu historia y si me la creo, te conseguiré una jarra de agua; te doy mi palabra.

El otro meditó la respuesta, pareció comprender que no conseguiría nada guardando silencio y acabó por señalar al tiempo que se encogía de hombros:

–¡De acuerdo! Aunque tengo la lengua más seca que el corazón del capitán Castaños, por lo que no sé si llegaré al final. –Tomó aliento antes de añadir–: En la costa de levante, aquella en la que los acantilados caen casi a pico sobre el mar, existe una playa de piedra a la que se desciende por un sendero que te pone los huevos en la nuca, pero por el que esos jodidos isleños circulan como si se tratara de un camino real. Por lo que he podido averiguar, la llaman «ícota», que en su lengua viene a ser algo así como «descarga de agua», aunque al puñetero chorro tan solo se accede cuando baja mucho la marea.

–¡No te creo!

–Estáis en vuestro derecho, pero es la verdad –replicó el Lagartija al tiempo que se besaba la uña del dedo pulgar–. ¡Os lo juro! Un día descubrí desde lejos que una veintena de mujeres descendían por el risco con odres vacíos y los volvían a subir repletos, por lo que me pregunté que si lo que querían era agua salada tenían lugares mucho más accesibles para recogerla. Me oculté en la cima y advertí que durante la mayor parte del día tan solo se dedicaban a pescar o bañarse en pelotas, pero que en cuanto se retiraba la marea acudían a llenar los odres de un chorro que surgía del agujero de una roca y que hasta ese momento no se distinguía.

–Es la cosa más absurda que he oído nunca.

–¡Lo imagino! Pero la sed me estaba martirizando, por lo que una noche de luna llena decidí descender aun a riesgo de romperme la crisma, aguardé a que se retirara el mar y efectivamente de aquel hueco en la roca surge un manantial que debe descender de las mayores cumbres de la isla, puesto que se encuentra justo en su vertical. Bebí hasta hartarme, aunque se trata de agua demasiado salobre, por lo que imagino que nadie sobreviviría una semana consumiéndola.

–¿Entonces...?

–Supongo que se la llevan para mezclarla con otra de

mejor calidad y de ese modo disponen del doble. Son listos estos jodidos isleños. ¡Puñeteramente listos!

–¿Y de dónde sacan la buena?

–Eso ya no lo sé; he intentado seguirles en varias ocasiones, pero siempre me descubren y me caen a pedradas... –Mostró una herida en la pierna izquierda en la que aún se distinguía una costra de sangre–. ¡Y qué puntería tienen los muy hijos de puta! Si no andas listo te escalabran.

–De acuerdo... –no tuvo más remedio que reconocer el antequerano–. Es una historia absurda, pero en esta isla ocurren cosas tan absurdas que una más no me sorprende. Tendrás tu agua... –Observó ahora con muy especial detenimiento al maltratado hombrecillo y al poco inquirió–: ¿Qué piensas hacer ahora?

–Ponerme a vuestras órdenes.

–Si lo haces no me quedará más remedio que ahorcarte y ya tengo demasiadas muertes sobre mis espaldas.

–Mejor colgar de una cuerda que morir de sed, os lo aseguro.

–Puede que tengas razón siempre que no sea yo el juez o el verdugo, porque cuando se llega a unos extremos en los que empiezas a aceptar que incluso algo tan deleznable como la deserción o la traición resultan justificables, el resto carece de sentido. –Señaló con un gesto de la barbilla a los hombres, mujeres y niños que deambulaban por la playa, y que en nada recordaban a la asombrada familia que un día les recibiera con los brazos abiertos–. ¡Míralos! –le indicó–. En cuestión de meses los hemos convertido en sombras de lo que fueron destrozando una forma de vida que se remonta a más de mil años. ¡Dios bendito! ¡Cómo odio formar parte de semejante crimen!

Lo odiaba, en efecto, ya que en su fuero interno lo único que deseaba era volver a los tranquilos e inolvidables días en que todo era felicidad junto a la criatura más dulce y maravillosa que cupiera imaginar.

Si le hubieran dado a elegir, hubiera renunciado a cincuenta años de vida en un palacio de cualquier parte del mundo a cambio de veinte de ver correr a sus hijos tras los cangrejos de aquella remota ensenada, bañarse con ellos en el mar y pasar las noches en el interior de una humilde cueva pero sintiendo a su lado el embriagante aroma y la suave respiración de Garza.

El teniente Gonzalo Baeza había tenido la suerte de descubrir muy joven el significado de la felicidad, pero también la desgracia de advertir cómo en muy corto espacio de tiempo se esfumaba por culpa de que ciertos seres humanos tenían la extraña habilidad de destruir cuanto tocaban, incluido el mismísimo paraíso.

Como en cierta ocasión alguien dijera: «No puede continuar existiendo un cielo desde el momento en que convivan en él treinta seres humanos».

Tan solo una pequeña comunidad como aquella, que contaba únicamente con lo justo para sobrevivir y en la que nadie pretendía sobresalir sobre los demás, podía aspirar a la auténtica felicidad, por el simple hecho de que la ambición y la avaricia no tenían con qué alimentarse.

A los ojos del resto del mundo los isleños no poseían nada, pero en realidad lo poseyeron todo hasta que alguien llegó a la conclusión de que un minúsculo liquen que crecía en lugares inaccesibles de la costa, casi invisible para quien no fuera capaz de ver brillar el oro incluso donde nunca había habido oro, volvería locos a unos pedantes descerebrados que pagarían por poseer una capa de un color que les diferenciara del resto de los mortales.

Aunque costara trabajo admitirlo, así de complicados y retorcidos llegaban a ser los humanos.

¿Cómo se podía luchar contra eso?

13

El antequerano llegó a la conclusión de que lo primero que tenía que hacer era asegurarse de que Beneygan y sus consejeros aceptarían su intermediación, por lo que esa misma tarde largos «silbos» fueron de una parte a otra de la isla con objeto de determinar el día, lugar y hora en que debería celebrarse una nueva «Conferencia de Paz» en la que se alcanzase algún tipo de acuerdo que beneficiase tanto a los isleños como a los españoles.

Bruno «Pamparahoy» y Amancio Ares protestaron por el hecho de que no les permitiera acompañarle, y tan solo se calmaron cuando les recordó, en un tono firme y desacostumbrado en él, que si bien se habían convertido en buenos amigos, aún continuaba siendo el de mayor rango y tenían la obligación de aceptar el «no» como una orden.

El simple hecho de haber convocado una asamblea a espaldas de su inmediato superior podría considerarse como un acto de conspiración y no deseaba que, bajo ningún concepto, sus subordinados se vieran implicados en una decisión que tan solo a él correspondía.

El teniente Gonzalo Baeza era consciente de que desde el momento en que emprendiera la marcha en dirección al punto de encuentro, fijado al pie de la Gran Sabina, iniciaba un camino sin retorno cuyo final más previsible sería enfrentarse a un consejo de guerra.

Si unos «salvajes» se negaban a proporcionar el agua que necesitaban a unos cristianos en trance de morir, serían considerados «enemigos de la Corona», y quien estuviera dispuesto a hacer tratos con ellos corría el peligro de acabar en presidio.

Y es que desde Sevilla o Toledo las cosas se veían de un modo muy diferente que desde una perdida ensenada de la isla de El Hierro, sobre todo si quienes ejercían la acusación eran hombres tan faltos de escrúpulos como el capitán Castaños o el coronel Soria.

«¡Que la Virgen me proteja!»

Profundas dudas le seguían atormentando, pero, como la decisión había sido tomada y no había vuelta atrás, emprendió la marcha sin más compañía que la de la siempre animosa Garza, que debía servir de intérprete, hasta que al cabo de casi una hora de camino el Lagartija surgió de improviso de entre un grupo de cactus.

–No sigan por ese sendero, o se toparán con la patrulla que anda persiguiendo a Hacomar –advirtió–. La manda el sargento Molina y conozco a los que le acompañan; no son honrados salteadores de caminos, son asesinos que Castaños arrancó de manos del verdugo.

–¿Y por qué diablos persiguen a Hacomar?

–Porque se ha puesto de parte de los nativos... –fue la inquietante respuesta–. ¿Me daría un trago de agua?

–Solo un trago.

–Por dos les guío por una ruta segura... –El hombrecillo alzó el dedo como advertencia antes de añadir–: Y otros dos más al llegar arriba porque al trepar por esos riscos se suda como un cerdo.

–¡De acuerdo! ¿Qué ha sido de Hacomar?

–Como sabe nadar muy bien, consiguió llegar al mayor de los Roques, donde supongo que estará atiborrándose de lagartos gigantes. Tienen la sangre fría, lo que ayuda a calmar la sed; con eso y con el manantial salobre de la playa es como me las voy arreglando.

–Pues no te sirve de mucho... –comentó su superior estudiándole de arriba abajo–. Estás en los huesos.

–Es que por estos andurriales los lagartos son mucho más pequeños y corren como diablos...

–Pues no les permitas que corran... –intervino Garza con una leve sonrisa.

–¿Cómo?

–Fíjate en una laja donde acostumbren a tomar el sol, los espantas y untas la piedra con la resina de esos arbustos. Luego te alejas, esperas y como los lagartos vuelven siempre al que consideran su territorio, se les quedarán las patas pegadas y conseguirás atraparlos sin esfuerzo.

–¡Buen truco...! –admitió el otro mientras se dirigía a su ex teniente indicando con un leve gesto de la cabeza a la muchacha–. No me extraña que le atrapara, teniente; se las sabe todas.

–¡A que te arreo un sopapo! Y ahora en marcha, que el camino es largo.

Era, en efecto, largo y empinado, pero contra toda lógica quienes más resollaban, maldecían y se detenían de tanto en tanto a descansar eran los dos hombres, ya que podría pensarse que por las venas de la muchacha corría sangre de cabra, trepando con tanta agilidad y ligereza que nadie hubiera dicho que además de ser mujer se encontrara embarazada.

Saltaba de roca en roca agarrándose con increíble firmeza a los lugares más inverosímiles y dejaba patente que desde que levantaba tres palmos del suelo no había hecho otra cosa que corretear por los barrancos y los riscos a riesgo de romperse una pierna.

–¡Qué ridículo, mi teniente! ¡Qué ridículo! –comentaba de tanto en tanto el escuálido desertor entre jadeo y jadeo–. En Sierra Morena se haría rica asaltando a la gente porque luego no habría quien la agarrara.

–¡Calla, que se me está escapando el bofe por la boca! –protestó el otro–. Y afloja un poco el paso cielo o acabarás matándonos.

En línea recta la distancia no superaba los diez kilómetros, pero la pendiente era tan acentuada que en determinados momentos se encontraban casi en perpendicular sobre el abismo, por lo que el antequerano no pudo por menos que increpar al desertor jurando y perjurando que más posibilidades tenían de salir con vida enfrentándose a Fernán Molina y sus secuaces que de llegar a la cima por aquel maldito «sendero seguro».

–Me explicarás qué consideras tú un sendero peligroso, pedazo de cretino... –mascculló en el momento en que una piedra le rozó la cabeza para ir a rebotar cien metros más abajo partiéndose en pedazos.

–Todo aquel que lleve a toparse con esos hijos de puta, mi teniente.

* * *

–En el barranco que se distingue al fondo, el astuto «mencey» Bencomo nos vapuleó de lo lindo en lo que constituyó una de las mayores matanzas de que haya sido testigo, pero a los ocho meses regresamos y justo en este lugar obtuvimos la gran victoria que acabó con la resistencia de los guanches de Tenerife, lo que vino a significar de todo el archipiélago. Ese mismo día el propio adelantado Álvarez de Lugo me ascendió a comandante.

–O sea, ¿que aquí tuvieron lugar las famosas batallas de Acentejo? ¿La Matanza y La Victoria?

–¡Exactamente!

–Derrota total y triunfo total en el transcurso de un mismo año: no cabe duda de que el destino es caprichoso.

–Ya lo creo que lo es; Bencomo pasó de la mayor de las glorias a la peor de las muertes en menos tiempo de lo que tarda en nacer un crío, y fue una pena porque era un hombre inteligente, altivo y valeroso que no merecía el final que tuvo.

–Es justo admirar y rendir homenaje al enemigo cuando se lo merece... –sentenció monseñor Cazorla descabalgando con el fin de dejarse caer como un fardo bajo un pino–. Eso es algo que suele darse en los campos de batalla, pero por desgracia en política nunca consigues admirar a nadie; ni siquiera a ti mismo.

–Mal concepto tienes de tu oficio –señaló con marcada intención Gonzalo Baeza–. Te pasas el tiempo renegando de él.

–Mi verdadero oficio era servir al Señor, aunque debo admitir que en algún recodo del camino cambié de señor sin darme cuenta. Intenté convencerme de que desde «mi nuevo puesto de gran responsabilidad» llevaría a cabo con más acierto mi misión, pero con el tiempo descubrí que lo que me importaba no era llevarla a cabo mejor, sino de una forma más cómoda, ya que de ese modo pasaba de servir a ser servido.

Su viejo amigo descendió a su vez del caballo con el fin de ir a acomodarse a su lado y le alargó una bota de vino a la par que le guiñaba un ojo antes de responder:

–No se me antoja una actitud censurable, puesto que también yo prefiero ser general en reserva a teniente en activo... ¿Un trago?

El religioso no se hizo de rogar, bebió con generosidad, se limpió la barbilla con el dorso de la mano, le devolvió la bota y observó cómo la alzaba aguardando a que el chorro comenzara a manar con fuerza antes de replicar:

–Yo era más feliz como párroco de pueblo que como monseñor de corte, de la misma forma que supongo que tú eras más feliz como tenientillo enamorado que como general viudo.

–Debería comerte la lengua un gato –le espetó el otro agriamente–. ¿Cómo es posible que estando acostumbrada a mentir tanto sea capaz de decir alguna verdad de vez en cuando?

–Habrá sido un lapsus... –fue la rápida respuesta en clave de humor–. Lamento haberte molestado, pero nuestra amistad se ha mantenido en pie gracias a la sinceridad y no es cuestión de comenzar a socavarle los cimientos. Hubo un tiempo en que mi amor a Dios era tan grande como el que tú sentías por Garza, pero la diferencia estriba en que tú continúas siéndole fiel aun a sabiendas de que ha muerto, mientras que yo le traiciono aun a sabiendas de que vive.

–Y eso te amarga.

–La bilis que destila el cerebro suele ser mucho más corrosiva que la otra, pero dejemos a un lado mis problemas personales y aclárame si conseguisteis o no llegar al lugar de la cita.

–Llegamos y fue de auténtico milagro porque a falta de un buen trecho, y tal como sucede a menudo en las cumbres del archipiélago, nos rodeó una niebla tan espesa que apenas alcanzábamos a distinguirnos los unos a los otros a cinco metros de distancia.

–¡Niebla en las cumbres y sequía en la costa...! –no pudo por menos que exclamar el religioso al tiempo que alargaba la mano, recuperaba la bota y le propinaba un nuevo tiento–. ¡Sorprendente!

–¡Y tanto! –admitió su interlocutor–. En cuestión de minutos pasamos de sudar a temblar y a eso te acostumbras cuando vives aquí, porque, por lo que puedes advertir, si un ágil cabrero descendiera desde las nieves del Teide, donde moriría congelado, a aquel otro punto a la orilla del mar, donde moriría de sed, apenas tardaría un par de horas.

–Pero El Hierro es mucho más pequeño que Tenerife.

–En superficie casi la quinta parte, pero en alturas la tercera, o sea, que el efecto es más o menos el mismo, puesto que las nubes que llegan del noroeste tropiezan con las cumbres y caen hacia la costa formando una especie de catarata muy blanca pegada a las laderas de los riscos. Cuando eso sucede confías en que descarguen el agua que contienen, pero poco a poco se van deshilachando hasta que desaparecen matando toda esperanza de lluvia mientras que el sol asoma con intención de achicharrarte de nuevo. Sin embargo, aquel día ni descargó la nube ni salió el sol, por lo que nos encontramos inmersos en una especie de gélida manta de algodón que nos obligaba a castañetear los dientes, hasta el punto de que el avispado Lagartija apuró los dos tragos de agua que le habíamos prometido y se perdió de vista en procura de zonas más bajas y más cálidas. –El general Gonzalo Baeza recuperó su bota de vino, la adelgazó aún más y cuando se sintió satisfecho se encogió de hombros como aceptando que aquella había sido una decisión ciertamente correcta–. Hizo bien porque estaba tan agotado y era tan esmirriado que si se hubiese quedado en la cumbre un rato más, no lo hubiera contado.

–¿Fue capaz de dejaros solos?

–Más vale solos que en compañía de un cadáver, no le necesitábamos para buscar a la Gran Sabina, y puedes creerme si te digo que la aparición de aquel extravagante árbol entre la espesa niebla fue uno de los espectáculos que más me han impresionado en esta vida. Su retorcido tronco crecía hacia lo alto durante unos dos metros, a partir de ahí se inclinaba casi en ángulo recto, sus ramas se extendían paralelas al suelo y lo más asombroso era advertir como un enorme macho cabrío apoyaba las patas delanteras en las ramas más bajas manteniéndose en equilibrio mientras las mordisqueaba. Parecía cosa del diablo y si no hubiera hecho tanto frío, habría jurado que aquello era el infierno.

–O te lo estás inventando, o esa isla es una continua caja de sorpresas... –masculló el aragonés lanzando a su acompañante una ojeada de medio lado con la que pretendía enfatizar la dimensión de sus dudas–. ¡A esta absurda historia tan solo le faltaba el demonio en forma de macho cabrío!

–Ni la historia es absurda ni creo que fuera el demonio, porque ahí mismo le rebané el pescuezo de un mandoble, hicimos una hermosa hoguera con las ramas de la sabina y, como al oscurecer desapareció la niebla, pasamos una noche inolvidable poniéndonos de cabrito hasta las cejas, contemplando las estrellas y buscándole a nuestro futuro hijo un nombre que sonara bien tanto para los nativos como para los cristianos. ¡Y no era cosa sencilla, vive Dios!

El antequerano apoyó la nuca en el tronco del pino, alzó los ojos al cielo y no hacía falta ser un genio para llegar a la conclusión de que su mente se encontraba muy lejos, rememorando uno de los momentos más felices de su vida.

Por último, y en lo que fue un casi imperceptible susurro, añadió:

–Si mi hijo hubiera llegado a nacer, se habría llamado Garoé.

14

—¿Pero es nombre de niño o de niña?

–Sirve para los dos.

–¿Y qué significa?

–Lo sabrás cuando llegue el momento.

–¡Eso es trampa! –protestó Gonzalo Baeza al tiempo que extendía la mano y acariciaba la incipiente curva del vientre de su amada–. Yo he propuesto Abel, como mi abuelo, o Leonor, como mi madre, pero tú insistes en que sea Garoé cuando nadie de tu familia, ni hombre ni mujer, se llama así.

–Garoé no es nombre de persona, y este que empieza a moverse aquí dentro será el primero en llevarlo.

–Y si no es nombre de persona, ¿de qué diablos es?

–De lo más maravilloso que existe sobre la tierra... –La muchacha colocó una mano sobre la de su esposo con el fin de moverla con infinita suavidad sobre su cuerpo–. El día que lo veas estarás de acuerdo conmigo.

–¿Y si no llego a estarlo?

–Se llamará Abel como tu abuelo... –concedió ella al tiempo que le besaba el lóbulo de la oreja–. O Leonor como tu madre.

–Empiezo a creer que el Lagartija tenía razón y eres una embaucadora que se las sabe todas...

–No conozco el significado de esa palabra.

–Ni falta que te hace... –fue la inmediata respuesta–. «Tú» eres esa palabra. Me embaucaste en el momento en que te conocí, y continúas haciéndolo con cada palabra, cada gesto e incluso cuando duermes.

–¿Es algo así como engañar?

–Es como robar la voluntad de alguien que desea que se la roben porque a partir del día en que me embaucaste a lo único que aspiro es a que continúes haciéndolo.

–¿Y qué ocurrirá cuando tengamos que separarnos? –quiso saber ella, y en el tono de voz se advertía que aquella constituía una posibilidad que la angustiaba.

–Nunca nos separaremos.

–Pero el barco con el relevo llegará antes de que haya nacido el niño.

–No me iré –aseguró el antequerano convencido de lo que decía–. Pase lo que pase, nunca te dejaré porque ya no hay nada que me importe fuera de esta isla o lejos de ti.

–Por lo que me has contado, un militar siempre está obligado a hacer lo que le mandan.

–No si las cosas se arreglan y todo vuelve a la normalidad –le hizo notar su esposo intentando mostrarse lo más animoso posible–. En ese momento puedo enviar una carta de renuncia y confiar en que mi familia conserve las suficientes relaciones dentro del ejército como para que me la acepten.

–¿En ese caso ya no tendrías que obedecer al capitán Castaños?

–Tan solo tendría que obedecerte a ti.

–Eso me gusta.

Hicieron el amor, durmieron bajo el silencio de millones de estrellas, contemplaron cómo los primeros rayos de sol se reflejaban allá muy lejos sobre las nieves del Teide que coronaban de un blanco impoluto la única isla que aún no había sido conquistada y aguardaron pacientes la llegada de Beneygan y sus consejeros.

Pero nunca llegaron.

Pasaron las horas, tuvieron que protegerse del inclemente sol bajo las desnudas ramas de la sabina, la amenaza de un nuevo frente de brumas comenzó a dibujarse en el océano, pero continuaban sin advertir rastro alguno de presencia humana en cuanto abarcaba la vista.

De tanto en tanto les llegaba algún que otro apagado silbido, pero quienquiera que fuera que lo emitía se encontraba tan lejos que ni siquiera el fino oído de la atenta muchacha alcanzaba a interpretar su significado.

–Por el tono deduzco que algo malo sucede… –dijo al fin con gesto de preocupación–. Pero no consigo averiguar de qué se trata porque quien silba se encuentra al otro lado de aquel barranco.

–En ese caso lo mejor será que nos acerquemos hasta allí, que es por donde se supone que llegarán Beneygan y su gente.

Recogieron parte de cuanto había sobrado de la cena, que aún era mucho, y emprendieron la marcha hasta un punto, justo al borde de un risco, con el fin de que Garza comenzara a silbar con fuerza hacia el otro lado.

No obtuvo respuesta, pero al cabo de unos minutos un hombretón enorme hizo su aparición entre las rocas del fondo y comenzó a ascender a grandes zancadas por un sendero tan estrecho que parecía un milagro que no se precipitara al vacío a cada paso.

–La verdad es que esta isla no es para gente con vértigo –no pudo por menos que comentar un incrédulo Gonzalo Baeza–. Me dan mareos tan solo de ver cómo trepa ese loco.

–No es ningún loco –puntualizó ella segura de sí misma–. Es Tauco, el encargado de recuperar el ganado montaraz, por lo que sabe muy bien lo que se hace. –Lanzó un corto suspiro al añadir–: Por desgracia, su hijo mayor no era tan hábil; fue el muchacho que se mató buscando orchilla.

–Ahora que lo dices, le recuerdo de cuando estaban velando el cadáver –admitió el antequerano–. Se encontraba lejos pero me llamó la atención porque es el tipo más grande que he visto nunca; parece un oso.

–¿Qué es un oso?

–Algo de su tamaño pero más peludo y muy peligroso.

–Tauco nunca se había metido con nadie, pero desde que murió su hijo se ha vuelto agresivo.

–Espero que ahora esté tranquilo... ¡Menuda mole!

Era en verdad un ejemplar humano fuera de lo normal, con antebrazos del grosor del muslo de un adulto y unas manos que parecían capaces de aplastar un cráneo de un solo golpe.

Llegó a la cima sin tan siquiera un jadeo y su ronco vozarrón surgía del pecho como si la dura ascensión no le hubiera alterado en lo más mínimo.

–Los españoles tendieron una emboscada a los miembros del consejo cuando venían hacia aquí... –fue lo primero que dijo dirigiéndose a Garza y sin tan siquiera mirar a Gonzalo Baeza como si se esforzase en ignorar su presencia–. Apresaron a Tenaro y tres más, pero Beneygan consiguió escapar y me envía a buscaros.

–¿Y por qué han hecho eso los españoles?

–Por agua... –extendió la mano, se apoderó sin permiso del cuarto trasero del macho cabrío que se encontraba sobre una roca y comenzó a devorarlo a base de imponentes mordiscos–. ¡En marcha! –ordenó sin dar opción a réplica alejándose por el borde del precipicio en dirección a un espeso bosque que se distinguía en la distancia–. Por aquí es más corto.

Más corto tal vez, pero ciertamente agotador, subiendo, bajando y abriéndose paso a duras penas por entre árboles resecos y un suelo tapizado de pinocha que amenazaba con arder de un momento a otro transformando aquella parte de la isla en una gigantesca hoguera que continuaría ardiendo hasta que no quedaran más que los tocones de los pinos.

–Con sequía está prohibido cruzar por estos bosques... –comentó en voz baja la muchacha como si temiera que el mero hecho de alzar la voz significara un peligro–. La simple caída de una roca puede levantar una chispa; recuerdo que uno de esos incendios duró quince días y el humo casi nos impedía respirar.

De tanto en tanto se alzaban ante ellos extensas llanuras de negra lava que formaba caprichosas figuras con aspecto de gruesas maromas de barco, e incluso zonas de malpaís en las que el magma parecía haber estado burbujeando al hervir para acabar solidificándose de improviso, por lo que resultaba un suplicio caminar, ya que las cortantes aristas destrozaban el calzado y herían las piernas.

Al cabo de dos horas penetraron en una estrecha garganta en uno de cuyos laterales se abría la boca de una profunda cueva.

En su interior, con la lanza cruzada sobre las piernas, la mirada perdida y el gesto adusto se sentaba Beneygan, al que se diría aplastado por el insoportable peso que había caído sobre sus espaldas desde el momento en que no tenía a nadie con quien compartir la responsabilidad del mando.

Se acomodaron frente a él y aguardaron hasta que se decidió a mirarlos y comentar:

–Castaños asegura que pasado mañana ahorcará a mis consejeros si no le decimos de dónde sacamos el agua. –Sus cansados ojos se clavaron directamente en los del español al inquirir–: ¿Crees que lo hará?

–Me temo que sí... –fue la sincera respuesta–. Y que no serían los únicos en caer porque sabe que si pierde soldados sus superiores le exigirán responsabilidades, pero a nadie le preocupará a cuántos isleños ahorcó si con ello consiguió salvar a un solo cristiano. Por desgracia, en Sevilla se considera que la vida de un español vale por la de diez «salvajes».

–¿Y tú opinas lo mismo?

–Yo opino que todos los seres humanos son iguales, hayan nacido dondequiera que lo hayan hecho, y la mejor prueba la tienes en que mi hijo nacerá aquí.

–¿Te consideras uno de los nuestros, o uno de ellos?

–Ni una cosa ni otra.

–Pero ha llegado el momento de elegir.

El teniente antequerano se tomó un tiempo con el fin de meditar con calma una respuesta que sabía que podía significar mucho en los futuros acontecimientos, observó alternativamente los hermosos ojos de Garza, el hosco ceño de Tauco y el desencajado rostro de Beneygan, y por último señaló seguro de sí mismo:

–Elegir impide mediar, y en una situación tan difícil lo que importa es llegar a un acuerdo por el que las dos partes sufran lo menos posible; lo que pretendo es actuar como actuaría mi hijo si ya hubiera nacido y se supiera parte de los dos pueblos. ¿Me explico?

–Más o menos.

–Por un lado, reconozco que algunos de mis compatriotas se comportan de una forma que me avergüenza y que se han hecho merecedores de un duro castigo, pero por otro, no me parece justo que se obligue a pagar con la peor de las muertes a casi una veintena de inocentes que ningún daño han causado; su único delito es haberse visto obligados a acatar las órdenes de un miserable.

–Tenían que haberse opuesto –le hizo notar Beneygan–. Quien obedece una orden injusta está cometiendo una injusticia.

–Eso puede ser cierto aquí, ya que apenas habéis tenido enfrentamientos armados a lo largo de vuestra historia, pero en mi país aún corre mucha sangre por culpa de una guerra de reconquista que se pierde en la noche de los tiempos. Allí, quien no obedece a su superior acaba en la horca y quien no acata los mandamientos de la Santa Madre Iglesia acaba en la hoguera.

–¿Y por qué razón pretendéis obligarnos a adquirir tan bárbaras costumbres? –quiso saber su interlocutor–. Nosotros no aceptamos órdenes estúpidas ni quemamos a quien no le apetezca adorar a un determinado dios. Es su conciencia la que forma a un hombre, no lo que decidan otros.

–Cierto en verdad... –aceptó el español–. Pero cierto es también que podemos pasarnos la vida discutiendo sobre lo divino y lo humano mientras el tiempo corre y tus consejeros avanzan hacia el patíbulo. Dejemos esos temas para mejor ocasión y vayamos a lo que importa: ¿proporcionarás agua a mi gente si consigo que el capitán y los suyos abandonen la isla?

–Eso depende.

–¿De qué?

–Del tiempo que tarden las lluvias; siempre hemos sabido administrar nuestros recursos y sobrevivir aunque en ocasiones nos haya costado enormes sacrificios, pero tu gente bebe en demasía y no estoy seguro de que las reservas lleguen para mucho. Me comprometo a abastecerles durante un par de semanas, pero si para entonces no se han marchado les dejaré morir, porque debes comprender que mi pueblo es lo primero.

De nuevo el teniente Baeza se tomó un tiempo para reflexionar a sabiendas de lo mucho que se estaba jugando.

Respiró profundo, intentó convencerse a sí mismo de que lo que se le había ocurrido podría llevarse a cabo, y procurando que sus palabras demostraran una convicción que se encontraba muy lejos de sentir, aventuró:

–Al cruzar el bosque he tenido una idea; si una vez que el capitán se haya ido, tu gente colabora transportando árboles a la costa, quizá seríamos capaces de construir una nave lo suficientemente fiable como para que el resto de los soldados se trasladen a La Gomera.

–¿Acaso sabes cómo construir una nave? –intervino por primera vez y con su vozarrón de siempre el gigantesco Tauco.

–Sé intentarlo.

–Con intentarlo no basta.

–Eso nunca puede saberse hasta que se ha intentado.

El hombretón fue a añadir algo, pero Beneyman le interrumpió con un imperativo gesto.

–Siempre es preferible una leve esperanza de victoria a la seguridad de una derrota –señaló–. Si Castaños abandona la isla, pondremos en la costa todos los árboles que necesites, pero lo primero es lo primero. ¿Cómo conseguirás que ese cerdo se vaya si dispone de más hombres que tú?

–Necesito pensarlo.

* * *

–Lo último que hubiera deseado es estar en tu pellejo en ese instante.

–Lo último que yo hubiera deseado era estar en mi pellejo durante aquellos terribles días, y lo único que me confortaba era el hecho de que todas las noches Garza me acariciaba la frente hasta que me quedaba dormido.

–¡No empecemos! –protestó monseñor Cazorla poniéndose en pie y llevándose las manos a una cintura que comenzaba a molestarle a causa del largo y desacostumbrado paseo a caballo–. Admito que ese loco amor te ayudara a superar tan difícil trance, pero de lo que se trata es de saber cómo te las apañaste a la hora de convencer a Castaños, que se consideraba, y con razón, la autoridad suprema de la isla, de que tenía que abandonarla por las buenas o por las malas.

–Lo primero que hice fue pedirle a Beneygan que avisasen a Bruno «Pamparahoy» y Amancio Ares con el fin de que se reunieran conmigo en las proximidades del campamento. Me inquietaba mezclarlos en lo que probablemente se consideraría un acto de alta traición, pero sabía muy bien que aquella era una difícil misión que nunca podría encarar solo.

–Dos hombres más no parecen una gran ayuda si el capitán contaba con sus sargentos y tres ex presidiarios. ¿Acaso creías que los isleños tomarían parte en la contienda?

–Se mostraron dispuestos, pero me opuse a sabiendas de que si las cosas salían mal hasta el último de ellos acabaría muerto o esclavizado... –El general retirado hizo una pausa, se puso en pie, tendió de nuevo la ya escuálida bota a su amigo y mientras este bebía añadió–: Una vez que Castaños llegó a la conclusión de que el negocio de la púrpura se había ido al garete, lo que estaba buscando era una excusa para vender a la gente. Si te molestas en pedir las actas, comprobarás que durante aquellos años se subastaron centenares de canarios, especialmente mujeres y niños, en el mercado de Valencia.

–No necesito esas actas, ya que me consta. –El religioso

le devolvió la bota y se aproximó al caballo con evidente intención de montar de nuevo sin dejar por ello de reconocer–: Y también me consta que por desgracia se continúa haciendo, aunque ahora predominan los esclavos importados de las Indias.

–Pero nunca has hecho nada al respecto.

–¿Acaso has intentado pedir a un mercader que renuncie a hacerse rico con el argumento de que un salvaje emplumado tiene un alma inmortal y no debe ser tratado como cabeza de ganado? ¡Sí...! –reconoció ya desde lo alto de su cabalgadura–. Me consta que te has pasado la vida luchando contra ellos y por lo tanto sabes mejor que nadie que suele ser una amarga pérdida de tiempo. Por desgracia, el ser humano llegó hace miles de años a una dramática conclusión: o esclavizas, o te esclavizan.

–Los isleños no pensaban así.

–Es que es necesario ser muy salvaje para no pensar de ese modo, querido –fue la cínica respuesta–. Tan salvaje como para aceptar que todos nacemos desnudos y nos vamos a la tumba desnudos por muy lujosos que sean los ropajes con los que intenten disimular el hecho de que ya no somos más que carne putrefacta. La primera regla que debes aceptar en el momento en que empiezas a civilizarte se centra en admitir que existe una escala jerárquica y ascender o descender por ella depende de tu suerte o de tu astucia... –Hizo un gesto indicando el otro caballo–. Y ahora monta, que me empiezan a rugir las tripas y recuerda que Fayna nos prometió pollo en pepitoria para almorzar.

–El estómago acabará matándote.

–Más satisfactorio resulta que te mate el estómago que la conciencia... –El religioso aguardó a que el otro se acomodara en la silla y, mientras iniciaban a paso lento el regreso hacia la casa, inquirió–: ¿Realmente te sentías capaz de construir un barco que no se hundiera en cuanto saliera a mar abierto?

–¡En absoluto!

–¿Entonces?

–Ten en cuenta que nos habíamos convertido en una especie de náufragos perdidos en un peñasco volcánico, por lo que no me habían dejado más que dos opciones: o quedarnos y morir, o buscar la forma de salir de allí. Por otra parte, cabía la posibilidad de que alguno de nuestros hombres tuviera nociones de carpintería.

–Arriesgabas muchas vidas.

–Quien arriesga vidas perdidas tan solo se arriesga a ganar.

–Eso es muy cierto... –reconoció su interlocutor con una leve sonrisa–. Pero vayamos por partes; el primer obstáculo era, sin duda, Castaños. Repito... ¿cómo lograste convencerle?

–Me presenté en el campamento en un momento en que el bochorno aplastaba a unos pobres desesperados que estaban convencidos de que iban a morir, señalando a los cuatro isleños que se aproximaban cargando con odres de agua que estaban dispuestos a entregar a cambio de la libertad de los miembros de su Consejo de Ancianos.

–Una propuesta difícil de rechazar, supongo.

–Imposible para aquellos a los que atormentaba la sed, pero el capitán Castaños no era de la clase de oficiales que comparten los sufrimientos de su tropa, ya que como solía decir: «Para ser el más fuerte y tener las ideas más claras, el jefe de la manada debe comer y beber siempre el primero».

* * *

–¡Por los clavos de Cristo, Baezita! –exclamó alzando los brazos y llevándose teatralmente las manos a la cabeza como si aquella fuera la propuesta más absurda que hubiera recibido nunca–. ¿Tan estúpido me consideras? Si aceptara el trato, en cuanto se nos acabara ese agua, tendría que mandar a mi gente a conseguir nuevos rehenes y sabes tan bien como yo que esos salvajes corren como conejos por los riscos y se ocultan como ratas en las cuevas. ¡No! –negó con firmeza–. ¡De ninguna manera!

–¿Qué pensáis hacer entonces, capitán? ¿Permitir que estos infelices vayan cayendo uno tras otro? –El antequerano señaló a los soldados con un amplio gesto de la mano al tiempo que suplicaba–: ¡Mírelos! ¡Son su responsabilidad y están sufriendo!

–Sé muy bien que son mi responsabilidad y por ello entiendo que, como diría el bocazas de Bruno, tu absurda propuesta es «pan para hoy y hambre para mañana». –Hizo un imperativo gesto con la mano y del interior de una choza que se encontraba a sus espaldas surgieron los sargentos Fernán Molina y Calixto Navarro, el primero de los cuales portaba un taburete y el segundo tiraba de una larga cuerda anudada al cuello del anciano Tenaro.

Sin mediar palabra y con un eficacia que denotaba que estaban habituados a realizar aquel tipo de trabajo y no dudaban a la hora de obedecer órdenes, plantaron el taburete bajo un pino, alzaron al prisionero por los sobacos, lo colocaron en equilibrio sobre la diminuta plataforma, y lanzaron la cuerda por encima de una gruesa rama para fijar el otro extremo al tronco del árbol.

Castaños, que había estado observando la hábil y rápida maniobra con una sonrisa de franca satisfacción, se volvió a su teniente, con el fin de señalar:

–Mi contrapropuesta es la siguiente, Baezita: los salvajes dejarán aquí el agua y se volverán por donde han venido o el sargento Navarro le pegará una patada a ese taburete, con lo que el viejo se balanceará en el aire hasta que se pudra y se caiga en pedazos… –Abrió las manos con las palmas hacia arriba como si pretendiera demostrar que no ocultaba nada en ellas al añadir con desconcertante frialdad–: Por lo que tengo entendido, estos bárbaros están convencidos de que si no se les momifica y se guarda sus restos en una cueva, sus almas nunca descansarán en paz.

–No os creo capaz de hacer algo tan inhumano… –intervino fray Bernardino de Ansuaga, que hasta ese momento se había limitado a ser mudo aunque alarmado testigo de cuanto estaba sucediendo–. ¡Son métodos crueles e indignos de un buen cristiano!

–Nunca he presumido de buen cristiano, padre –fue la cínica respuesta de quien sabía que en aquel remoto lugar nadie podía enfrentársele–. Cristiano viejo, tal vez, pero no buen cristiano porque la fe no es como los vinos, que «cuanto más viejos, mejor...». Y en cuanto a lo que consideráis «métodos indignos», os recuerdo que «los buenos cristianos» los pusieron en práctica a menudo enterrando a musulmanes envueltos en una piel de cerdo porque de ese modo nunca disfrutarían del paraíso y sus «cuarenta vírgenes» que prometió Mahoma a quienes muriesen en combate. ¡La guerra es la guerra, y esto ya es una guerra, padre!

–Que yo sepa, nadie la ha declarado oficialmente... –le recordó con severidad el dominico.

–En ese caso la declaro yo, que soy el único autorizado a hacerlo, y os recuerdo que dicha autoridad me fue concedida por la Corona con el visto bueno de la Santa Madre Iglesia... –El capitán hizo una pausa que aprovechó para aproximarse hasta el punto en que se encontraba Tenaro y, tras alzar el rostro y observarle con fijeza como si tratara de averiguar hasta qué punto estaba atemorizado, añadió en un tono de voz más alto y más firme que nunca–: A la vista de ello, llegado a unos extremos en los que está en juego la vida de súbditos de la Corona española y siervos de la Iglesia católica, ordeno que este hombre sea colgado por el cuello hasta morir a no ser que se haga entrega del agua que han tenido a bien transportar hasta aquí esos salvajes. ¿Ha quedado claro, teniente Baeza?

–Muy claro, señor.

–En ese caso hay algo que quiero que te quede todavía más claro: cada tres días este maldito viejo se subirá a este taburete y como su gente no me traiga el agua que necesito, lo mandaré al infierno de una patada.

–¡Inaudito...! –casi sollozó el dominico–. Tendréis que rendir cuentas por esto, capitán.

–Sin duda, pero a su tiempo y ante quien sepa entender que los hombres bajo mi mando me importan más que un chiflado con fama de hechicero que tiene un pie en la tumba sin necesidad de que nadie le empuje... –Con un teatral gesto con el que parecía querer abarcar y proteger a cuantos aguardaban ansiosos a que les fueran entregados los odres de agua, inquirió desafiante–: ¿O acaso considera que la vida de estos jóvenes cristianos vale menos que la de un viejo idólatra?

El atribulado fraile era, sin duda, un pobre hombre animado por las mejores intenciones, pero carecía de la inteligencia o la oratoria suficientes como para enfrentarse a quien, como la mayoría de cuantos ostentaban el poder, demostraba una extraordinaria habilidad a la hora de retorcer argumentos o justificar crímenes.

Con el fin de demostrar que no bromeaba, al capitán Diego Castaños no se le ocurrió otra idea que propinar unos cuantos golpecitos con el pie al taburete como si le divirtiera la idea de jugar con la vida del condenado.

–De momento aguanta... –comentó al poco–. Pero dudo que resista una buena patada, o sea, que no tengo más que decir. –Se volvió directamente a Gonzalo Baeza con el fin de añadir–: Tú, que eres tan amigo de estos bestias, y creo que ya hablas su idioma, procura que entiendan que soy un hombre de limitada paciencia; tienen dos minutos para dejar el agua o despedirse del viejo.

El antequerano comprendió que hablaba en serio, observó el impasible rostro de Tenaro en el que podía leerse que no le temía en absoluto a la muerte, y tras meditar tan solo un instante dio media vuelta y se aproximó a los nativos que aparecían comandados por el gigantesco Tauco.

Intercambiaron unas palabras y regresaron juntos, pero antes de que entregaran los odres a los soldados el capitán Castaños alargó el brazo al tiempo que exclamaba:

–¡Un momento! ¡Que nadie toque esa agua hasta que los salvajes hayan bebido! Son muy capaces de haberla envenenado.

El teniente Gonzalo Baeza reaccionó violentamente, con lo cual evidenciaba que semejante acusación iba más allá de lo que estaba dispuesto a soportar.

–¿Me creéis capaz de semejante canallada? –inquirió–. ¿Realmente imagináis que tomaría parte en un complot destinado a envenenar a mis compatriotas?

–¡No te me encabrones, Baezita! No te me encabrones. Ni siquiera se me ha pasado por la mente, pero me consta que tu mujercita es muy linda y te puede haber hecho caer en una trampa. –El capitán indicó con un ademán de barbilla a los isleños al concluir–: Si beben y se largan, se acabaron los problemas.

Su furibundo subordinado se vio obligado a hacer un supremo esfuerzo con el fin de evitar lanzarse sobre su superior espada en mano, llegó a la conclusión de que tenía todas las de perder si lo intentaba, y tras unos instantes de duda se volvió a los nativos y les pidió que bebieran hasta hartarse.

Tauco y sus compañeros mostraron una cierta perplejidad ante tan peregrina forma de actuar, pero acabaron por obedecer llevándose los odres a la boca con el fin de tragar agua sin descanso de tal modo que el precioso líquido escurría por sus rostros, les empapaba el pecho y acababa por desparramarse sobre la seca tierra ante la ansiedad y casi desesperación de la mayoría de los presentes.

El gigantón acabó por eructar sonoramente como si con ello pretendiera indicar que había llegado al límite de su capacidad, y al poco sus tres compañeros se detuvieron a su vez y permanecieron a la expectativa mientras sus expresiones continuaban mostrando a las claras su innegable desconcierto.

Se hizo un largo y angustioso silencio.

El capitán permaneció muy quieto observando con atención a los isleños como si aguardara a que de un momento a otro se derrumbaran fulminados por un rayo, estudió sus rostros en busca del más mínimo detalle que pudiera demostrar que sentían algún tipo de temor o malestar, y al cabo de unos minutos que parecieron hacerse interminables asintió de mala gana.

–¡De acuerdo! Que dejen el agua y se larguen... –Se volvió a sus sargentos con el fin de ordenar–: Descolgad al viejo y que los hombres beban con moderación; ahora un cazo a cada uno y otro al anochecer.

Dio media vuelta y desapareció en el interior de su cabaña.

15

Incluso para quien no conociera tan inusual «lenguaje», resultaba evidente que la cadencia del primer silbido que atravesó la noche parecía contener una pregunta.

La respuesta llegó corta, tajante, sin prestarse a discusión, con la sequedad propia de un «sí» o un «no» a una demanda muy precisa.

El problema estribaba en estar capacitado para diferenciar entre afirmación o negación.

Y pese a los meses que llevaba en la isla, el inquieto sargento Calixto Navarro no lo estaba.

Permanecía con la cabeza inclinada y el oído atento intentando determinar desde qué cercano cerro o lejano bosque se emitían las indescifrables comunicaciones, pero su única conclusión fue que, contraviniendo sus ancestrales hábitos, un gran número de «salvajes» se mantenían despiertos a medianoche y lo mismo silbaban desde el norte que desde el sur, el este o el oeste.

Una luna en cuarto creciente le recordaba las banderas que tantas veces viera ondear al frente de las temidas hordas musulmanas durante las incontables algaradas en las que había tomado parte, y cuando se percató de que no tardaría en ocultarse tras un cerro, llegó a la conclusión de que el peligro era inminente, por lo que a los pocos minutos penetró en la cabaña de su superior con el fin de agitarle sin el menor miramiento.

–¡Despierte, capitán! –suplicó perentoriamente–. ¡Despierte, por favor!

Castaños abrió de inmediato los ojos alarmado.

–¿Qué coño ocurre, Navarro? –bramó–. ¿A qué vienen esos gritos?

–¡Gracias a Dios! –fue la desconcertante respuesta.

–¿Gracias a Dios, por qué? –quiso saber el zarandeado militar tomando asiento en el rústico camastro.

–Por haberse despertado.

–¿Y qué cojones esperabas, animal, si casi me descoyuntas el brazo?

–Es que nadie más lo ha hecho –fue la de igual modo desconcertante respuesta de su nervioso subordinado–. Los demás no abren un ojo ni a patadas.

–¿Cómo es posible?

–No lo sé.

–¿Están muertos?

–Como si lo estuviesen; hasta Fernán ronca como un cerdo.

–¿Bebiste del agua que trajeron?

El otro negó con un gesto.

–Esta noche no –admitió avergonzado–. Me resultó demasiado salobre, y preferí hacerlo de su tinaja.

–¡Malditos hijos de puta!

El capitán Diego Castaños acababa de comprender sin necesidad de más explicaciones que había caído en una sucia trampa en la que a los «salvajes» no les había importado que cuatro de los suyos bebieran de los odres hasta hartarse pese a que se pasaran luego horas durmiendo a pierna suelta, a condición de que lo hicieran de igual modo sus enemigos.

Se calzó las botas, tomó sus armas, se precipitó al exterior y no tardó en comprobar que, en efecto, desde el sargento Fernán Molina al último de los reclutas, sin excluir a fray Bernardino de Ansuaga, se habían convertido en fardos inanimados que no reaccionaban ni aunque se les abofeteara.

Los silbidos arreciaban y un escalofrío de terror le recorrió la espalda.

–¡Nos han jodido, Navarro! –no pudo por menos que exclamar–. Nos han jodido bien jodidos, y me temo que esto es cosa del Baezita y su gente.

–¿Y qué hacemos ahora?

–¡Luchar!

–¿Contra quién?

La respuesta llegó en forma de lluvia de gruesos pedruscos que partían de las tinieblas y era tal la intensidad y la fuerza con la que cruzaban junto a sus oídos que la orden no tardó en producirse:

–¡Corre, carajo! ¡Corre o nos descalabran!

Corrieron hacia la noche con la cabeza gacha, tropezando y maldiciendo, convencidos de que en aquel momento y lugar concluían todas sus cuitas o ambiciones y apenas se habían perdido de vista en la oscuridad cuando, tal como Castaños sospechara, hicieron su aparición Gonzalo Baeza, Bruno «Pamparahoy» y Amancio Ares, quienes se apresuraron a encender los hachones que portaban y a su luz comenzaron a examinar uno por uno los rostros de los durmientes.

–Maniatad a Molina y a esos tres hijos de puta y dejad en libertad a los prisioneros –ordenó el antequerano secamente–. Y procurad mantener alejados a los isleños; cuanto menos participen en esto, mejor.

Mientras sus hombres obedecían amontonó leña, prendió una hoguera, tomó asiento en el taburete que había servido de improvisado patíbulo y se dispuso a esperar a que los durmientes fueran saliendo del sopor en que estaban inmersos.

No acertaba a dilucidar si se sentía feliz o desgraciado.

De momento había conseguido solucionar un difícil problema sin derramar sangre, pero le constaba que al hacerlo se había internado en un oscuro lodazal plagado de peligros.

La primera pregunta que se le planteaba era muy clara: ¿seguía siendo un oficial al servicio de la Corona, o se había convertido en un proscrito?

¿Quién lo determinaría?

¿Quién, que no se encontrara en aquella isla y tuviera un conocimiento exacto de cuanto había acontecido en los últimos meses, estaría capacitado a la hora de impartir justicia?

¿Qué podría alegar en su defensa un oficial que dejaba a los hombres a su mando a merced de unos «salvajes» que tan solo necesitaban salir de sus escondrijos y aplastarles impunemente la cabeza a mazazos?

¿Hasta qué punto cabía confiar en la palabra de Beneygan, o en que el ansia de venganza del resto de los nativos no fuera superior al respeto que su jefe les merecía?

Les debía de resultar muy difícil olvidar el mal que los españoles les habían causado, así como la vergonzosa escena de ver al más respetado y venerable miembro de su comunidad haciendo equilibrios sobre un taburete con una soga al cuello.

Si algo así hubiera ocurrido en Antequera, aquellos pobres durmientes ya no serían durmientes; serían difuntos.

–No debes temer por ellos; somos incapaces de matar a nadie, y menos aún a gente indefensa.

Agradeció que el viejo Tenaro se hubiera acuclillado frente a él y su serena expresión viniera a tranquilizar su ánimo; con el simple hecho de mirarle a los ojos se comprendía que ciertamente los de su raza nunca le arrebatarían la vida a un hombre inconsciente.

Al igual que la fruta indica de qué árbol procede, la actitud de los ancianos determina el carácter de quienes han compartido su existencia, una larga existencia que había transcurrido sin odios, rencores, violencia ni avaricia, con una paz y una calma que algunos tachaban de modorra o «aplatanamiento», pero que no era más que el resultado de dos mil años de ver pasar el sol sobre sus cabezas, oler el mar y escuchar el viento.

–Tu tío mató al vizcaíno Lázaro... –le recordó.

–Mi tío fue un caso aislado y por ello su acción pasó a nuestra historia como el hecho más sangriento de que se tiene memoria –fue la tranquila respuesta del isleño–. Lázaro era un violador que no respetaba ni a las niñas y he de admitir que Castaños es una mala bestia, pero nunca ha tocado a una mujer sin su consentimiento. Si lo hubiera hecho, a estas horas estaría muerto porque incluso los hombres más pacíficos sufren arrebatos de furia si se les lleva a determinados extremos.

–Tú pasaste por un momento muy difícil colgado de una soga y no me pareció que experimentaras furia alguna –le hizo notar–. No advertí que te alterases ni un ápice.

El viejo Tenaro alargó su huesuda mano y la colocó afectuosamente sobre la rodilla de su acompañante al tiempo que le dedicaba una amplia sonrisa.

–Resulta estúpido alterarse ante una visita hace tiempo esperada… –dijo–. Y si quieres que te sea sincero, a mi edad es preferible acabar en un instante a soportar los incontables achaques de un cuerpo que te traiciona a cada paso; si le hubieran propinado una patada a ese taburete, me habría ahorrado la larga caminata, risco arriba, que me espera hasta mi casa.

–Pero en ese caso tu cuerpo nunca hubiera sido momificado.

–¡Otra molestia que me habría ahorrado! –fue la inmediata respuesta impregnada de macabro sentido del humor–. Momificado o no, mi cuerpo está condenado a permanecer en el fondo de una cueva, y es a mi espíritu al que aguardan en algún hermoso lugar desconocido.

Un confundido teniente Baeza se inclinó hacia delante con la manifiesta intención de estudiar aún más de cerca la reacción de su interlocutor en el momento de comentar:

–Esa respuesta no parece acorde con vuestras creencias.

–Las creencias están para creérselas o no creérselas, hijo –le hizo ver el otro con desconcertante desparpajo de idéntico tono humorístico–. Debemos aceptar que el ser humano las necesita, pero de igual modo necesita ser libre a la hora de rechazarlas.

–La verdad es que siempre tienes la virtud de sorprenderme... –reconoció su interlocutor–. ¿Qué va a pasar ahora?

El anciano le observó sonriente.

–Si no lo sabes tú, ¿quién puede saberlo? –inquirió–. Se supone que eres el nuevo gobernador de la isla.

–Nadie me ha nombrado.

–¡Curioso! –El tono de burla se acentuó de un modo notable–. Los «civilizados» sois tan ceremoniosos que necesitáis un papel firmado que acredite que habéis hecho lo correcto. ¿Acaso no te basta con lo que tu conciencia te dicta?

–En estos momentos mi conciencia no me dicta nada; ni siquiera responde a las más simples preguntas.

* * *

–¿Era así como te sentías?

–No me sentía de ningún modo. ¿Nunca has tenido la impresión de que estás siendo testigo de actos en los que tomas parte, pero en realidad no eres tú quien se encuentra allí? –El antequerano no aguardó respuesta de quien se encontraba empeñado en rebañar con un pedazo de pan hasta la última gota de salsa del sabroso plato que había devorado en un abrir y cerrar de ojos–. Es como si dos seres muy diferentes compartieran el mismo cuerpo y de pronto uno de ellos decidiera desentenderse de cuanto está ocurriendo dejando al otro cargar con todo el peso de la culpa; el que se queda pierde el rumbo.

–Pero, a mi modo de ver, tenías dominada la situación... –le hizo ver monseñor Cazorla.

–La situación me dominaba a mí, que no es lo mismo, querido amigo. Estaba allí, rodeado de un montón de hombres que roncaban al tiempo que dejaban escapar apestosos pedos, preguntándome adónde diablos habría ido el capitán y qué ocurriría cuando la primera luz del día iluminara aquella absurda escena. ¿Un poco más de pepitoria?

–¡Por favor!

–¡Que Dios te guarde el apetito!

–No hay muchas Faynas en el mundo. ¡Continúa!

–¿Viéndote comer de ese modo?

–Que yo sepa, aún no me he metido un muslo de pollo en la oreja, ¿o no me crees capaz de comer y escuchar al mismo tiempo?

–¡De acuerdo! ¿Por dónde iba? –El general retirado apartó su plato como si por su parte no se sintiera capaz de comer y hablar al mismo tiempo–. ¡Ah, sí! Confiaba en que de alguna forma la sabiduría de aquel anciano de larga experiencia me ayudara a encontrar una solución a los problemas que me acuciaban, pero contra toda lógica no fue él, sino el simplón de Amancio, quien me sacó del atolladero con una desconcertante pegunta: «¿Qué clase de árboles prefiere, mi teniente?», me espetó sin más preámbulos. «Tenemos pinos, tilos, sabinas, perales, manzanos y muchos otros que no sé qué demonios son.» –El dueño de la casa extendió la mano con la palma hacia arriba hacia su compañero de mesa como si aquello fuera lo más disparatado que hubiera escuchado nunca–. ¿Te imaginas? –añadió–. En tan dramáticas circunstancias aquel cabeza de chorlito venía a preguntarle a un profano en maderas con qué clase de árboles pensaba construir un barco que no tenía ni la más puñetera idea de cómo construir.

–¿Y qué le respondiste?

–Con los que más floten...

–¡Suena lógico!

–¿Lógico? –se escandalizó el otro–. Sonó tan ridículo que a Bruno «Pamparahoy» le dio un ataque de risa, empezó a darse palmadas en los muslos y no paraba de repetir: «¡Los que más floten, los que más floten! Eso ha sido muy bueno, mi teniente». Y el maldito Pamparahoy tenía una risa tan contagiosa que al poco el gallego, luego yo, y por último hasta el viejo Tenaro, que lógicamente no comprendía a qué venía semejante jolgorio, nos desternillábamos como verdaderos imbéciles, acentuado todo ello por el curioso e inexplicable hecho de que cada dos por tres alguno de los durmientes soltaba un hediondo pedo que resonaba como un trueno.

–Un poco de respeto, que estoy comiendo... –protestó el religioso.

–¡Como si eso te importara mucho! –Su anfitrión hizo una pausa durante la cual pareció regodearse en recordar cuanto había sucedido aquella lejana noche, y acabó por chasquear la lengua en señal de que le costaba trabajo aceptar que había sido protagonista de tan esperpéntica escena. Por último, esforzándose por no echarse a reír, añadió–: Al preparar los odres de agua Garza me había advertido que, si utilizábamos la misma «leche de tabaiba» que solían emplear a la hora de atontar peces, quien bebiera se dormiría de inmediato, pero el efecto del somnífero sería muy corto; no obstante, aseguró que, según su abuela, si se le añadía a la mezcla la savia de unos cardones que crecían en los riscos, el sueño llegaría mucho más tarde, pero resultaría profundo; el único problema estribaba en que en ese caso los músculos se relajaban a tal punto que los durmientes no conseguían controlarse y algunos llegaban incluso a cagarse encima.

–¡Por Dios! Se me está quitando el apetito.

–Después del segundo plato no me extraña.

–¿Qué pasó entonces?

–Que mientras seguíamos riéndonos a carcajadas apareció Garza, intentó entender a qué venía semejante dislate y cuando Bruno le contó lo que yo había dicho sobre los árboles que mejor flotaban, respondió como si fuera algo sobradamente conocido: «Los que mejor flotan son los del mar».

–¿«Los del mar»? –repitió en el colmo de la absoluta perplejidad monseñor Cazorla–. ¿Qué demonios quería decir con eso? ¿Acaso en esa dichosa isla están todos locos? En el mar no hay árboles.

–Los hay... –intervino la vieja cocinera, que en esos momentos acababa de entrar en el comedor portando una fuente de frutas, pero había tenido tiempo de escuchar la última frase–. Y suelen ser los más grandes.

–Lo que quiere decir Fayna es que a las playas del archipiélago arriban con frecuencia enormes árboles que quedan varados en las playas y que evidentemente han demostrado ser los que mejor flotan, puesto que han conseguido atravesar el océano.

–Entiendo.

–Tres días después Garza nos llevó a una ensenada de poniente donde aparecían una veintena de ellos resecos y cuarteados por el sol, y te garantizo que a la mayoría no los había visto en mi vida. Por aquel tiempo lo achaqué a que probablemente provenían del norte de Europa, pero ahora estoy convencido de que las corrientes los habían arrastrado desde el otro lado del Atlántico.

–¿Desde las Indias Occidentales...? –Ante el afirmativo gesto de la cabeza Alejandro Cazorla protestó–: ¡Pero las Indias están muy lejos!

–Cierto, pero cierto también que son tierras selváticas que llevan allí miles de años y cuando un tronco cae a un río y este lo arrastra al mar, no tiene prisa a la hora de arribar a parte alguna. Los marinos aseguran que la mejor ruta hacia las Indias Occidentales se basa en aprovechar los vientos y las corrientes que se dirigen al suroeste, pero que se regresa con mayor rapidez por el nordeste. Eso me ha hecho suponer que quizá esos vientos y esas corrientes trazan un gran círculo y estas islas se encuentren en su camino, aunque admito que no entiendo mucho de cosas de la mar.

–Puede que no entiendas, pero sospecho que te dedicas a pensar demasiado.

–¿Y eso es malo?

–¡Difícil pregunta, querido amigo! Difícil pregunta a la que prefiero no responder.

16

Con la primera claridad los hombres comenzaron a despertar y se les advertía como en otro mundo, observando estupefactos cuanto les rodeaba sin dar muestras de entender lo que estaba ocurriendo, dado que los perniciosos efectos del alucinógeno que les habían mezclado con el agua perduraba más allá del momento en que abrían los ojos.

Se miraban unos a otros sin demostrar reconocerse, por lo que al cabo de un buen rato de observarlos, Bruno «Pamparahoy» no pudo evitar un cruel comentario:

–Me temo que va a comandar una tropa de memos, mi teniente.

–Para memos me basta contigo –fue la agria respuesta–. Garza me aseguró que en un par de horas volverían a ser como antes.

–¡Lástima! Los prefiero así; sobre todo al cerdo del sargento Molina, que por lo que veo se ha cagado encima.

–Ahora Amancio y tú sois los sargentos, o sea, que procura que espabilen porque en su estado actual no me sirven. Los nativos han localizado al capitán en una cueva de los acantilados de levante y me gustaría obligarle a abandonar la isla de inmediato.

–¿Y el sargento Navarro?

–Se supone que continúa a su lado, aunque no estoy seguro.

–¿Cree que el capitán opondrá resistencia?

El antequerano se encogió de hombros dejando de manifiesto que no tenía la menor idea de cuál sería la reacción de quien había sido su superior hasta aquella misma noche.

–Confío en su buen juicio –dijo–. En cuanto el cura vuelva en sí, le enviaré a decirle que no tengo intención de ejecutarle.

–Con todos los respetos, mi teniente, obligarle a abandonar la isla en esa mierda de barca es tanto como ejecutarlo –sentenció el zamorano convencido de sus irrefutables argumentos–. Aún se me revuelven las tripas al recordar a aquellos pobres muchachos luchando inútilmente contra ese maldito océano.

–¿Y crees que a mí no me ocurre lo mismo? –quiso saber su superior en un tono que mostraba a las claras el dolor que el recuerdo de tan dramático hecho le producía–. A veces sueño con una barca flotando en aguas tranquilas, pero cuando me acerco a mirar descubro tres esqueletos resecos por el sol.

–¿Y ahora pretendéis vengaros?

–La sed de venganza ha provocado muchas guerras, pero no ha puesto fin a ninguna, querido Bruno. ¡A ninguna! Lo que pretendo es acabar con este puñetero embrollo para poder vivir en paz. Y expulsar de la isla al capitán y los suyos es la única condición que me impuso Beneygan cuando le pedí que nos ayudara.

–Beneygan sabe muy bien que nunca llegarán a La Gomera –argumentó en tono pesimista el zamorano–. Calculo que debe de haber unas catorce leguas de mar abierto que tendrán que atravesar con olas, corrientes y un maldito viento que no para nunca.

–Lo sé, pero en las noches claras desde los riscos del norte incluso se distinguen las hogueras de La Gomera y te prometo que no le obligaré a embarcar hasta que cese el viento y el mar esté algo más tranquilo –le prometió su superior–. Reconozco que esa cochambrosa falúa no es la más apropiada para semejante empresa, pero le ofrezco una oportunidad que le negó al hermano de Amancio y a aquellos dos infelices. –Hizo un gesto como pretendiendo hacerle comprender que no le quedaba otra opción al añadir–: Tenemos que elegir entre eso o morir de sed, porque por lo que a mí respecta, no me veo colgando a nadie a cambio de un odre de agua.

–En tal caso lo único que puedo añadir es que si vienen mal dadas, será un honor que subamos juntos al cadalso... –Bruno «Pamparahoy» fue a añadir algo más, pero se interrumpió sonriendo de oreja a oreja mientras señalaba un punto a espaldas del antequerano–. ¡Mire quién viene, teniente! –exclamó–. ¡El perdido Hacomar! ¿De dónde sales, infeliz, que pareces un náufrago?

Le asistía toda la razón, puesto que el joven intérprete tan solo se cubría con un sucio taparrabos y se encontraba tan delgado y renegrido que podría creerse que acababa de desembarcar de una balsa de troncos.

–De empacharme de cangrejos y lagartos... –fue la animosa respuesta–. A vuestras órdenes –añadió cuadrándose ante Gonzalo Baeza–. Lamento haberme visto obligado a huir, pero, como bien dice el Lagartija, «más vale desertor vivo que soldado muerto» y el capitán me la tenía jurada... –A continuación recorrió con la vista los rostros de quienes le miraban como si no le vieran e inquirió perplejo–: Y a estos, ¿qué coño les pasa? ¿Les ha dado «un aire»?

–Están bajo los efectos de una droga.

–¡Pues estamos buenos si hasta los curas se drogan! –exclamó.

–No lo ha hecho a sabiendas y lamento haberle puesto en este estado –se disculpó el antequerano–. Pero si le hubiese advertido de lo que pensaba hacer, me habría arriesgado a que todo el plan se viniera abajo.

–¿Qué plan?

Bruno «Pamparahoy» le alejó unos metros tomándole del brazo mientras le ponía al corriente de cuanto había sucedido durante las últimas horas de tan peregrina jornada, permitiendo de ese modo que el teniente Baeza se preguntara a solas si no podía darse el caso de que hubiera cometido un dramático error y a aquellos pobres chicos se les reblandeciera el cerebro para siempre.

Había confiado ciegamente en la supuesta sabiduría de la abuela de Garza sin que ni por lo más remoto se le hubiese pasado por la mente la idea de que acabaría comandando una panda de cretinos.

Si ese era el caso, y al observar aquellas aleladas expresiones cada vez se le encogía más el corazón, el gravísimo delito de traición se le antojaba una simple travesura, porque colgar de una soga era una cosa y pasarse el resto de la vida culpándose por haber idiotizado a quienes tenía la obligación de defender, otra muy diferente.

Una madre siempre teme que su hijo acabe muriendo en un campo de batalla o regrese a casa mutilado, pero lo que nunca espera es que se lo devuelvan convertido en un vegetal que ni ve, ni oye ni entiende.

Espatarrado sobre el taburete, con los codos sobre las rodillas y ocultando el rostro entre las manos, el joven teniente Gonzalo Baeza experimentó por primera vez en mucho tiempo unos incontenibles deseos de llorar, comprendió que no era momento de mostrarse heroico, sino de desahogarse, y las lágrimas corrían ya por sus mejillas en el instante en que retumbó un sonoro cuesco y una lastimosa voz comentó suplicante:

–¡Joder, padre! Tíreselos para otro lado, que me estáis asfixiando; la sotana no alcanza a retenerlos.

–¡Perdona, hijo! –replicó por su parte el avergonzado dominico–. Nunca me había ocurrido una cosa así.

–Lo supongo, o de lo contrario, habríais sido el único postulante en el seminario. ¿Qué demonios cenasteis anoche?

El antequerano alzó el rostro y se vio obligado a enjugarse las lágrimas con el fin de poder observar, con un hondo suspiro de alivio, cómo uno tras otro la mayoría de sus hombres comenzaban a salir de su extraño letargo.

Ni uno solo recordaba absolutamente nada de lo ocurrido, se alegraron cuando les comunicaron que el hombre que les había llevado al borde de la muerte andaba oculto en cualquier parte, pero fue fray Bernardino de Ansuaga quien expresó el sentimiento general al señalar:

–Debiste haberlo hecho tres meses antes, hijo; habrías ahorrado muchas vidas y mucho sufrimiento. Naturalmente que iré a ver a Castaños e intentaré convencerle para que se entregue. Un hombre tiene que saber aceptar que ha perdido la partida.

–¡Ojalá os escuche!

El bienintencionado dominico necesitó echar mano de toda su oratoria y su capacidad de persuasión a la hora de hacer comprender al iracundo capitán Castaños y el atemorizado sargento Navarro que tan solo se les ofrecían tres opciones: entregarse, dejarse morir de sed en una inmunda cueva, o salir a luchar a campo abierto a sabiendas de que acabarían lapidados.

–En cuanto asoméis la cabeza desde esos riscos, lloverán rocas –concluyó–. Y no es un final digno por muchos errores que se hayan cometido; el teniente os ofrece una oportunidad de salvación y vuestra obligación como buenos cristianos es aceptarla.

–Baeza es un traidor.

–Mi misión no es juzgar, sino ayudar en lo posible –replicó con humildad el religioso–. ¿Os gustaría confesaros?

–¡Al infierno, padre! –intervino por primera vez Calixto Navarro, que se había mantenido en un discreto segundo plano–. De lo único que me arrepiento es de no haberle sacado los hígados a ese maldito hijo de puta y haberme follado a su mujer.

–¡Sargento!

–¡Ni sargento ni porras, capitán! –se rebeló el amonestado–. Os advertí que ese desgraciado lechuguino estaba mejor bajo tierra y no quisisteis escucharme. Acepté meterme en este berenjenal porque jurasteis hacerme rico, pero habéis demostrado ser demasiado blando y ahora nos encontramos aquí esperando a que los hurones vengan a sacarnos de esta hedionda madriguera.

–Nadie te obligó.

–La necesidad me obligó y lo sabe; por lo que a mí respecta, prefiero morir con una espada en la mano porque, al fin y al cabo, pelear por mi vida es lo único que sé hacer.

–Plantar cara a un centenar de salvajes es un suicidio... –le hizo notar su superior para añadir de improviso–: ¿Qué te parece si lo echáramos a suertes? Si sale cara, luchamos hasta que nos aplasten el cráneo de una pedrada; si sale cruz, nos entregamos.

El otro meditó unos instantes para acabar por encogerse de hombros.

–De acuerdo –dijo.

–Dame una moneda.

–¿Y de dónde la saco?

Ninguno de los tres disponía en aquellos momentos de una sola moneda, ya que, a decir verdad, en aquella perdida isla el dinero de poco servía, y tras renegar por el hecho de haber llegado a semejante situación, Diego Castaños extendió la mano hacia el crucifijo que colgaba del pecho del dominico.

–¡Eso servirá! –dijo–. ¡Prestádmelo un momento!

–¿Os habéis vuelto loco, capitán? –se escandalizó el religioso–. ¡Echar a suertes con un crucifijo! ¿A quién se le ocurre?

–A un desesperado –fue la desabrida respuesta–. Y al fin y al cabo, ¿quién mejor que el buen Jesús a la hora de decidir nuestro destino? –Arrancó el crucifijo de un tirón, dejó a un lado la cadena y lo lanzó a gran altura obligándolo a girar sobre sí mismo al tiempo que señalaba–: Si la imagen cae boca abajo, morimos como soldados; si cae hacia arriba, nos entregamos.

* * *

–¡Ese maldito capitán, además de un hijo de puta, era un sacrílego!

El general Gonzalo Baeza se volvió con el fin de dirigir una fría mirada de reconvención a la vieja Fayna, que se encontraba en pie junto a la puerta y era quien había hecho tan brutal e inesperado comentario.

–¿Desde cuándo te dedicas a escuchar mis conversaciones? –quiso saber.

–Desde siempre –respondió la interrogada con absoluto descaro–. ¿Qué queréis que haga si no sé leer? Aquí una se aburre.

–Debí dejar que te comprara aquel turco –masculló su malhumorado patrón–. ¡Anda, vuélvete a la cocina!

–Dejadme saber cómo acaba todo esto... –suplicó la isleña–. ¡Por favor!

El antequerano alzó los ojos al cielo como si aquello superara su reconocida paciencia, y en el momento en que iba a lanzar un malsonante reniego, monseñor Cazorla le interrumpió adelantando la mano:

–Deja que se quede, o luego me volverá loco para que se lo cuente. ¡Y es muy pesada...!

–¡Qué falta de respeto!

–No es más que lógica curiosidad femenina, y puedes creerme si te digo que si en este momento te interrumpieras, te ataría a esa silla hasta que me aclararas de qué lado cayó el crucifijo.

–¡Menuda pareja! –se lamentó el dueño de la casa–. Una entrometida y un tragón. ¡De acuerdo! –admitió–. Cayó con la imagen hacia arriba, optaron por deponer las armas, y aproximadamente una semana más tarde el viento que en el archipiélago suele soplar del noroeste comenzó a rolar hacia levante, con lo que el mar se calmó. Consideré que eran unas circunstancias idóneas, les embarcamos en la falúa en compañía de Fernán Molina y sus tres secuaces, les proporcionamos agua y comida y les advertí que no les permitiría volver a poner un pie en la isla bajo ninguna circunstancia. –El general lanzó un nuevo suspiro a la par que ordenaba a Fayna–: ¡Tráeme el licor de cerezas! Necesito un trago.

Aguardó, bebió despacio, se mordió los labios y permaneció un par de minutos con la mirada fija en el fondo de la copa como si necesitara armarse de valor a la hora de continuar.

–Remaron con fuerza –dijo al fin–. Eran seis hombres conscientes de que sus vidas dependían del vigor de sus brazos, por lo que muy pronto se alejaron de la costa con la proa enfilada hacia el cabo más septentrional de La Gomera, que era el que tenían más a la vista...

Rellenó su copa, la apuró ahora de un solo trago y se sumergió de nuevo en sus recuerdos de tal modo que cuando volvió a hablar ni tan siquiera alzó la mirada.

–Les observábamos desde la cima de un cerro, todo parecía ir bien y estábamos convencidos de que alcanzarían su objetivo, pero poco a poco comenzamos a darnos cuenta de que primero la isla de Tenerife y más tarde La Palma y La Gomera iban desapareciendo como si un caprichoso velo se estuviera entreteniendo en ocultarlas.

–¿Y eso?

–Había cometido una fatídica equivocación de la que me considero el único culpable; el hecho de que el viento rolara al este no era sinónimo de calma, sino de que pronto llegaría desde el desierto el temido siroco empujando una masa de polvo en suspensión que provocaría que el calor se volviera insoportable y la visibilidad se redujera a apenas unos metros; es lo que por aquí se suele llamar «la calima».

–¡También es mala suerte!

–No se trata de mala suerte –fue la amarga respuesta de quien continuaba sin alzar la cabeza–. Se trata de estupidez o ignorancia; los signos eran muy claros, pero no supe verlos.

–¿Y los isleños no te advirtieron del peligro? –inquirió de inmediato el aragonés.

–Beneygan les había ordenado que se mantuvieran al margen, incluso Garza, cuya situación era harto delicada, ya que empezaba a estar en peligro su vida –fue la respuesta–. Supongo que sabían desde el primer momento lo que se avecinaba, pero por un lado lo único que deseaban era que Castaños se fuera, y por el otro les preocupaba el hecho de que con tan brusco aumento de las temperaturas el poco pasto y ganado que les quedaba acabaría por desaparecer; y es que a mediodía la isla de El Hierro era, a decir verdad, un hierro candente.

–¡Joder!

–¡Y tanto, querido amigo! ¡Y tanto! Desde donde nos encontrábamos podíamos advertir cómo una masa amarillenta se iba adueñando del paisaje mientras nos costaba trabajo incluso respirar, y pese a que el mar se había convertido en una balsa de aceite, al cabo de un rato la falúa desapareció de nuestra vista como tragada por una nube de polvo.

–¿Y qué fue del capitán Castaños? –quiso saber una expectante Fayna que había optado por tomar asiento en la otra punta de la mesa–. ¿Consiguió llegar a La Gomera?

* * *

El capitán Diego Castaños estaba convencido de que alcanzaría un objetivo que se encontraba a la vista, puesto que se enfrentaban a un océano en calma y un viento sin la fuerza suficiente como para desviarles de la ruta que había marcado a sus hombres desde que abandonaron las costas de El Hierro.

Calculó que incluso teniendo en cuenta los rápidos efectos que ejercería el cansancio debido a que durante los últimos días la carencia de agua les había debilitado en exceso, al ritmo que llevaban conseguirían desembarcar en el sur de La Gomera a la caída de la tarde, por lo que tras un día de imprescindible descanso se encaminaría al campamento de su buen amigo el comandante Gándara, con el que había compartido incontables prostitutas y mesas de juego, quien no dudaría en proporcionarle un buen navío y medio centenar de hombres fuertemente armados.

Antes de una semana estaría, por lo tanto, de regreso en «su isla» decidido a arrancarle los ojos y las tripas al sucio traidor que había encabezado tan abominable rebelión tendiéndole una estúpida y humillante trampa.

Remaba de espaldas, de cara a la costa que iba abandonando, teniendo frente a los ojos el bochornoso espectáculo de unos salvajes que desde la cima de los acantilados les contemplaban con una mezcla de desprecio y conmiseración, por lo que se juró a sí mismo que a su vuelta no sería tan considerado y la mayoría de ellos acabarían siendo vendidos, como los hediondos borregos que eran, en los mercados de Tánger o Agadir.

De vez en cuando giraba la cabeza con el fin de corregir el rumbo debido a que el sudoroso gordinflón que remaba justo delante de él solía dar más paladas al aire que al agua, y le animaba advertir que pese a la innegable incompetencia de su inexperta «tripulación» comenzaba a distinguir cada vez con mayor claridad los escarpados farallones de La Gomera.

Se preguntó de nuevo, tal como venía haciéndolo desde

que puso el pie en la frágil embarcación, cómo era posible que el cretino de Baezita hubiera cometido el absurdo error de permitirle zarpar en semejantes circunstancias, cuando lógicamente debería haberle expulsado de la isla durante uno de sus habituales días de mar encrespado y fuertes vientos.

«Quien se compadece de un enemigo gana dos enemigos», solía comentar con su peculiar cinismo el coronel Soria. «Quien le rebana el pescuezo a un enemigo duerme tranquilo hasta que nace otro.»

Con su incomprensible acción de perdonarle la vida el teniente Gonzalo Baeza se había ganado al más implacable de los enemigos, aquel que acumulaba todo el rencor y toda la ira que tan solo podía experimentar un militar burlado en su orgullo y un hombre herido en su honor.

–Te sacaré la piel a tiras... –mascullό por lo bajo–. Y haré que la puta de tu mujer se convierta en la puta del regimiento.

Alzó la vista una vez más, descubrió que ya no alcanzaba a distinguir a los salvajes y comenzó a alarmarse al advertir que incluso el imponente acantilado y las negras costas de lava se iban diluyendo ante sus ojos como si un tupido velo acabara de caer sobre ellos.

Se volvió a buscar su punto de destino y ya no estaba.

A los pocos minutos los remeros cesaron en su tarea con el fin de mirarse los unos a los otros visiblemente confundidos.

–¿Qué ocurre...? –quiso saber Calixto Navarro, que ocupaba el banco a su derecha–. ¿Dónde diablos están ahora las islas?

–Me temo que se las tragó el siroco... –replicó un acojonado Fernán Molina, que como veterano de las Canarias conocía sobradamente la amenaza que en tan difíciles circunstancias constituía el peculiar fenómeno atmosférico–. Ahora sí que estamos realmente jodidos.

–¿Por qué?

–Porque con una calima que no permite ver el sol, ningún punto de referencia y remando tal como lo hacemos, nos pasaremos una semana girando en círculo.

–¡No puedo creerlo...! –casi gimió Calixto Navarro.

–Pues créetelo y recuerda el dicho: «Del agua mansa líbreme Dios, que de la revuelta ya me libraré yo».

–¡La madre que parió al teniente!

El bochorno iba en aumento, por lo que el grasiento gordinflón alargó la mano intentando apoderarse de uno de los dos odres de agua, pero su capitán se lo impidió aferrándole por la muñeca.

–¡Ni una gota! –ordenó secamente.

–¡Me muero de sed!

–De algo hay que morir.

Permanecieron muy quietos, como estatuas de sal sobre una embarcación que parecía haber sido clavada a una infinita tabla azul, mientras una finísima y casi impalpable capa de polvo amarillo les iba cubriendo, como caspa, mientras intentaban asimilar la estremecedora evidencia de que no tenían ni la más remota idea de hacia dónde debían dirigirse y parecían destinados a mantenerse a flote por los siglos de los siglos.

–Nadie merece acabar así... –se lamentó al poco el riojano que se sentaba junto al sargento Molina en el banco más cercano a popa–. Nadie.

–No te quejes, que ya deberías estar muerto, pero te concedieron cuatro años de propina –fue la agria respuesta de quien había estado remando codo a codo con él.

–¿Y cuánto puede durar esto?

–¡Tres días...! ¡Cinco! ¡Tal vez más...!

–No tenemos agua para tres días. ¡Y menos con este calor!

El capitán Diego Castaños se volvió a quien tenía a su lado y con una simple mirada le indicó el escálamo que servía de pivote al remo; a continuación hizo el expresivo gesto de cortarse imaginariamente el cuello al tiempo que señalaba al gordinflón y su compañero de bancada, que, como siempre, les daban la espalda.

Podría creerse que Calixto Navarro aguardaba hacía rato tan inmoral e injusta orden, puesto que con absoluta naturalidad extrajo la gruesa estaca del hueco en que se encontraba encajada y de un único y brutal golpe, dado de izquierda a derecha, les abrió la cabeza a dos desprevenidos infelices que ni siquiera tuvieron tiempo de darse cuenta de lo que estaba ocurriendo.

Cayeron de bruces, el gordo inconsciente, su compañero muerto en el acto, y entre los cuatro los arrojaron sin miramientos por la borda para acabar observando impertérritos cómo se hundían lentamente en un azul sin límites.

–¡Bien! –comentó con absoluta naturalidad quien ostentaba el mando y había provocado tan alevoso crimen–. Ahora somos menos a repartir el agua, pero aun así debemos racionarla.

Por toda respuesta el sargento Fernán Molina se apoderó de uno de los odres con el fin de retirarse de inmediato a la zona de popa al tiempo que indicaba con un gesto a quien tenía a su lado.

–¡De acuerdo, capitán! –dijo–. Pero de ahora en adelante mi amigo Sancho y yo nos arreglaremos con este; lo que hagáis con el otro es cosa vuestra.

–Eso es rebelión –le hizo notar su superior–. Y sabes bien que se castiga con la horca.

–Esto es supervivencia, capitán, y aquí ni siquiera contáis con un palo del que colgar a nadie… –El sargento se apoderó del escálamo que tenía más a mano al tiempo que indicaba el centro de la embarcación en un tono que no admitía dudas sobre la seriedad de su amenaza al concluir–: Al que intente pasar de ese banco le rompo el cráneo.

–O sea, ¿que ahora nos hemos convertido en enemigos?

–Todo aquel que pretenda acabar conmigo antes de tiempo, sea moro o cristiano, es mi enemigo.

Aquella constituía una declaración de guerra entre dos facciones cuya única aspiración era continuar respirando el mayor tiempo posible.

Los muertos no bebían.

Se hizo el silencio.

En mitad de la nada cuatro hombres se vigilaban mutuamente conscientes de que ya no existían jerarquías y al menor descuido acabarían en el fondo del océano porque quien se librara de su compañero de banco tendría el doble de posibilidades de mantenerse con vida.

La estrambótica cabeza de una enorme tortuga emergió de la líquida llanura azul, avanzó a su cansino ritmo cruzando a unos diez metros de la amura de babor para perderse de vista en la calima, y se les antojó casi una gacela en comparación con el paso de un tiempo del que podría creerse que aquel aire ardiente y casi masticable le había obligado a ralentizar la marcha.

Los segundos, cuando avanzan bajo la tensión de tener conciencia de que está en juego la vida, se transforman en minutos y los minutos en horas.

Cada hombre aferraba con fuerza un palo corto y grueso decidido a matar o defenderse.

El amarillo cedió paso al naranja, este al ocre y al fin se aproximó la temida noche en la que cuatro hombres tenían la certeza de que la mitad de ellos no alcanzaría a ver la luz del nuevo día.

Diego Castaños fue el más rápido y en cuanto comprendió que Calixto Navarro no podía distinguir con absoluta nitidez lo que hacía, extrajo sigilosamente y utilizando la mano izquierda el afilado puñal que escondía en una de sus botas y le degolló de un solo tajo.

Quienes le apresaron y maniataron no se habían atrevido a registrar a fondo a quien había sido su indiscutible comandante en jefe.

Aquel que había sido su hombre de confianza durante años y que permanecía atento a la mano que empuñaba el escálamo no tuvo tiempo de ver el gesto de la otra, por lo que inclinó la cabeza sobre el pecho con la garganta seccionada de lado a lado permitiendo que la sangre le chorreara hasta las piernas.

La esperanza de vida del capitán Castaños había vuelto a duplicarse en un instante.

Siguieron tres horas de silencio que de tanto en tanto rompía el aletear de un pez volador que surcaba el cielo como una flecha para acabar por zambullirse con un ligero chapoteo.

Con los ojos muy abiertos Diego Castaños aguardaba el ataque con el puñal en una mano y la estaca en la otra, pero todo lo que llegó fue la ronca voz de Fernán Molina, que inquirió casi burlonamente:

–¿Seguís ahí, capitán?

–Aquí sigo.

–¿Y Calixto?

–Duerme.

–¡Qué casualidad! –fue la respuesta, y luego, haciendo especial énfasis en las tres últimas palabras–: Sancho también «se ha dormido».

–Eso significa que tan solo quedamos dos. ¿Intentarás matarme?

–El agua es el agua, capitán.

Transcurrieron casi tres horas, el capitán Castaños comprendió que el agotamiento comenzaba a pasarle factura y resultaba inútil continuar con los ojos abiertos, puesto que la oscuridad era tan impenetrable que no distinguía ni sus propias manos, por lo que comenzó a desnudarse muy despacio, dejó la ropa y las botas a un lado, se colocó el cuchillo entre los dientes y se deslizó hasta el agua moviéndose con la parsimonia de un camaleón.

Tanteando el costado de la embarcación con la yema de los dedos, se fue aproximando a la popa, a la que se aferró permitiendo que transcurrieran los minutos con objeto de cerciorarse de que su enemigo no se había percatado de sus movimientos.

Un nuevo pez volador cruzó muy cerca y se alejó en la noche.

Cuando consideró que se encontraba seguro, aferró el arma, se alzó a pulso con la mano izquierda y apuñaló con fuerza el aire sin encontrar resistencia.

Maldijo para sus adentros, pero volvió a ocultarse bajo el agua sin permitir que aflorara más que la cabeza y aguardó en silencio dando muestras de una infinita paciencia.

La paciencia ha ganado muchas batallas.

Y ha perdido otras tantas.

Lo intentó sin resultado por tres veces en distintos puntos de la falúa, pero a la cuarta la afilada hoja se hundió hasta la empuñadura en la espalda del sargento Fernán Molina, que se puso en pie lanzando un alarido de dolor.

El capitán Diego Castaños era un hombre lo suficientemente fuerte como para trepar a la lancha en un instante y lanzarse en tromba sobre quien continuaba lamentándose, y le apuñaló una y otra vez hasta que comprendió que había dejado de moverse.

Al amanecer del tercer día, solo en la embarcación, dueño absoluto de los dos odres de agua, advirtió que la espesa nube amarilla se iba quedando atrás a medida que el viento de levante la impulsaba hacia poniente y ya no se distinguía señal alguna de tierra firme en el horizonte.

Calculó que contaba con agua suficiente como para sobrevivir dos semanas mientras el viento continuaba empujándole implacablemente hacia lo más profundo del Océano Tenebroso.

17

El bochornoso siroco duró ocho días durante los cuales lo único que se podía hacer era permanecer a la sombra, procurando no consumir agua ni energías, o darse de tanto en tanto un chapuzón en un terso océano que aparecía sembrado de pequeñas mariposas marrones con manchas blancas que el viento había transportado desde el lejano desierto y a las que tan solo habían faltado unos metros para ponerse a salvo en tierra firme.

Algunas aún aleteaban y de tanto en tanto desaparecían devoradas por un mero que de inmediato regresaba a unas profundidades en las que el agua se encontraba más fría y apetecible.

La visibilidad continuaba siendo nula, por lo que los habitantes de la isla, tanto nativos como españoles, tenían la sensación de encontrarse inmersos en un universo fantasmagórico en el que en ocasiones surgía una figura humana que se dirigía al mar como último refugio.

Las aves no se atrevían a volar y de las que lo intentaban las más débiles se precipitaban al suelo de improviso, muertas antes de haberse roto el cuello contra una roca.

Incluso los juguetones delfines y las lentas y ceremoniosas ballenas se habían alejado de unas costas en las que cada vez que salían a respirar, en lugar de suave brisa marina, aspiraban polvo y fuego.

La mañana del cuarto día hizo su aparición la avanzadilla de una plaga de langosta, pero sus avispados miembros debieron de llegar a la conclusión de que aquella pequeña isla de negra roca volcánica podía convertirse en el cementerio de millones de sus congéneres, por lo que descansaron un par de horas y alzaron de nuevo el vuelo rumbo a regiones menos hostiles.

Debieron de entender que vivir en un desierto en cuya arena podían depositar sus huevos era una cosa, e intentar enterrarlos en la impenetrable lava, otra muy distinta.

–Como esto continúe, ni el Garoé conseguirá salvarnos... –comentó Garza una noche en la que no podían dormir a causa del insoportable calor–. Los ancianos aseguran que en raras ocasiones se han producido una serie de circunstancias tan adversas.

–Pero ¿qué es ese dichoso Garoé?

–No puedo decírtelo hasta que haya nacido el niño y con ello se te considere «oficialmente» uno de los nuestros, y tal como están las cosas, si lo hiciera me iría en ello la vida. –Le acarició amorosamente la mejilla al añadir–: Aquel barco te trajo a mí, pero también trajo la mala suerte a la isla en todas las formas imaginables.

–No creo en la mala suerte... –señaló su marido, aunque, a decir verdad, no parecía demasiado convencido de sus propias palabras–. En las malas rachas sí, pero las malas rachas concluyen pronto o tarde.

–Pues como esta no se dé prisa en concluir, no podrá cebarse más que en un montón de cadáveres.

A la vista del panorama, con una luna llena cuya luz no conseguía atravesar la espesa capa de fina arena en suspensión, no quedaba otro remedio que aceptar que los temores de la isleña tenían todas las trazas de convertirse en realidad.

El ser humano ha demostrado a lo largo de milenios que es capaz de enfrentarse a todo y salir victorioso siempre que no luche contra fuerzas de la naturaleza, pero en aquella ocasión esa naturaleza no hacía gala de su poder en forma de violentos terremotos, terroríficas erupciones o furiosos huracanes, sino de un modo mucho más apacible pero igualmente mortífero: una calma letal, absoluta y silenciosa.

El bochorno impedía descansar, la sed acuciaba, la inactividad enervaba y cabría imaginar que a través de una piel reseca y cuarteada los nervios emergían con mayor facilidad, por lo que el teniente Baeza se vio obligado a imponer toda su autoridad a la hora de mantener la disciplina entre sus inactivos e inquietos subordinados.

A la hora de demandarle consejo con vistas a la necesaria construcción de una nave lo suficientemente fiable como para que pudiera atravesar sin riesgos las escasas leguas que les separaban de La Gomera, tan solo un larguirucho y granujiento gaditano que ostentaba una muy justa fama de piojoso y de ser el más vago del grupo, pese a que respondía al sonoro nombre de Curro Carro, se decidió a alzar la mano.

–Yo nunca he construido un barco, pero he visto cómo se hace... –reconoció con desganada aunque encomiable sinceridad–. De chaval me pasaba las horas pescando en un espigón desde el que observaba a un viejo carpintero de ribera que tenía su taller a unos veinte metros de distancia.

–O sea, ¿que lo más cerca que has estado de un astillero son veinte metros? –inquirió Bruno «Pamparahoy» con un claro tono de sorna habitual en él–. ¡Magníficas referencias, vive Dios!

–Lo que *é, é*... –replicó el de Cádiz con absoluto descaro–. Aunque en alguna ocasión me gané unas monedas ayudándole a transportar tablones o sujetar las cuadernas mientras las ajustaba a la quilla.

–¿Qué son las «cuadernas»? –quiso saber el antequerano.

–¡Pues sí que estamos buenos, mi teniente! –no pudo por menos que responder el aludido–. Son esos pedazos de madera curva que le dan forma a la embarcación y sobre las que luego se clava la tablazón del casco.

–¡Ya!

El tal Curro Carro mostró las dos manos con los dedos índice y meñique alargados, como formando cuernos, con el fin de golpearse repetidas veces las rodillas en un ademán con el que al parecer pretendía eludir cualquier tipo de responsabilidades al remarcar:

–Que nadie crea que me estoy pasando de listo, pero por lo que le oí decir al viejo, las cuadernas son esenciales y si se colocan mal, todo el tinglado se viene abajo.

–¿Qué quieres decir con eso de que «todo el tinglado se viene abajo»? –se alarmó Amancio Ares.

–Que en cuanto la echas al mar la barca se vuelve patas arriba; una vez le ocurrió, y por mi madre que ese día aprendí más palabrotas que en toda mi vida. El viejo saltaba como un sapo y se arrancaba los pelos a puñados; y hay que reconocer que tenía razón porque había estado tres meses trabajando para nada.

–¿Y qué más aprendiste?

–A calafatear.

–¿Y eso qué es?

–Meter estopa entre las junturas de las tablas del casco e impermeabilizarlo a base de brea o resina –intervino de nuevo el gallego Ares evidenciando que se sentía orgulloso de sí mismo–. Eso sé hacerlo muy bien porque en la falúa nunca volvió a entrar ni una gota de agua.

–¡Alabado sea san Pedro, guardián de las llaves del cielo pero ante todo marinero y pescador! –exclamó de pronto Bruno «Pamparahoy» alzando los brazos como si acabara de tener una inspiración divina–. Ya contamos con un calafateador, o comoquiera que se llame eso, y un piojoso que ha vivido cerca de un astillero. ¿Cuándo empezamos a construir un barco?

–En cuanto afloje el calor... –replicó muy serio Gonzalo Baeza al tiempo que señalaba el esqueleto de una cabra reseco por el sol–. Y es que o construimos un barco, o acabamos como aquella.

–¡Puestos a elegir...!

Ciertamente no existían otras opciones, por lo que en cuanto cambió el viento y dejaron de vivir inmersos en lo que semejaba un horno de panadero, el teniente Baeza ordenó que el «cuartel general» se trasladara a la pequeña ensenada cubierta de guijarros en la que las corrientes habían depositado a lo largo de años la mayoría de los árboles que llegaban flotando.

Su primera tarea se centraba en dilucidar qué clase de madera sería la más apropiada a la hora de construir el navío que debía ponerles a salvo.

–¡Yo de eso no tengo ni puta idea...! –se apresuró a reconocer el gaditano con su habitual sinceridad–. Aquello eran tablas; estos son troncos.

–¿Y cómo transformaremos troncos grandes en tablas pequeñas? –quiso saber un desalentado fray Bernardino de Ansuaga–. Se necesitaría una sierra enorme.

–Eso tendríais que preguntárselo a Noé, padre –le hizo notar Pamparahoy–. Al fin y al cabo, la mayoría de los que vamos a embarcar somos unos burros.

–¡Déjate de sandeces y vamos a lo que importa, que el tiempo vuela! –le reprendió el antequerano–. Creo que lo primero que tendríamos que hacer es sacar una muestra de cada uno de esos troncos, tirarla al agua y comprobar cuál de ellas flota mejor. ¿Tú qué opinas?

El sorprendido Curro Carro se llevó el dedo índice al pecho señalándose a sí mismo al replicar:

–¿Yo...? Perdone, mi teniente, pero nunca he sabido si es mejor una tabla rígida que flote mucho a una tabla flexible que no flote tanto... –Hizo una significativa pausa, se rascó con fuerza una sucia pelambrera que albergaba incontables inquilinos de las más variadas especies, para concluir en tono francamente derrotista–: Eso, en cuanto se refiere a la madera, porque si lo que buscáis es mi opinión en general, más probabilidades tenemos de llegar a La Gomera nadando que a bordo de algo que construyamos entre tanto mostrenco.

Su superior, que al parecer compartía su pesimismo, se alejó con el fin de ir a tomar asiento sobre los incómodos guijarros en un punto desde el que podía supervisar el trabajo de sus hombres teniendo como telón de fondo la silueta de la ansiada isla.

Se preguntó, al igual que solía preguntarse cien veces al día, cómo era posible que un largo rosario de circunstancias encadenadas de un modo absurdo, cruel y caprichoso hubieran desembocado en aquel oscuro callejón sin salida. Era como si un malvado geniecillo juguetón se entretuviera ofreciéndole la felicidad con una mano y la desgracia con la otra.

La esperanzadora curva del vientre de su amada iba en aumento sin que disminuyera por ello su belleza, más bien al contrario, por lo que por una parte le había sido concedido el más ansiado de los sueños de un hombre, mientras que por el otro le aplastaba la más amarga de las pesadillas de un soldado.

¿Le obligarían a elegir entre contemplar cómo sus hombres se ahogaban o cómo morían deshidratados?

A la vista de ello no podía por menos que reconocer que la diferencia entre la felicidad y la desgracia o entre la vida y la muerte se limitaba a unos gramos de sal disueltos en el agua.

¡Cuán injusto llegaba a resultar un mundo delimitado por tan insignificante frontera!

El casi impalpable polvillo que teñía de blanco una roca cercana le empujaba al desastre tal como había empujado a civilizaciones enteras que no consiguieron saciar su sed a la orilla del mar, y ante la certeza de que nadie escucharía jamás sus pensamientos decidió que el creador de tan disparatado universo daba muestras de una ineptitud más propia de un imberbe recluta que de un supremo hacedor.

O una falta de compasión impropia de un buen padre.

Gonzalo Baeza aspiraba a ser un buen padre y si tal como aseguraba el suyo, «la mejor forma de serlo es amar sinceramente a la madre de tus hijos», estaba seguro de que lo conseguiría, ya que no concebía que se pudiera amar más de lo que amaba a Garza.

Incluso en momentos como aquel en los que la adversidad ofrecía todas sus caras, el simple hecho de saberla cerca le servía de bálsamo, y un minuto a su lado parecía compensar por todo un día de contrariedades y amarguras.

Al igual que ocurría con la sal respecto al agua, el simple roce de su piel marcaba la delgada línea entre existir y no existir.

Mientras observaba cómo Bruno «Pamparahoy», Amancio Ares y el resto de sus hombres se afanaban en la extracción de muestras de los árboles, acudió a su mente la vieja canción que tantas veces escuchara de labios de los tripulantes de la nave que le trajo a la isla:

Marinero, no le temas al mar, teme a la roca.
Marinero, no le temas al mar, teme a la roca.
El mar mece tu cuerpo, la roca lo destroza.
El mar mece tu cuerpo, la roca lo destroza.

El estruendo del agua al chocar contra el farallón y la impresionante columna de espuma que se alzaba de inmediato al cielo le obligaba a preguntarse cómo era posible que existieran hombres que confiaran sus vidas a tan insaciable monstruo.

Luchar contra el océano era demostrar auténtico valor y no el hecho de enfrentarse a un moro armado de una espada semejante a la tuya.

Toda batalla tiene un fin y todo enemigo puede ser abatido, mientras que el océano siempre vuelve al ataque, por lo que nadie consiguió jamás ponerle de rodillas.

* * *

–¿Conseguiste construir el barco? –quiso saber monseñor Cazorla.

–¡Barco, barco, lo que se dice barco...!

–¿Qué era entonces?

–Un engendro nacido de la unión de mentes calenturientas y manos ineptas –fue la sincera respuesta del dueño de la casa–. Tal como aseguraba el inefable Bruno «Pamparahoy», que casi siempre solía tener una frase oportuna: «Si Noé hubiera contado con semejante personal, a la humanidad no le habría quedado otro remedio que alimentarse de ranas hasta el fin de la historia».

–Por lo que cuentas, jamás perdía el sentido del humor. ¿Qué fue de él?

–Permaneció a mi lado varios años, emigró a las Indias y por lo que tengo entendido, se unió a un tal Ponce de León, que anda a la búsqueda de una isla en la que asegura que se encuentra la mítica fuente de la eterna juventud. Si realmente existe esa fuente, Bruno la encontrará; y falta le hace porque ya no es ningún niño.

–¿Le echas de menos?

–Mi capacidad de «echar de menos» se colmó con la muerte de Garza, pero debo admitir que a menudo me viene a la memoria y doy gracias al cielo por haberme permitido conocerle. Recuerdo que cuando al fin colocamos aquella caricatura de embarcación en el agua, se aferró al timón asegurando que la conduciría sin desviarse un punto hasta La Gomera.

–¿Y lo hizo...? –inquirió Fayna con una mezcla de timidez y miedo–. ¿Flotaba el barco?

–Flotar, flotaba... –admitió su patrón esbozando una sonrisa como si aún le costara admitir semejante milagro–. Era la cosa más antiestética y destartalada que jamás haya sido lanzada al mar, pero contra todo pronóstico el piojoso Curro Carro había acertado a la hora de colocar las dichosas cuadernas.

–¡Los caminos del Señor resultan insondables! –sentenció muy serio el religioso alargando la mano con el fin de servirse una más que generosa ración de licor de cerezas–. ¡Misteriosos e insondables!

–¡Y que lo digas, querido amigo! ¡Y que lo digas! –admitió el antequerano sin el menor reparo–. Incluso el siempre incrédulo Amancio Ares se hacía cruces y caía de hinojos bendiciendo a san Cristóbal por haber obrado tan inesperado milagro. Fue entonces cuando comprendí que tenía que compartir el destino de mis hombres y abandonar la isla.

–¿Por qué? –quiso saber la anciana cocinera–. El hecho de que les acompañarais no aumentaba sus posibilidades de llegar a La Gomera.

–¡En efecto! Más bien las disminuía por recargar la nave, pero no quería añadir a mi emborronada hoja de servicios la nueva mancha de que se me considerara un cobarde y un desertor. Hasta que aquel trasto comenzó a flotar ni siquiera me había planteado seriamente semejante opción, puesto que jamás confié en nuestra habilidad como carpinteros, mientras que por el contrario aquel maltratado puñado de valientes confiaba en mis dotes de mando. Debido a ello me sentí obligado a continuar a su lado hasta que hubiera conseguido depositarlos, sanos y salvos, en tierra de cristianos.

–¿Y qué opinaba Garza acerca de tu marcha?

–Nunca opinó al respecto porque desde la mañana en que nos vimos por primera vez los dos sabíamos que jamás nos separaríamos y, aunque me consta que le dolía verse obligada a abandonar su mundo por otro que la horrorizaba, estaba dispuesta a embarcar sin la menor oposición en cuanto diera la orden.

–Me gustaría haber podido amar hasta ese punto... –musitó apenas la buena mujer–. Mi marido era un mendrugo.

–Matías era un buen hombre y le adorabas, vieja quisquillosa –le reconvino el general frunciendo el ceño–. Cuando murió, llorabas de tal modo que me aguabas la sopa.

–Eran lágrimas de alegría.

–¡Si serás hipócrita y mentirosa...! –le espetó el otro–. Te devoraban los celos en cuanto aparecía por aquí la hija del lechero.

–¿Por qué no dejáis en paz al pobre Matías y continúas con la historia del barco? –terció el religioso haciendo un alto en su tarea de sorber su amado licor de cerezas.

–¿La historia del barco...? –repitió interrogativamente su anfitrión–. Creo que jamás existió un navío del que esperaran tanto quienes habían trabajado día y noche y se habían machacado los dedos en la dura tarea de obligarle a nacer del vientre de viejos troncos abandonados. ¡Jamás! Pero cuando apenas llevaba dos días en el agua, le habíamos encajado el palo, aparejado la vela y amontonado en cubierta nuestras escasas pertenencias, se escuchó una explosión, se estremeció ligeramente la tierra, y casi al instante sobre las cumbres de La Palma se alzó una espesa columna de humo negro.

–¿Una erupción volcánica cuando os disponíais a partir? –inquirió amoscado el religioso–. ¡Me tomas el pelo!

–No tengo ni idea de a qué pelo de los que en un remoto pasado tuviste te refieres, pero te aseguro que no le dimos importancia al incidente teniendo en cuenta que La Palma se encuentra casi a la misma distancia que La Gomera y, a mi modo de ver, corríamos menos peligro que durante la noche en que eclosionó aquel pequeño volcán a menos de dos leguas de donde dormíamos y Garza ni siquiera se molestó en levantarse a verlo.

–¿Se trata del mismo volcán de La Palma que estuvimos contemplando ayer?

–Nunca he conseguido averiguarlo, pero lo que sí sé es que a los pocos minutos los isleños que se encontraban en la cima del acantilado comenzaron a silbar como locos y de inmediato Beneygan y Tauco acudieron corriendo a advertirnos que teníamos que sacar el barco del agua y alejarnos.

–¿Por qué?

–Venía «la ola».

–¿Qué ola?

–La que había generado el terremoto que siguió a la erupción. «El muro azul», la llaman, y la denominación es, en mi modesta opinión, ciertamente acertada, dado que avanzaba aprisa y en silencio, como una terrorífica pared de casi veinte metros de altura, y por mucho que nos esforzamos intentando poner a salvo la nave, al final tuvimos que abandonarla y correr monte arriba; aquel veloz monstruo amenazaba con aplastarnos y sobrevino un auténtico caos en el que por fortuna en esta ocasión no murió nadie.

–¿Y el barco?

–La ola se lo tragó para regurgitarlo convertido en astillas; en un par de minutos arruinó tres semanas de trabajo desbaratando cualquier esperanza de salvación que nos quedara.

Monseñor Alejandro Cazorla y la vieja Fayna permanecían tan atentos que el primero incluso había perdido todo interés por su copa de licor, pero al fin hizo un brusco gesto como si imaginativamente cortara algo en el aire.

–¡Hasta aquí hemos llegado! –exclamó, y cabría suponer que se sentía realmente ofendido–. Por muy bien que crea conocerte y mucho que te admire, no conseguirás convencerme de que tal cúmulo de adversidades puedan darse en tan corto espacio de tiempo. O la memoria te traiciona, o a mi modesto entender, desvarías.

El general Gonzalo Baeza no pareció ofenderse por la crudeza del comentario, aceptando con naturalidad el duro reproche, puesto que tenía asumido que esa debería ser la reacción propia de quienes escuchasen por primera vez el relato de cuanto de prodigioso había acontecido en tan perdida isla en menos de un año.

–El viejo Tenaro aseguraba que la suerte y el infortunio forman una fecunda pareja cuyos vástagos constituyen legión, pero nunca van juntos –dijo al fin–. Algunos deciden agruparse en torno al padre y otros en torno a la madre, pero cuando uno de esos grupos decide subírsete a la espalda, nada se puede hacer por evitarlo; es el destino el que...

–¡Bobadas...! –le interrumpió sin el menor reparo su entrometida cocinera en una actitud impropia de su rango y a la que no le servían de excusa los muchos años que llevaba al frente de la casa–. Perdonad que os diga que todo eso del caprichoso destino y la ilógica acumulación de circunstancias adversas provocadas por un ser superior son machangadas.

–¡Un poco de respeto, digo yo...!

–Sabéis que os respeto, pero nací en estas islas, por lo que he padecido incontables sequías, cada tres o cuatro meses me paso una semana cagándome en un dichoso siroco que me abrasa los pulmones, a menudo me han despertado los terremotos y ayer mismo estuvisteis contemplando la erupción de un volcán en La Palma. ¡Eso aquí es lo normal! –insistió golpeando repetidas veces la mesa con el puño cerrado–. Y cuando los pescadores ven llegar uno de esos temibles «muros azules», se limitan a trepar a las rocas más altas con el fin de regresar cuanto antes a recoger los peces que la gran ola ha dejado en la orilla al retirarse... –Observó detenidamente a los dos hombres, pareció desconcertarse por el hecho de que no la hubieran expulsado con cajas destempladas, sino que permanecieran atentos a sus palabras, y ello la animó a continuar–: Es como si yo un día tengo diarrea, dos semanas después me acatarro y al mes me tuerzo un tobillo o me quemo un dedo con aceite hirviendo. Ocurre a menudo y no me muero por eso. –Hizo una nueva y bien pensada pausa antes de concluir–: Pero si por casualidad me trago un gusano parecido a una de esas asquerosas solitarias que me chupa la sangre, me devora el hígado y además me encabrona el espíritu, la pequeña diarrea que antes me duraba tres días podría acabar matándome.

–¡Sucio pero gráfico! –admitió su patrón–. Deduzco que lo que has pretendido decir con eso es que los españoles somos una especie de gigantesca y asquerosa solitaria que chupa la sangre, devora el hígado y encabrona a la gente... ¿O me equivoco?

–¿Cómo puede equivocarse quien más de cerca lo vivió y con mayor crueldad sufrió sus consecuencias? –quiso saber la isleña–. Si hay algo que he aprendido con la edad, es que el daño que causan unos pocos pesa más que el bien que causan muchos, por lo que si existiera una «canonización de demonios», tal como existe de santos, la lista de aspirantes llegaría de aquí a Tacoronte. –Apuntó con el dedo, casi amenazadoramente, a monseñor Cazorla al tiempo que concluía–:

O sea, que os ruego que retiréis esa estúpida afirmación de que mi patrón desvaría, o esta noche vais a cenar cebollas y castañas.

El aludido se llevó la mano al pecho al tiempo que se inclinaba en señal de sumisión mientras replicaba en un tono cómicamente pomposo y afectado:

–Retiro la susodicha y desafortunada afirmación, pero no por culpa de una cruel amenaza que, a decir verdad, me espanta, puesto que me he dado cuenta de que has matado un apetitoso lechoncito y no debe de ser porque tengas intención de leer el futuro en sus entrañas, sino que más bien está destinado a servirnos de suculenta cena; la retiro ante la irrefutable lógica de unos razonamientos que vienen a resumirse, utilizando tu peculiar lenguaje, a seis sencillas palabras: «Los españoles, donde llegamos la cagamos».

–Unos más y otros menos.

18

«El muro azul» se había llevado consigo cualquier esperanza de salvación y todos lo sabían.

Al engullir el barco y devolverlo convertido en astillas, el océano parecía haber pretendido exhibir una vez más su omnipotencia y demostrar que, si había decidido que cuantos osaron desembarcar meses atrás en la más lejana de sus islas nunca la abandonarían sin su permiso, allí continuarían, prisioneros de las olas y vigilados por los vientos, hasta que decidiera qué se le antojaba hacer con ellos.

Una vieja leyenda aseguraba que desde las cumbres de El Hierro se vislumbraba en ocasiones otra isla, San Borondón, que aparecía o volvía a hundirse sin explicación lógica alguna, y el viejo Tenaro, que aseguraba haberla visto, era de la opinión de que tal fenómeno tan solo constituía la demostración de que el mar reinaba sobre la tierra, puesto que podía arrastrarla al fondo a su capricho.

–El hombre que osa arañar la piel del océano con sus naves siempre será esclavo de su cólera... –decía–. El mar es lugar para los peces que nadan, no para las criaturas que andan, que deben quedarse donde el creador las situó.

Leyenda o realidad, superstición o simple razonamiento de una cultura que nunca pretendió vencer al invencible, allí estaban ahora todos, muriéndose de sed cercados por una infinita extensión de agua que no podían beber y observando las costas de una isla a la que nunca conseguirían llegar.

Beneygan había ordenado a su gente que se alejara de quienes parecían llevar el signo de la desgracia tatuado en la frente, por lo que cabría asegurar que los isleños habían desaparecido como por arte de magia sin que ni siquiera sus agudos y peculiares silbidos surcaran el aire.

–No es crueldad... –señaló Garza en un momento dado–. Es impotencia porque les conozco y me consta que sufren al vernos morir de un modo tan horrendo, pero no pueden hacer nada; el agua apenas alcanza para sobrevivir y no me sorprendería que incluso los míos acaben de la misma manera.

–¡Vuelve con ellos! –le rogó su marido.

–Eso nunca; mi obligación, y mi único deseo, es estar a tu lado.

–Tu obligación es salvarte y salvar al niño.

No obtuvo respuesta porque la infeliz muchacha ya sabía, o presentía, que aquel hijo, tan amado, había optado por no ver nunca la luz de un mundo en el que nada bueno le esperaba.

Era como si la gran ola se lo hubiera arrancado del vientre convirtiéndolo de igual modo en astillas y no necesitaba advertir que ya no se movía; le bastaba con aquella amarga sensación de que había dejado de ser madre; una sensación que tan solo una mujer embarazada lograba experimentar y para la que no cabía explicación alguna.

Si se sabía de madres que presentían que su hijo había muerto pese a que se encontraban a cientos de kilómetros de distancia, con más razón lo presentía quien aún lo llevaba en sus entrañas.

Su diminuto corazón había dejado de resonar en su propio corazón y ya no respondía cuando le susurraba su amor en el silencio de la noche.

Tenía la casi absoluta seguridad de que la había abandonado sin haberla abandonado por primera vez, y que el cordón umbilical que les unía afectivamente se había cortado antes de que se cortara el que les unía físicamente.

No existía un abismo más profundo que el que se abría bajo los pies de una madre que perdía un hijo porque su desaparición significaba tanto como la desaparición de la mitad de su alma.

Y si bien el abismo en que la infeliz Garza se había hundido parecía insondable, anímicamente no se encontraban en mucho mejor estado quienes compartían con ella aquella minúscula ensenada, puesto que en la mañana del tercer día el desaliñado y piojoso Curro Carro se presentó ante su superior, aventuró lo que pretendía ser un desganado saludo de aire supuestamente marcial y señaló con voz ronca:

–Os advertí que más posibilidades teníamos de llegar a La Gomera a nado que en esa mierda de barco, mi teniente; ya veis que no me equivoqué y como no lo soporto más, voy a intentarlo.

Se alejó tambaleante hacia la orilla, se introdujo en el agua y comenzó a bracear sin prisas ante la impasible mirada de quienes estaban sufriendo tanto que comprendían sus razones.

Se alejó poco más de doscientos metros de la costa, se volvió con el fin de saludar alzando el brazo y se dio por vencido.

El mar mece tu cuerpo, la roca lo destroza.
El mar mece tu cuerpo, la roca lo destroza.

Pese a que Curro Carro había nacido y se había criado a la orilla del mar, había visto cómo se construía un barco e incluso había diseñado uno capaz de navegar sobre sus olas, nunca se sintió marinero, pero aun así entendió que quienes entonaban esa triste y vieja balada tenían razón y la mejor forma de morir era en su seno.

Sin embargo, el océano devolvió su cuerpo al día siguiente.

No quiso mecerlo y lo destrozó contra las rocas.

Fray Bernardino de Ansuaga descendió a duras penas hasta el pie del acantilado, bendijo el cadáver, se arrodilló con el fin de rezar por un alma que dada la situación no podía considerar que hubiera cometido un imperdonable pecado, y a continuación casi se arrastró hasta donde se encontraba Gonzalo Baeza.

–Me gustaría confesar y dar la extremaunción a los muchachos –dijo–. ¿Tengo tu autorización para intentarlo?

–Eso no atañe a mis atribuciones, padre; en cuanto se refiere a sus conciencias, son libres de elegir cómo marcharse de este mundo; ese no es ya mi problema.

–No quería faltarte al respeto.

–¿Qué respeto? –quiso saber el antequerano–. Mi obligación era cuidar de ellos y ya veis que sus vidas se me escapan entre los dedos.

–No es culpa tuya.

–¿De quién, entonces? ¿Acaso es de aquel que prefiere que lleguen ante su divina presencia ungidos y confesados?

–No deberías hablar así cuando tan cerca parece estar el momento en que tendrás que enfrentarte a él.

–¡Oh, vamos, fray Bernardino! –se lamentó su interlocutor–. No es momento de ponerse a discutir sobre el más allá y la crueldad o bondad del Señor. Ocupaos de cumplir con vuestra obligación, o pronto no os quedará nadie a quien salvar. Amancio ha muerto.

El pobre dominico pareció comprender que allí nada le quedaba por hacer, por lo que se encaminó al punto en que un abatido Bruno «Pamparahoy» se había sentado junto al cadáver de su amigo, al que había colocado una mano en el hombro como si estuviera tratando de darle ánimos a la hora de intentar atravesar una difícil barrera que en realidad ya había atravesado.

–¿Cómo te encuentras, hijo? –quiso saber.

–Aquí estoy, jodido y cabreado; este maldito gallego se ha ido en plan gallego, sin tan siquiera despedirse, y me temo que no piensa volver por miedo a que le caiga a patadas.

–Era un buen hombre. ¿Te gustaría confesarte?

–Lo que me gustaría es no tener que confesarme nunca –fue la descarada respuesta de quien seguía fiel a sí mismo aun en las peores circunstancias–. Pero a la vista de lo ocurrido al pobre Amancio, más vale calarse el casco para cuando lleguen las bofetadas... –Hizo una corta pausa, se santiguó con una inusual rapidez y tras rozar con los labios la estola del sacerdote, masculló entre dientes–: Me confieso de todo corazón, me arrepiento sinceramente de todos mis pecados y prometo enmendarme porque entre otras cosas no voy a tener tiempo de volver a cometerlos... ¿Vale con eso?

–No estoy seguro.

–Pues os aconsejo que lo decidáis pronto porque hay otros que esperan y si me pongo a contar todas las barbaridades que he hecho en esta vida, aquellos tres del rincón se van de cabeza al infierno sin remedio.

–¡De acuerdo! Yo te absuelvo en nombre del Padre, el Hijo y el Espíritu Santo.

–¡Amén...! Y mi consejo es que empecéis por Venancio Corrales porque me da la impresión de que ya se le han empezado a escapar las cabras.

–¡No cambiarás nunca, hijo!

–¡A estas alturas...!

Aguardó a que el religioso se alejara y cuando ya no podía oírle, golpeó afectuosamente el hombro de su difunto amigo al tiempo que comentaba:

–Tú tranquilo, que eso que he dicho de ir de cabeza al infierno si no te has confesado son paparruchadas; lo que importa es haber sido como tú, cabal y con dos cojones.

Al pobre Venancio Corrales estaban a punto de escapársele las últimas cabras mientras balbuceaba de un modo casi ininteligible sus pecados en el momento en que Garza se arrodilló a su lado y le ofreció un cazo de agua que había vertido de un odre que cargaba a la espalda.

–¡Que vengan todos! –rogó al sorprendido sacerdote–. Hay agua suficiente.

Entre el teniente Baeza, Bruno «Pamparahoy» y Hacomar tuvieron que contener la avalancha de unos ansiosos desesperados que intentaban apoderarse por la fuerza del agua, estableciendo un riguroso turno rotativo por el que cada uno fue recibiendo su ración en tres tandas con el fin de que no les perjudicara ingerir un exceso de líquido tras dos días de no haber probado ni una gota.

Al concluir esa tercera ronda, el que comenzara siendo un rebosante odre aparecía ya semivacío.

–Es hora de irnos... –señaló la muchacha en un tono que no admitía réplica–. Y tomadlo con calma porque se trata de un largo camino.

–¿Adónde vamos? –quiso saber su marido.

–En busca de más agua.

–¿Al Garoé...? –Al advertir que ella no se decidía a responder, añadió–: No puedes hacerlo; me aseguraste que te va en ello la vida.

–Las cosas han cambiado.

–¿Qué ha cambiado?

–No pienso darte explicaciones porque estoy segura de que nunca aceptarías que te salvara si no salvo a tus hombres. –La isleña se encogió de hombros como si la conclusión resultara obvia–. Si mueres es peor que si muriera yo, o sea, que no perdamos tiempo, que el agua que queda apenas alcanzará para llegar a donde vamos.

Razón tenía debido a que los empinados senderos por los que muy pronto se aventuraron exigían un tremendo esfuerzo a unos deshidratados caminantes que apenas conseguían ascender a duras penas, como una lastimosa procesión de desahuciados, en la que los más resistentes cargaban a quienes en ocasiones apenas conseguían dar un paso.

Aún no había transcurrido la primera media hora cuando un cabo alcarreño, famoso porque tan solo solía abrir la boca para comer, se derrumbó de improviso y resultaron inútiles los esfuerzos por reanimarle del siempre atento Bruno «Pamparahoy».

Boqueó y se estremeció un par de veces como un pez fuera del agua y ni siquiera le quedaron las fuerzas suficientes como para exhalar un último suspiro.

Los isleños les observaban desde las cumbres de los barrancos.

Les hubiera bastado con avanzar el pie y empujar la roca más cercana a fin de provocar una avalancha que aplastara a los aborrecidos extranjeros, pero se diría que se habían convertido en estatuas de piedra, silenciosos e impertérritos, tal vez admirados por el coraje de que estaban dando muestras unos hombres que en su opinión deberían haberse dado por vencidos hacía ya tiempo.

El sendero se volvió cada vez más empinado, retorcido y tortuoso, bordeando abismos de los que apenas se distinguía el fondo, por lo que, cuando el agotado murciano que casi gateaba en último lugar pisó en falso sin acertar a aferrarse a tiempo a una roca y se precipitó al vacío lanzando un alarido, nadie se volvió a mirar porque podría llegar a creerse que ya no les quedaba sangre en las venas.

O quizá se les había espesado hasta el punto de convertirse en un barro rojizo.

El sol caía a plomo y si los cuerpos no aparecían empapados de sudor, era porque carecían de los elementos necesarios para producirlo.

Las paredes interiores del odre se pegaron las unas a las otras antes de que hubieran conseguido alcanzar la mitad de su objetivo.

–¿Falta mucho?

Ni tan siquiera la animosa Garza, que había recorrido infinidad de veces aquel mismo sendero, se sentía capaz de responder a tan simple pregunta debido a que el agotamiento le impedía calcular las distancias.

Tan solo tenía plena conciencia de que en la cima del escarpado farallón se encontraba lo que tanto ansiaban, por lo que se limitó a dar un paso tras otro como si trepara entre sueños por las empinadas laderas del mismísimo infierno.

Al virar un recodo se toparon, sentado sobre una roca, al anciano Tenaro con una pequeña vasija sobre las rodillas.

Les permitió beber un sorbo de agua a cada uno sin pronunciar palabra.

Allá arriba, en el punto más alto, al otro lado del ancho y profundo barranco, Beneygan les observaba aferrado como siempre a su inseparable lanza.

El teniente Gonzalo Baeza ni siquiera intentó adivinar qué estaría pasando en esos momentos por su mente; lo único que importaba era que no se decidiera a elevar el arma sobre su cabeza ordenando el ataque.

Si lo hacía estaría provocando una matanza; si no lo hacía permitiría que el ancestral secreto de su pueblo, el legendario «Garoé», que durante siglos había permitido a generaciones de isleños superar todas las adversidades, pasara a manos de quienes tanto daño les habían causado y les causarían en un futuro.

La misteriosa isla del fin del mundo y cuantos la habitaban caerían para siempre en poder de indeseables que llegarían en tropel de un remoto país que se encontraba al otro lado del océano.

Pero ¿quién poseía el valor necesario como para asesinar a sangre fría a un puñado de moribundos?

Beneygan había demostrado ser un magnífico gobernante que sabía cómo administrar la paz, pero ignoraba cómo enfrentarse a la guerra.

Cuando aceptó el honor que significaba convertirse en la máxima autoridad de su pueblo, no podía sospechar que acabaría enfrentándose a una exigente conciencia que se convertiría en su peor enemigo en el peor momento.

Debido a ello nunca llegó a levantar la lanza sobre su cabeza.

Animados con los míseros pero reconfortantes sorbos de agua que les proporcionara el viejo Tenaro, los penitentes reanudaron su andadura en pos de quien desafiaba las más ancestrales leyes de su pueblo a sabiendas de que revelar el «Gran Secreto» acarreaba un terrible castigo, por lo que al cabo de casi dos horas de agotadora marcha, ya en la cima de la montaña, apareció ante sus ojos lo que con tanta ansiedad venían buscando.

¡El Garoé!

Los agotados españoles no pudieron evitar mirarse los unos a los otros horrorizados, estupefactos y decepcionados, puesto que por mucho que giraron la vista a su alrededor no alcanzaron a distinguir el prometido y generoso manantial que salvaría sus vidas.

–¿Pero adónde nos han traído? –casi sollozaron dos de ellos a los que se advertía absolutamente desmoralizados.

–Al árbol santo.

–¿Al «árbol santo»? –repitió un incrédulo fray Bernardino de Ansuaga–. Pero ¿qué burla es esta, hija?

–Ninguna burla, padre; se trata del Garoé.

–¡Dios sea loado! –no pudo evitar exclamar el pobre dominico llevándose las manos a la cabeza–. Santos nos sobran, Garza; lo que nos falta es agua.

Por toda respuesta la muchacha avanzó unos metros, se introdujo entre las espesas ramas y al poco regresó con un rústico cubo de piel de cabra rebosante del agua más dulce, limpia y fresca que los españoles hubieran bebido desde el día en que desembarcaron en la isla.

–El árbol santo llora –fue todo lo que dijo a modo de aclaración.

Y era cierto.

Se trataba de un majestuoso ejemplar de tilo de quince metros de altura, grueso tronco que no alcanzarían a abrazar siete adultos y una copa tan extensa, espesa e intrincada que entre sus ramas podrían anidar miles de aves sin molestarse las unas a las otras.

Por cada una de sus millones de hojas, de un brillante verde oscuro, se deslizaba mansamente una gota de agua que iba a rebotar contra otra hoja y desde ella se precipitaba hasta la que se encontraba aún más abajo, con lo que aquel ininterrumpido repiqueteo conformaba una embriagadora sinfonía que se les antojó el más fascinante concierto que les hubiera sido dado escuchar a lo largo de cientos de años.

Allí estaba, ante sus incrédulos ojos, un árbol que lloraba lágrimas de alegría.

En la cima de una montaña, a mil metros sobre el nivel del mar, invisible desde la costa pero de cara a los vientos del norte que llegaban del océano, las incontables hojas del gigantesco tilo atrapaban la humedad que transportaban las brumas que casi todos los días se adueñaban de las cumbres, y en cuanto volvía a lucir el sol la condensaba permitiendo que se transformara en millones de gotas que al fin conformaban minúsculas catataras que se precipitaban en el interior de aljibes subterráneos que generaciones de laboriosos isleños habían tallado en la roca con infinita paciencia.

–¡Esto sí que es un milagro, y no los de san Pancracio, que jamás ha tenido a bien concederme ni un mísero maravedí! –no pudo por menos que comentar un fascinado Bruno «Pamparahoy», dejándose caer junto a su agotado y sudoroso superior, que se había tendido en la espesa hierba que rodeaba el musgoso tronco–. ¿Os imaginabais algo así, teniente?

–Ni en mis mejores sueños.

–¿Se trata de un milagro?

–Por lo que yo sé, los milagros se producen muy de tanto en tanto y no todos los días –señaló con muy buen juicio el antequerano–. Supongo que esto debe de ser algo que tiene que ver con el rocío.

–En mi tierra el rocío tan solo se produce durante el amanecer, no a todas horas –argumentó el zamorano.

–Pero esto es El Hierro, querido Bruno. ¡La última isla! Y ya me he acostumbrado a que aquí ocurran cosas que carecen de sentido. ¡Incluso que un árbol llore! –Sonrió ampliamente al añadir–: Confío en que mi hijo, que llevará su nombre, no llore tanto.

–Mi abuela decía que es bueno que un niño agote todas sus lágrimas en la cuna. ¿Qué vamos a hacer ahora?

–Beber lo justo, compartir el agua con los isleños y jurar por nuestras madres que jamás divulgaremos el gran secreto de quienes nos han permitido que salvemos la vida cuando la tenían en sus manos.

–Difícil empeño se me antoja esa última parte –le hizo notar el otro–. O yo soy tuerto, o esa pandilla de mastuerzos sueñan ya con contar en la taberna de su pueblo cómo fueron testigos de un auténtico prodigio allende el confín del Océano Tenebroso. ¡Yo no me lo callaría!

–Te sacaré un ojo y les cortaré la lengua.

–Perdonad, mi teniente, pero si de algo estoy seguro, es de que únicamente un «salvaje» es capaz de guardar este tipo de secretos; a los «civilizados» nos encanta largar en cuanto se nos tira de la lengua, y la mayor parte de las veces sin necesidad de que nos tiren porque el hecho de demostrar que sabemos algo que los demás no saben nos permite sentirnos superiores.

–A veces me sorprende que siendo tan listo tan solo llegaras a sargento; y eso gracias a que te ascendí porque no me quedaba otro remedio.

–¿Acaso se necesita mejor prueba de mi astucia? –replicó en franco tono de burla Pamparahoy, que parecía haber recuperado definitivamente su particular sentido del humor–. ¿O es que se tienen menos problemas siendo teniente que yo siendo sargento?

Su acompañante no pudo por menos que reconocer que, como de costumbre, su sagaz subordinado tenía razón; su rango, no demasiado alto en el escalafón, le acarreaba incontables problemas y al parecer continuaría proporcionándoselos dado que el hecho de haber salvado un nuevo escollo evitando que durante aquel malhadado día hasta el último de sus hombres pereciera no impedía que el futuro continuara mostrándose asaz incierto.

Aquel fabuloso árbol proporcionaba un agua excelente, en efecto, pero le bastaba con haber calculado a simple vista la capacidad de unos aljibes que se encontraban ya casi vacíos para llegar a la conclusión de que por muchas que fueran sus lágrimas, no alcanzarían a la hora de cubrir tantas necesidades en tiempos de sequía.

Buscó con la vista a Garza, no la distinguió por parte alguna, pero ni siquiera tuvo tiempo de inquietarse, puesto que quien apareció de pronto, surgiendo como siempre de nadie sabía dónde, fue el inefable Lagartija, que se lanzó bruscamente a sus pies intentando besarle las botas.

–¡Un poco de agua, mi teniente! –sollozaba convulsivamente–. Ahorcadme, pero no me dejéis morir con este sufrimiento.

Permitió que se la proporcionaran y cuando el infeliz desertor consiguió recuperar las fuerzas, confesó que durante todo aquel tiempo había permanecido oculto en la playa, alimentándose de cangrejos y lagartos, pero que incluso el manantial al que se tenía acceso al descender las mareas se había agotado. Vagando por los montes les había visto trepar por el barranco y se decidió a seguirles aun a sabiendas de que se arriesgaba a que le capturaran.

–La cosa está jodida, mi teniente –concluyó–. Muy jodida porque a los isleños ya no les queda agua salobre que mezclar con esta.

–Si el Señor ha tenido a bien protegernos hasta ahora, debemos confiar en que continúe haciéndolo –sentenció fray Bernardino de Ansuaga, que se había aproximado a tiempo de escuchar sus últimas palabras–. Me alegra verte con vida, hijo.

–Y a mí me alegra ver con vida a un compatriota aunque lleve puesto lo que aún recuerda una sotana –fue la desconsiderada respuesta del hombrecillo, que, no obstante, se apresuró a inquirir–: ¿Os importaría confesar a un reo que está a punto de ser colgado?

–Nada podría alegrarme tanto, pero confío en que, dadas las especiales circunstancias por las que estamos atravesando, el teniente demuestre su clemencia o llegue a la conclusión de que no vale la pena perder el tiempo ejecutando a semejante mamarracho.

–Nadie va a colgar a nadie mientras yo esté al mando, Lagartija –le tranquilizó sin la menor sombra de dudas el aludido–. Ya hemos sufrido demasiadas bajas, pero te juro que como continúes haciendo el burro no solo te ejecutaré, sino que ordenaré que antes te propinen cincuenta latigazos. –Hizo un gesto con la mano despidiéndolo de forma perentoria–. Y ahora busca a Garza y pídele que venga porque necesito que me aclare qué demonios piensa hacer Beneygan.

Le observó mientras se alejaba a toda prisa haciendo por enésima vez honor a su apodo, por lo que pese a que se encontraba casi al límite de sus fuerzas permitió que una nueva sonrisa apareciera en sus labios.

–¡Menuda tropa! –exclamó–. ¡Aquí me gustaría ver a Julio César!

–Te recuerdo que a Julio César le asesinaron sus amigos... –le hizo notar el dominico–. Y me juego los jirones que me quedan de sotana a que ninguno de estos hombres alzaría una mano contra ti.

–Pues lo que es motivos no les faltan.

–¡Teniente! –clamó de improviso una voz angustiada–. ¡Venga aquí, mi teniente! ¡Aprisa!

Corrieron hacia el lugar en el que un hombre hacía desesperados gestos con los brazos, justamente al borde del abismo, y pudieron distinguir al otro lado del barranco a una veintena de isleños que marchaban en lo que parecía ser una respetuosa procesión que encabezaba Garza.

La muchacha avanzaba sin prisas, erguida e impasible, con la mirada fija en el horizonte que se distinguía más allá del acantilado que se precipitaba bruscamente al mar, y sin necesidad de que nadie se lo dijera, el teniente Gonzalo Baeza, nacido en Antequera, supo desde aquel mismo instante que todos sus sueños y esperanzas de felicidad jamás se cumplirían.

Las piernas le fallaron y si no se derrumbó fue porque Bruno «Pamparahoy» le sostuvo. Intentó gritar, pero ni un solo sonido surgió de su garganta.

Al llegar al final del sendero la muchacha se detuvo, se volvió a mirarle con la firmeza con que tan solo ella sabía hacerlo, y a pesar de la distancia, en sus ojos pudo leer el mismo amor que leyera aquel lejano día en que la viera por primera vez en la ensenada.

Transcurrieron tan solo unos instantes; los más cortos, los más largos, los más amargos, los que jamás se desea rememorar pero jamás se olvidan, los que harían que la vida de un hombre íntegro se convirtiera en un eterno castigo, hasta que al fin Garza se encaró de nuevo al horizonte y permitió que el gigantesco Tauco avanzara muy despacio y la empujara suavemente.

La tumba de Garza
se encuentra en mi corazón.
Ningún lugar más cercano,
más cálido, ni con más amor.
Sus flores no se marchitan,
su losa nunca se ensucia
y en su tumba solo hay huesos,
huesos que yo jamás vi.
Nada guarda de sus ojos,
nada guarda de su voz,
nada guarda de su risa,

nada guarda de su olor.
Una fosa es una fosa,
otra cosa es el dolor.

Aquel era el único poema que el teniente Gonzalo Baeza había escrito, pero cada una de sus palabras evidenciaba lo que había sufrido desde el momento de ver cómo el cuerpo de la mujer que adoraba y que guardaba en su seno la semilla de lo que algún día sería su hijo, se precipitaba al vacío y la ola que acababa de estrellarse contra la base del acantilado ascendía en su busca y la recogía entre la blanca espuma de sus manos como si pretendiera amortiguar la violencia del impacto.

El todopoderoso océano reconocía de ese modo que tanta belleza debía preservarse incluso en el instante de morir.

19

—Todos la querían, nadie deseaba hacerle daño, pero la más antigua ley de su pueblo, una ley que se remontaba a cientos de años, condenaba a la máxima pena a quien revelara a un extraño el secreto del árbol santo...

Monseñor Alejandro Cazorla y la vieja Fayna no parecían capaces de pronunciar una sola palabra, y durante su largo silencio cabría suponer que rendían homenaje a quien había entregado su vida a cambio de la del hombre que amaba.

Al fin, y casi con un hilo de voz, el primero musitó:

–Les llamaría salvajes si no fuera por el hecho de que he visto arder a inocentes por culpa de leyes mucho más estúpidas, y ahora comprendo que te niegues a aceptar ese inadecuado nombramiento.

–Regresar a la isla no me partiría el corazón porque se partió para siempre aquel día... –admitió el general, que parecía pretender distraerse haciendo girar entre sus dedos una copa vacía de la que no se atrevía a apartar la vista por miedo a que sus ojos delataran hasta qué punto le había afectado relatar el final de tan amarga historia–. Pero a decir verdad, no me siento capaz de enfrentarme a mis recuerdos; pretender que regrese a la ensenada en que conocí a Garza, las playas en las que hicimos el amor o el lugar en que me comunicó que esperábamos un hijo es exigir demasiado.

–Lo comprendo. ¿Qué pasó luego?

–Que todos padecimos las penas del infierno, y creo recordar que viví como ausente, sumido en lo que se me antojaba una espantosa pesadilla. Y como si el destino se complaciera en burlarse una vez más de nosotros, a las tres semanas llegaron las lluvias, más agua de la que había caído durante los cuatro últimos años. –El dueño de la casa se encogió de hombros como queriendo indicar que aquello era algo superior a sus fuerzas al concluir–: Así son estas islas, y así seguirán siendo hasta el fin de los tiempos.

El abatido general Gonzalo Baeza depositó con sumo cuidado la copa sobre la mesa, sonrió con aquella nostálgica sonrisa que tan solo mostraba cuando se refería al único amor de su vida, y al poco añadió:

–La guarnición de reemplazo desembarcó en la fecha prevista, regresé por un tiempo a Antequera y a partir de ahí mi vida se convirtió en un absurdo peregrinaje en busca de un árbol del que manara un agua capaz de mitigar mis sufrimientos, pero no lo encontré.

–Supongo que no existe.

–¡No! Nunca ha existido ni nunca existirá. En épocas de paz me sentía inútil, mientras que a lo largo de las incontables batallas en las que participé nadie tuvo la deferencia de sacarme las tripas, prefiriendo ensañarse con pobres desgraciados que suplicaban por su vida.

–Arriesgarse a que os mataran significaba despreciar el sacrificio de Garza –refunfuñó la huraña cocinera–. No creo que hubiera hecho lo que hizo de haber sabido que os arriesgaríais a que os arrancaran las tripas a la primera de cambio, pero estoy convencida de que, dondequiera que se encuentre, se siente feliz al comprender que tantos años después la continuáis amando como el primer día. Lo único que queda de nuestro paso por la vida es la huella que dejamos en quienes nos rodearon; lo demás solo es historia.

–Y eso, ¿dónde lo has aprendido? –se asombró su patrón.

–¡Fregando platos, que es cuando queda tiempo para pensar! Contadnos algo más sobre el Garoé –rogó ella a continuación–. He oído hablar mucho de él, pero nunca he conocido a nadie que lo haya visto.

–Tal como Garza aseguraba, es el árbol más hermoso de este mundo y con frecuencia se me aparece en sueños permitiéndome escuchar de nuevo su inolvidable melodía... –replicó el antequerano–. No solo está vivo y da vida, ¡tiene magia!, y puedes pasarte horas sentado frente a él teniendo la sensación de que las raíces que pasan bajo tus pies te están transmitiendo una fuerza que se remonta a tiempos anteriores al nacimiento de Cristo.

–¿Tan viejo es?

–Plinio ya lo menciona al escribir sobre las «islas Afortunadas», y si pudiera volver a verlo sin tener que recorrer los senderos que recorrí con Garza, no lo dudaría porque a menudo me asalta la extraña sensación de que es el único capaz de devolverme la paz de espíritu.

–¡Inténtalo...! –le suplicó monseñor Alejandro Cazorla–.

Intenta sobreponerte a tus recuerdos, volver allí, enfrentarte a tu pasado, revivir cada uno de los bellos momentos en los que te sentiste el hombre más feliz de la Tierra y dejar pasar las horas frente a ese mítico Garoé que hubiera dado nombre a tu hijo.

–¡Demasiado tarde, querido amigo! –fue la amarga respuesta–. Demasiado tarde; nos conceden un corto periodo de tiempo para ser felices y largos años para recordar que hubo un breve periodo durante el cual fuimos felices. Bajo ese signo nacemos, el Creador así lo dispuso y nada en este mundo, ni tan siquiera el poder de un fabuloso árbol que llora, y ahora quiero creer que llora por Garza, conseguirá cambiar nuestro destino.

NOTA DEL AUTOR

El Garoé continuó dando agua y protegiendo a los herreños hasta que hace exactamente cuatrocientos años una tempestad lo derribó durante la primavera de 1610.

Aún se conservan los aljibes en los que se recogían sus «lágrimas».

booket

Impreso en Novoprint, S. A.
Energia, 53
08740 Sant Andreu de la Barca
(Barcelona)